デュラララ!!

プロローグ
Prologue

これは、歪《ゆが》んだ物語。

「ねえねえねえ！　いるんでしょう誠二《せいじ》さん！　今日も来たんですよ！　大変、鍵を開け忘れてますよー！　これじゃ私が入れません！」

警報《けいほう》警報。ストーカーが家に襲来中、さっきから俺《おれ》の部屋のドアをドカドカと叩《たた》いている。

インターホンを一度も使わないとは一体どういう了見《りょうけん》だ。

「鍵が掛かってますよ！　もしかして寝てるんですか！　きゃッ！　私ったら男の人の寝込みを訪ねるなんて初めてです！」

警告《けいこく》警告。先週の俺に警告。田舎《いなか》から出てきたような娘《むすめ》をチンピラから助けてやった。話を聞くと、どうやら明日から俺と同じ高校に通うらしい。そしたら何故《なぜ》かこの始末。一緒に助けてあげた子は凄《すご》く礼儀正しい子だったのに。

「私ね！　実は実は……昔から誠二《せいじ》さんの事が好きだったんです！　覚えてませんか⁉　受験の時に誠二さんの隣に座ってたんですよ私！　右に座った子が竜ケ峰《りゅうがみね》とかいう凄《すご》い苗字《みょうじ》だったから、左隣の人はどんな名前なんだろうと思って、ちらっと見たら一目ぼれでッ！　それで名前を覚えてたんです！　でも勇気が無くって言い出せなかったんですけど……この前助けて貰《もら》って、ああ、これは運命だなって感じて！　私、凄く勇気付けられたんです！　だからだから、誠二さん顔を見せて下さい私に元気な顔を見せて下さいお願いですお願いです！」

警戒《けいかい》警戒。こいつ、俺《おれ》の後をこっそりとつけて来てやがった。それから毎日の様《よう》にやってくる。家に帰れと言っても聞きやしない。今叫んでる言葉も、もう二千回は聞いた。

「ひょっとして元気じゃないんですか⁉　だから出られないんですか！　大変です！　一刻も早くドアを開けて下さい！　私ね、受験の日から色々調べたんです！　誠二さんの誕生日も家族も」

警察《けいさつ》警察。警察を呼ぶぞ。そう言ってようやく今日も引き下がった。

襲撃から三時間。あの女も家に帰ったろうと思い、俺《おれ》はマンション下のコンビニで買い物をする事にした。歯磨き粉と週刊誌を手に取っている間にも、あの電波女の顔が脳裏に過《よ》ぎる。

第一印象は、かなりの美少女。少し大人《おとな》びていて、どちらかといえば『美女』と表現してもいいかもしれない。だが、そんな女にどうして既に彼氏がいないのか——その理由を俺は身をもって知った。

あんな電波娘《むすめ》はいくら可愛《かわい》くても御免《ごめん》こうむる。よほど彼女が欲しい人間ならば別だろうが――今の俺にはまったく興味が無い。俺には既に彼女がいるのだから。

しかし明日の入学式を一体どうするべきか――自分の部屋のある階に上り、狭い通路を歩きながらぼんやりと考える。

あんな女と毎日顔をあわせるぐらいなら、いっそのこと行かない事にしてしまおうか。ああそうさ、俺には彼女がいるんだ。あんな女とは違って、物静かでとても美しい彼女が。彼女と一緒なら、別に高校いかなくてもいいや。姉さんの会社にバイトでもなんでもいいから雇ってもらって、働いてみるかなあ。

ああ、そうだ思い出した。そもそもどうしてあの女を助けたのかを思い出した。喋《しゃべ》ってみると全然違っていたけど、よく似てたんだ。俺の彼女に。だから助けたんだ。今思うと馬鹿《ばか》な事をした。顔が似てるからという理由で助けたら、中身は大違いなんだものな。

そんな事を考えながら自分の部屋のドアに鍵を挿す。

あれ？　おかしいな。

――開いてる。

警鐘《けいしょう》警鐘警鐘。俺の全身ピンチ警報発令中。

警笛《けいてき》警笛ピピピのピ。ドアを開けると女の靴が。

部屋の奥に行くと、ストーカー女が立ち竦《すく》んでいた。

「せ、誠二《せいじ》……さん……」

不法侵入者である女に対して、俺《おれ》は自分がやけに冷静になっている事に気が付いた。女の顔に浮かぶ表情に気が付いたからだ。

そして、俺は自分でも驚くほど冷めた声を搾《しぼ》り出していた。

「見、、、、たな？」

「えと、あの、私、そのッ……」

彼女の顔に張り付いているのは、いつもとはまるで違う、不安と恐怖に満ちた表情。

……なんだ、こんな表情もできるんじゃないか。

そして俺は確信した。やはり、こいつは見てはならない物を見てしまったのだ。

「あ……あのぅ、誠二さん、私、……ええと、誰にも言いませんから！　こんな事があっても、私、やっぱり誠二さんの事が好きで、えと、えと、大丈夫です。どんな趣味でも、私なら合わせて見せますから、えと、だから、えと」

攻守交替《こうしゅこうたい》。今度は俺が彼女を追い詰める番になってしまったようだ。

「いいんだ」

「誠二さん！」

俺の言葉に、ストーカー女の声が希望に満ちる。

「いいんだ」

「誠二……さん？」

冷めたままの俺の瞳に気が付いたのだろう。瞬時にその希望が不安に塗り替えられた。

俺は彼女の表情を完全なる絶望へと塗り替える為に、もう一度だけ声をあげた。

「いい、いいんだ」


「誠二！」

姉さんが部下の人を二人連れて部屋に来た時、俺は居間に正座してカップラーメンを食っていた。部下の人達が手際よくストーカー女の身体《からだ》をバッグに入れて運び出《だ》した。姉さんは一通り部屋の中を見回すと、血の付いた壁を見てから、俺の身体をギュッと抱きしめた。

「大丈夫よ、大丈夫だから」

姉さんの暖かい温《ぬく》もりを感じながら、俺《おれ》はただ、メシが食いにくいなぁと感じていた。

「誠二《せいじ》、貴方《あなた》は何も心配する事はない。全部姉さんに任せて、ね？」

「姉さん、あの女じゃなくて――彼女の事なんだけど」

「やっぱり誠二が連れ出してたのね……大丈夫よ、彼女の事も私に任せなさい、いいわね？　大丈夫よ、私が居る限り、誠二に怖い目なんか絶対にあわせないから……ましてや警察《けいさつ》なんかに貴方の事は渡さない、絶対に渡さないから、だから安心しなさい」

それだけ言って、姉さんは部下に何かを色々と命じて去っていった。

やっぱり姉さんの会社でバイトはやめよう。姉さんの周りは本社にも内緒《ないしょ》でカタギじゃない連中との付き合いがあるらしい。姉さんの部下のこの人達だって、人が死んでるのに何も言わずに作業をしている。きっと元はカタギでは無かったのだろう。

こんな悪人達と一緒に仕事をするのは嫌《いや》だな。俺まで悪人になってしまうから。

俺が悪人になって警察に捕まったりしたら、彼女はきっと寂しくなってしまう。それは避けなければ。

部下の人達が無表情なままで壁の血をふくのを見ながら、俺は静かにのびきったラーメンを胃にかき込んだ。

ああ、不味《まず》いラーメンだなあ。

これは、歪《ゆが》んだ歪んだ物語。
歪んだ恋の、物語。

第一章『影』 Chapter 1

チャットルーム（休日・夕刻）

《だからね、今池袋《いけぶくろ》は『ダラーズ』ってチームが凄《すご》いんだって！》
［私は見た事ないんですよね、『ダラーズ』って、噂《うわさ》は凄い聞くんだけど］
《地下に潜《もぐ》ってるっぽいですからねー！　でも、ネットとかでも凄い噂になってますよ？》
【そうなんですかー、甘楽《かんら》さん、池袋に詳しいんですね】
《それほどでもないですよう！》
《あ、じゃあじゃあじゃあ、黒いバイクの話って知ってます？》
【黒いバイク？】
［あー］
《最近新宿《しんじゅく》とか池袋で話題の奴《やつ》。昨日ニュースにも出てたよー》

♂♀

★東京都《とうきょう》・文京区《ぶんきょう》某所《ぼう》（平日・深夜）

「こ……の……化物《ばけもの》めぇぇぇぇあぁぁッ！」

歪《ゆが》んだ怒声と共に、男は鉄パイプを振り上げ――――一目散に逃げ出した。、、、、、、、

深夜の立体駐車場を、青年が走る。その右手に、人肌にまで温まった鉄の感触を握り締めながら。だが、次第にその感触《かんしょく》すらも冷や汗に濡《ぬ》れて不確かなものとなっていく。

周囲には人影も無く、持ち主を待ち続ける乗用車がまばらに停まっているだけだ。

青年の周りからは音が綺麗《きれい》に消え去っており、彼の耳には己の足音と荒い息遣い、そして徐徐に高鳴っていく心音だけが渦《うず》巻き続ける。

武骨《ぶこつ》なコンクリートの柱の間を駆《か》け抜けながら、チンピラ風の青年は叫ぶように呟《つぶや》いた。

「……く……くくッくッ糞《くそ》ッ！　糞ッ！　糞ッ！　やや、や、やってられっかよ畜生《ちくしょう》！」

青年の目に浮かぶ光は怒りの色を放ち、それでも彼の口からは怯《おび》えの吐息《といき》が振り絞られる。

その瞬間までは、対峙《たいじ》する者に畏怖《いふ》を与える為に刻み込んでいた首筋の刺青《いれずみ》。それが今や、チンピラ自身の恐怖によって歪んでしまっている。そして、元々大した信念も無く入れたその青紫の紋様《もんよう》に――――漆黒《しっこく》のブーツが叩《たた》き込まれた。

《昔から都市伝説みたいな感じだったらしいけど、携帯にカメラ付くようになったでしょう、あれで写した人とかが多くて、それで一気に有名になった感じなんですー》

［あー、知ってる知ってる。っていうかあれは都市伝説でもなんでもないですよ。普通の暴走族っていうか、あ、でも別に群れて珍走してるわけじゃないんだけど］

《二輪なのにライトつけないで走ってるなら充分アホだって》

♂♀

《人間だったらだけど》

【話が見えないんですが】

《ああ、えっとね……ぶっちゃけ、化物みたいなもんです！》

♂♀

ミチリ、という嫌《いや》な音がして、チンピラの身体《からだ》が歪《いびつ》な弧を描いて半回転した。

そのまま横向きに身体を打ち付け、チンピラは歪む意識の中で必死に両手足をばたつかせる。

冷え込んだ空気が周囲を包んでいたが、彼の全身を覆《おお》う痺《しび》れがコンクリートの冷たさを遮断《しゃだん》しているようだ。男はまるで悪夢の中を逃げ惑《まど》うような感覚で、背後に迫る恐怖の根源を振り返った。

そこに立っているのは、一つの人影。——言葉通り、それはまさしく『影』だった。

全身が黒いライダースーツに覆《おお》われており、余計な模様やエンブレムは何一つ無く、ただでさえ黒い装束《しょうぞく》を、さらに濃いインクの中にぶち込んだような印象だ。駐車場の蛍光灯を跳《は》ね返している部分だけが、ようやくそこに何かが存在しているという事を思い出させる。

更に異様なのは首から上の部分だ。そこには奇妙なデザインのヘルメットが据《す》えつけられている。漆黒《しっこく》に染め上げられた首から下の部分に対し、その形と模様はどこかアーティスティックな雰囲気をかもし出していた。それでいて、漆黒の身体《からだ》とは特に強い違和感を感じさせない。

フェイスカバーはまるで高級車のミラーガラスのように黒く、そこには蛍光灯の歪《いびつ》な点滅が反射するのみで、ヘルメットの中の様子はまったく窺《うかが》い知れなかった。

「……」

影はただ沈黙を吐《は》き出し、まるで生命《いのち》というものを感じさせない。男はその様子を見て、恐怖と憎しみが混じり合わせたように顔を歪《ゆが》める。

「た、たたたた、ターミネーターに追われる覚えは無ぇぞ俺《おれ》あよ！」

普通ならば冗談《じょうだん》となりえるその言葉だったが、男の感情には欠片《かけら》の余裕《よゆう》も感じられない。

「な、な、何とか言えよ！　なんなんだよ！　一体なんなんなんだよ手前《てめえ》は！」

男から見れば、その存在はまったくわけがわからないものだった。いつものようにこの地下駐車場に集まって、軽い『仕事』をやって帰る。『商品』を納入先に届け、新たな『商品』を仕入れる。それだけだ。普段と何一つ変わらない。いったい自分達になんのミスがあったというのか？　一体何が原因でこのような化物《ばけもの》を呼び寄せてしまったのか――


男とその『仕事仲間』達は、今夜もまた、いつも通りの作業をこなす筈《はず》だった。

だが――その日常は、何の前触れもなく崩れ去る。

立体駐車場の入り口で、男達が遅れてくる一人を待っていた時――その存在は、あまりにも唐突《とうとつ》に現れた。入口の前を音も無く通り過ぎ、十数メートル先で停まる一台のバイク。

その様子を見ていた男と仲間達は、それを取り巻く数々の異常に気が付いた。

まず――文字通りバイクが音も無く通り過ぎたこと。タイヤが擦《こす》れるわずかな音はあったかもしれないが、肝心《かんじん》のエンジン音がまったく聞こえなかったのだ。エンジンを切って慣性《かんせい》に任せて横切ったという可能性も考えたが、それならば直前まではエンジン音が聞こえていなければならない筈であり、男達は誰一人としてそんな音は確認していなかった。

更にそのバイクはドライバーを含めたすべてが漆黒に包まれており、エンジンやシャフトはおろか、タイヤのホイールすらも漆黒に染め上げられていた。ヘッドライトは無く、本来ナンバープレートがつくはずの部分には、ただ黒い鉄板が掲げられている。街灯と月明かりを反射する部分から、ようやくその物体が二輪車らしいとわかる程度だった。

だが——そんなことよりも遙《はる》かに異様だったのは、運転手の漆黒《しっこく》の右手に何か大きな塊《かたまり》がぶら下がっていたという事だ。それは運転手に匹敵《ひってき》するほどの大きさを持ち、細い先端部分から不透明な液体をアスファルトの上に垂らし続けている。

「コジ……？」

男の仲間が、そのぼろ雑巾《ぞうきん》のような物の正体に気付く。それと同時にバイクに跨《またが》ったライダースーツが手を離し、アスファルトの上にそれ——いや、『彼』が仰向《あおむ》けに投げ出された。

それは——その場に遅れて来る筈《はず》だった、男達の『仕事仲間』の一人だった。顔面は何かに殴打《おうだ》されたように腫《は》れ上がり、鼻と口からだらだらと血を垂れ流し続けている。

「マジかオイ」

「何だ手前《てめえ》」

異常な不気味さは感じたものの、この時点では誰も恐怖は感じていない。同時に、コジと呼ばれる仲間がやられた事に対する怒りもなかった。その集団はあくまで仕事上での繋《つな》がりしかなく、それ以外の仲間意識を持つ者など誰一人として存在しなかった。

「何すか何すか？　何だってんすーかー」

集団で一番頭の軽そうなパーカー姿の男が、バイクの方に一歩近づいた。相手は一人、こちらは五人。数での優位性が青年の生意気な態度を一回りも二回りも成長させる。だが――完全にバイクに近づいた時点で既に一対一に等しい距離関係となっている。そして、それに気が付いているのはバイクに跨《また》った黒い人影だけだった。

「……」

ジュチャリ

嫌《いや》な音。とてもとても嫌な音がした。それは単なる不快感というものを通り越して、何らかの『危険』を本能に訴えかける、そんな音だった。

それと同時に、パーカー男はその場にドサリと膝《ひざ》をつく。そして、そのまま顔面からアスファルトに倒れ伏した。

「なっ……」

男達は流石《さすが》に全身に緊張を走らせ、仕事の最中のように周囲へと緊張を走らせる。その結果として現在確認できる事としては、敵は確かに目の前のバイクのみで、周囲にその他《ほか》の人影は見当たらない。そして――バイクに跨った『影』は、厚手のブーツを装着した足をゆっくりと地面に下ろした。

下ろす動作は確かに見えた。だが――下ろす動作をしているという事は、直前まで足は高く上げられていたという事だ。そして、視力のいい何人かは更に別の事にも気が付いた。

地面に下ろされるブーツの裏側に、パーカー男のかけていた眼鏡《めがね》が絡《から》まっている事に。

それらの情報から彼らは即座に事態を呑《の》み込んだ。

——バイクに跨《また が》ったまま繰り出された蹴《け》りが、パーカー男を一撃で始末した。

もしもパーカー男の顔面を見ていたら、彼の鼻が捻《ひね》り折られている事に気が付いただろう。

つまりバイクに乗った『影』は、男を蹴り飛ばさないギリギリの距離で蹴りを出し、靴の裏の凹凸《おうとつ》に鼻を引っ掛けて捻り折ったのだ。

だが、はたから見ていた男達にはそれが分かろう筈《はず》もなく、どうして蹴られたのに前のめりに倒れるのかを疑問に思っている人間が半分、そして、何も考えずに腰から警棒《けいぼう》やスタンガンを取り出す者が半分だった。

「今の……どういう体勢？　え、あれ？　だって……どうやった……？」

混乱する男の脇をすり抜け、仕事仲間の二人が怒声をあげながらバイクの方に向かって行く。

「あ、おい」

声をかけようとする男の目の前で、『影』は音も無くバイクから降りる。足の下に眼鏡《めがね》の割れる音を響かせながら、何の表情も声も無いままこちらに軽やかに歩み寄ってくる。その動きは実に優雅で、本当に何かの『影』が人型に膨《ふく》らんでいるかのような印象を与える。

そこからはまるでスローモーションのように、はっきりとチンピラ青年の記憶に刻まれる事となる。あまりにも異常な光景だった為か、あるいは己の身に危険を感じて集中力が飛躍的に増してしまったのかもしれない。

　仲間の一人がスタンガンを『影』に押し付ける。

　――あれ、革《かわ》ジャンって電気通すんだっけ通さないんだっけ。

　男がそんな事を考えている間に、『影』の全身がビクリと震える。どうやら電気は通ったようだ。これで御終《おしま》いだ。

　安心して更にスタンガンを押し付けるが、次の瞬間、その余裕《よゆう》はあっさりと崩される。

　影は全身を激しく震わせたまま、スタンガン男の隣にいた警棒《けいぼう》男の腕をガシリと掴《つか》む。

「アビャ」

　ガクガクと痺《しび》れ続ける『影』とは反対に、警棒男は一度だけ激しく身体を震わせ、弾かれるように地面に倒れた。

「てめっ……」

　スタンガン男は『影』の手が自分にも迫っているのを確認して、慌《あわ》てて手の中のスタンガンのスイッチを切る。だが、結局事態は好転せぬまま、『影』の手首によって首を強く掴まれる。

　慌《あわ》てて手足をバタつかせるが、『影』は一向にその力を緩《ゆる》めない。足が『影』の脛《すね》や股間《こかん》に叩《たた》き込まれるが、ヘルメットの奥からは沈黙と闇《やみ》しか吐《は》き出されない。

「か……くあ……」

　そのまま白目を剝《む》くまで喉《のど》を絞《し》められ、スタンガン男は警棒男と同じように崩れ落ちる。

――やばい、なんかようけ解《わか》らんけど、とにかくヤバイ。自分が何もしない内に、コジも含めて六人中四人もやられてしまった。情けない云々《うんぬん》を語るよりも、目の前の存在の得体の知れなさがチンピラの中に少しずつ恐怖をあわだたせ始める。

「格闘技か何かか？」

チンピラとは対照的に、右側にいる男が冷静な口調で呟《つぶや》いた。

「ガっさん」

その呟きを聞いて、チンピラは縋《すが》るようにその名を呼んだ。『仕事仲間』のリーダー格であるガっさんと名乗るその男は、『影』の動向を微動だにせぬままで窺《うかが》っている。その瞳には強い怯《おび》えも無いが、その代わりに余裕《よゆう》も見受けられない。

ガっさんは懐《ふところ》から大型のナイフを取り出すと、そのままブラリと『影』の方に近づいた。そして、警戒《けいかい》しながら『影』に向かって言葉を投げかける。

「なに齧《かじ》ってるのかぁ知らんが……まあ、刺せば死ぬだろ」

手の中のナイフがグルリと回る。果物《くだもの》ナイフや小刀《こがたな》というレベルではなく、かといって漫画に出てくるような大型の物でもない。柄《え》が丁度《ちょうど》掌《てのひら》に治まる程度で、刃渡りもそれと同程度の長さで鋭く輝いている。

「大体、ちょっと何か習ってるからって、素手でどれだけ……あぁあ？」

挑発《ちょうはつ》混じりのその言葉は、『影』の行動によって唐突《とうとつ》に遮《さえぎ》られた。

『影』は軽く前屈《かが》みになり、眼前に転がる二つの物を拾い上げた。それは――先刻までチンピラの仕事仲間が持っていた、特殊警棒《けいぼう》とスタンガンだ。

「……」

「……」

右手にはスタンガン。左手には特殊警棒。それは、あまりにも歪《いびつ》な二刀流だった。

ただでさえ異様な静けさを見せていた駐車場の周囲が、一瞬だけ完全な沈黙に包まれる。

その静寂を破ったのは、リーダー格の問いかけるような呟《つぶや》きだった。

「え……嘘《うそ》、アレ？　おかしくね？　格闘技で来るんじゃねえの？」

言葉の内容こそおどけた感じだったものの、口から漏《も》れる声質は明らかに不安の色が濃くなっている。とっと四人がかりで袋叩《だた》きにしておけば良かった。そう思いながらも、今更後に引くのもはばかられる。

後ろで見ていたチンピラも、その場から一歩も動かないままだった。これがどこかのギャングだったり警察官だったりするならば、何の躊躇《ためら》いもなく加勢していた事だろう。いや、そもそも最初の時点で四人で取り囲んでいた筈《はず》だ。

だが――今目の前にいるそれは、あまりにも異質過ぎた。その為、いつも通りの反応ができなかった。目の前にいるのは只《ただ》のライダースーツを纏《まと》った人間の筈だ。しかし放たれる雰囲気はあまりにも異様であり、チンピラはまるで周囲一帯が異世界に迷い込んでしまったかのような違和感を感じ続けていた。

チンピラの不安を知ってか知らずか、リーダー格の男は歯を軋《きし》ませながら舌を蠢《うごめ》かせる。

「汚《きたね》えだろそりゃよ！　お前こっちはナイフ一本なんだぞ！　恥かしくねえのかよ手前《てめぇ》！」

理不尽《りふじん》な問いかけにも終始無言のままで、『影』は静かにリーダー格の方に向きなおる。

そして——それは、次の瞬間に明確な形となってチンピラの視界に現れた。

♂♀

《黒バイクに乗ってるのは人間じゃないの》
【じゃあなんなんですか】
［ただのバカだって］
《ドタチンなんかは死神だって言ってる》
【ドタチン？】
《実はね、私も見た事があるの。あの黒バイクが人を追っかけてるところ》
【ドタチンって誰】
［警察《けいさつ》とかには言った？］
《なんていうかね、あんなのを持ってる時点で普通じゃないんだけど》

【……スルー？　ドタチンって誰⁉】
《最初はよく解《わか》らなかったんだけど、あいつの身体《からだ》からね》
【……】
【？】
【甘楽《かんら》さん？　どうしました？】
［落ちたっぽいね］
【ええ⁉　そんな、どっちの話も中途半端なのに！　身体から何が出てくるの⁉】
【そしてドタチンって誰――――！】

♂♀

「……？」

チンピラとその上司《じょうし》の前で、『影』は奇妙な動きを見せた。

せっかく手にしたそのスタンガンを、『影』はわざわざバイクのシートの上に置いてしまう。

――やはり二つ同時には武器も使い辛《づら》いのだろうか。

チンピラはそう判断したが、次の瞬間には『影』は特殊警棒《けいぼう》を両手で握り――――

そのままぐにゃりと捻《ね》じ曲げてしまった。

「なッ……！」

これには流石《さすが》に二人とも驚愕《きょうがく》の表情を浮かべ、互いの顔を見合わせる。特殊警棒《けいぼう》を曲げるなど、一体どんな手品を使ったのかと。『影』の体格は寧《むし》ろ細身の部類に入り、とても怪力を発揮できるようには思えなかった。

なんにせよ、こうして『影』はせっかくの得物《えもの》を自ら手放してしまったのだが——チンピラ達の間には更なる違和感が走り、彼らの思考からますます現実感を奪い去る。

再び素手に戻った『影』に対し、チンピラはフェンス脇に立てかけてあった鉄パイプに手を伸ばす。それを横目で確認しながら、リーダー格も再びナイフを構え始めた。

頬《ほお》に冷や汗が伝う。その不快な感触だけが、彼らの意識を目の前の現実に繋《つな》ぎとめている。

「何だそりゃ……脅《おど》しのつもりか？」

リーダー格は、捻《ひね》られた警棒を見ながら、なおも軽口を叩《たた》くが——汗の一滴が口内に伝い、そのままゴクリと呑《の》み込んでしまう。チンピラの方はそれを確認する余裕《よゆう》も無く、鉄パイプを握って無言のまま息を荒くする。呼吸の乱れは次第に大きくなり、やがてチンピラは自らの足が、背が、顎《あご》がガクガクと震えている事に気付く。どうやら、今の仰々《ぎょうぎょう》しいパフォーマンスは『脅し』として充分に機能していたようだ。

その様子を近くで確認するかのように、『影』はこちらに向かって静かに歩を進め始める。

「結局素手か、その度胸だけは褒《ほ》めてやろう」

怯《おび》えるチンピラと逆に、リーダー格は今ので覚悟《かくご》を決めたようだ。目を鋭く光らせ、手にしたナイフを持って『影』へと身体《からだ》を近づけていく。

距離にして3メートル。あと二歩でナイフが届く距離になる。

——がっさんは刺す時は刺せる人だ。

それを知っているチンピラは、リーダーを援護しようと鉄パイプを持って後に続く。

ナイフ使いが一歩踏み出し、彼の敵意がはっきりと殺意に変わる。最大限の殺意を持って相手を一刺し。彼はそれができる男だという事を知っているから、チンピラは安心してサポートに回る事ができる。殺人に関する禁忌《きんき》感《かん》など今更湧《わ》かないし、そもそも目の前の非現実的な『影』に対し、人を殺すという意識が働いていなかったのかもしれない。

仲間の放つ殺意に勝算を見出したチンピラは、自らもまた鉄パイプを握る手に力を籠《こ》める。

だが——次の瞬間には、チンピラ達の勝算は殺意ごと吹き飛ばされる。

『影』が背中に手を回したかと思うと、次の瞬間にはその黒い身体の一部が膨れ上がった。

それはまるで、『影』から噴出した墨《すみ》色の煙が、意思を持って蠢《うごめ》いているような印象だった。

黒い『影』の黒い手袋の中で、やはり黒い塊《かたまり》が蛇《へび》のようにのたうち回っている。

墨汁《ぼくじゅう》をつけた筆を突っ込んだバケツの水のように、空気中に黒い流れが不気味な鮮やかさを演出する。やがてその動きが収束《しゅうそく》し——意味のある漆黒《しっこく》を造り上げようとする。

その様子に目を見開いた二人は、街灯と立体駐車場の灯《あか》りの中で、いよいよ相手が人間ではないという証拠に気付いた。気が付いてしまった。

『影』の身体《からだ》から黒い塊《かたまり》が分離する瞬間に、その身体から黒い水蒸気のような物が立ち込めている事に。まるで黒革《かわ》のライダースーツが空気中に溶け出しているようで、そのためヘルメット以外の部分が灯りの中で滲《にじ》むようにぼやけて見えた。

いよいよ彼らの知る現実から隔離《かくり》されたこの状況で、チンピラ達の脳味噌はますます混乱する。もはや逃げる事も出来ないまま、身体は直前までの指令を忠実にこなそうとするのみだ。

ナイフを持ったリーダーは悪夢の中にいるような表情のままで、眼前の『影』に対してナイフを引いた。一瞬の溜めを挟《はさ》んで、そのまま『影』の腹部めがけてバネの様《よう》にナイフを突き出したのだが――

その刃は『影』の身体には届かず、ナイフを握る腕に鈍《にぶ》い衝撃《しょうげき》が走った。取り落としはしなかったものの、体勢がゆらいで決定的な隙《すき》を作ってしまった。

「!?」

ナイフの刃にぶつかった黒く鋭い塊が、闇《やみ》の中におぼろげな姿を現した。

それはただひたすらに黒く。どこまでも何よりも深い闇。周囲の光を全《すべ》て吸い取って、まるで生き物のように蠢《うごめ》いている。その黒いうねりが造りあげたものは、この日本の近代的な街の中で、恐ろしいほどに歪《いびつ》な存在であった。

だが、ライダースーツの『影』が持った途端《とたん》に、それは奇妙な違和感と共に周囲の風景に馴《な》染《じ》んでいく。

『影』の手の中に現れた物は、夜の中になおも暗く沈みこみ、見る者全《すべ》てに圧倒的な『死』を連想させる。

——それは、『影』自身の身長と匹敵《ひってき》する程の——巨大な諸刃の鎌《かま》だった。

F-4
5

♂♀

――甘楽《かんら》さんが入室されました――
《落ちてたよー。っていうか何か今日接続悪いからそろそろ寝ますー》
［おやすー］
【話の続きは？　ドタチンって……】
《今度話しますよー。ふふう、最後に一つだけ》

♂♀

そして――チンピラはいよいよ追い詰められていた。

立体駐車場の中で、既に逃げ場は無い。

あの後リーダーがどうなったのかは解《わか》らない。あの現実離れした光景を見た後で、そんな事を気にかけられるほど豪胆《ごうたん》な男ではなかった。だが、先刻見せたあの巨大な鎌《かま》の姿が見当たらない。やはりあの光景は幻だったのではないかという思いがよぎるが、その結果がどちらであろうとも今の状況に全く無価値である事に気付き、すぐに頭の中から打ち消した。

首筋に叩《たた》き込まれた強烈な蹴《け》り。何かが千切《ちぎ》れたような音がしたが、どうやら骨に異常はないようだ。だが——まるで極度の肩こりを一箇所に集中させたかのような痛みが、首の付け根の辺りからジンジンと響き続けている。

だが、今のチンピラにとってそんな事は些事《さじ》に過ぎない。

「あの、あの、ちょっと待ってくださいちょっ……ちょっと……ちょっとととと、ま、ま待ってくださいよ」

自分の口から吐《は》き出されたのは、負け犬の用いるような敬語であった。

今、自分の身に起きている事態は理解できた。正直言ってまだ夢を見ているような不安的な感覚はあるが、本能的な恐怖が彼の意思をすんでのところで覚醒《かくせい》させ続ける。

だが——理由が解《わか》らない。この『影』が何者であり、どうして自分がこんな目に遭《あ》わなければならないというのか。

一番可能性が高いのは『仕事』に関してだ。確かに自分の行っている仕事は危険が伴うし、敵を作る可能性も大いにありえる。だが、その『敵』は警察《けいさつ》や暴力団、あるいは仕事のターゲットである、不法入国者や家出して来たガキどもだ。

その覚悟《かくご》はしてきた筈《はず》だし、そうならないように充分注意を払って仕事をして来た筈だ。だが、目の前にいるライダースーツの『影』については全くの想定外であり、一体どう対応していいのか全く解らなかった。最良の手段と思われた逃亡という手段もあっさりと封じられて、チンピラはいよいよ四方を塞《ふさ》がれる状態に陥った。

もはやチンピラには玉砕《ぎょくさい》か降伏の道しか思いつかないのだが、相手の意図が解らぬ以上はどちらの道も選びようがない。如何《いか》なる取っ掛かりでも構わないとばかりに、チンピラは思いつく限りの卑屈《ひくつ》な態度で声を絞《しぼ》り出す。あるいは、声でも出さねば恐怖に支配されるとでも考えたのかもしれない。

「ちょッ……人違いです、俺《おれ》は何もしてません許してくださいごめんなさいごめんなさい」

まるで突然ヤクザに銃《じゅう》を突きつけられたかのように、ただ全身に鳥肌をたてながらペコペコと謝り続ける。

外見にそぐわぬ対応を見せるチンピラに対し、『影』は無言のままで立ち続ける。何かを探しているような素振りを見せたかと思うと――急にチンピラに背を向けて、駐車場の中にある一台のワゴンに向けて歩き始めた。

それは夜の間は池袋《いけぶくろ》の駅前をよく走っているタイプの車で、後部座席の窓には黒硝子《ガラス》がはめ込まれ、外側から内部の様子が窺《うかが》い知れないようになっている。

『影』は、まるでその黒い鏡面の奥を見透《す》かすかのように、何かの確信を持った足取りでワゴン車へと近づいていく。

――あ？　――――えあ!?　やばい！

それは、まさしくチンピラが『仕事』に使う車だった。相手の意図は解《わか》らないが、確かにこの『影』は自分達を狙《ねら》って来たという事になる。しかも、他《ほか》に数台の車があるのにも関わらず、何の迷いもなく自分達の車へと向かっているではないか。

——おい、ちょっと待て、それはヤバイ、それはヤバイ！

先の読めない『影』の行動に、チンピラは一瞬で頭を冷やされる。それまでは常に眼前の『影』に対する恐怖に満ち溢《あふ》れていたが、さらにその下から、全く別のものに対する恐怖が湧《わ》きあがって来たのだ。

——ああ、ああ、あああ、ちょっと待てちょっと待てまてまてマテマテ！　あの……あのワゴンの中身を見られたら俺達はオシマイだ。おいヤバイぞマジでどうするどうするヤバイぞヤバイぞヤバイヤバイヤバイヤバイ——なんなんだよ、本当にこいつなんなんだよ！

チンピラの頭の中で、二つの恐怖がせめぎ合う。

眼前の現実離れした恐怖と、もう一方は酷《ひど》く現実的な恐怖。

——あのワゴンの中が見られたら、警察《けいさつ》はまだしも、ヘタすりゃ始末されちまう！

富士《ふじ》の樹海《じゅかい》に他殺死体となって埋められている自分の姿を想像し、チンピラは足を一層ガクガクと震わせた。

——何か、何かねえか、あの仮面ライダー気取りをぶっ殺す何か——

『影』に対する恐怖を歪《ゆが》んだ形で克服したチンピラは、必死になって状況を打開する策を探し始める。

そして彼の目に映ったものは——この立体駐車場に集まる為に乗って来た、自らの所有する一台のオープンカーだった。


目的であるワゴン車まであと10メートルというところで、『影』は静かに立ち止まった。

背後から微《かす》かに聞こえて来た、車のドアを開閉する音。それに気付いて振り返るのと同時に、激しいエンジン音が立体駐車場に響き渡る。

「……」

完全に振り返った『影』は、真《ま》っ赤《か》なオープンカーが自分に向かって迫って来るのを確認した。車は想像以上の加速を見せ、『影』が柱の影に隠れるような時間を与えない。

『影』は一瞬躊躇《ためら》った後、自分の向かっていたワゴン車とは反対の方向に駆《か》ける事にした。

直前までひきつけてから横に飛ぶつもりだったのだが、恐怖に駆られたチンピラの集中力はその瞬間を見逃さない。『影』の足が僅《わず》かに屈《かが》められた瞬間、チンピラも一気にハンドルを切った。

衝突音《しょうとつ》。

そして、『影』が歪《いびつ》に宙を舞う。

ドサリという音と共に、『影』はコンクリートの上に無様《ぶざま》に転がった。

「おおぉぉおおおお！　ザマぁあぁあァッ！　ざまぁーみろ！　ざまみろざまみろこん畜生《ちくしょう》！」

チンピラは車全体に走った衝撃《しょうげき》に心地よい快感を覚えながら、急速に車の速度を落とす。完全に停車するのを待たずに運転席から飛び出すと、とどめを刺さんと鉄パイプを持って駆《か》け出したのだが――

「!?」

地面に横たわる『影』よりも遙《はる》か手前に、黒い塊《かたまり》が転がっているのが見える。

特徴的なデザインのそれは間違えよう筈《はず》もなく、つい先刻まで『影』が被《かぶ》っていたフルフェイスのヘルメットだ。

しかしチンピラが驚いたのはそんな事ではなく――そのヘルメットが乗せられていたはずの『影』の身体《からだ》を見た時だ。

「くッ……首……」

その身体には、本来首がある筈の場所に何もついていなかったのだ。

――撥《は》ねた衝撃で!?　馬鹿《ばか》な　嘘《うそ》だ　殺人　俺《おれ》が　正当防衛
でも　いや　なんで　ちょっと待てよ　ちょっと　ちょっと待てよ
次々と襲いくる異常な状況。チンピラの脳は混乱の極《きわ》みに達しようとしていた。

その為、彼は気が付く事はなかった。
首が取れた筈《はず》のその身体《からだ》から、血の一滴たりとも流れてはいないという事に。

♂♀

《黒バイクに乗ってる男にはね――首から上が無いの》

♂♀

チンピラが恐る恐る首の無い身体に近づいて行くと――
なんの前触《まえぶ》れも無く、頭部を失った『影』が跳《は》ね起きた。

♂♀

《首がね、綺麗《きれい》になくなってるのに動いてるんだって》
《じゃ、おやすみなさーい》
――甘楽《かんら》さんが退室されました――

♂♀

「うぉあァッッッ!?」

突然舞い降りた最悪の光景に、チンピラは恐怖よりも先に純粋な驚愕《きょうがく》を感じていた。

トリック？　着ぐるみ？　ロボット？

仮装大賞？　ホログラム？

夢？　幻？　妄想《もうそう》？　詐欺《さぎ》？

様々な単語が脳内に浮かぶが、深く考える前に泡《あわ》の様《よう》に消えていく。

本当に驚愕すべきは、車に撥《は》ねられたにも関わらずに何ら傷を負っている様子がない事なのだが、チンピラにはもはやそれに気付く余裕《よゆう》などあろう筈《はず》もなかった。

そして――『影』の背中から先刻と同じように黒い霧が染《し》み出し始め、それはやがて巨大な鎌《かま》へと変貌《へんぼう》を遂げていった。

驚愕が恐怖にシフトを始め、チンピラはいよいよ絶望に塗《まみ》れた悲鳴をあげようとする。

最初の息が漏《も》れ出すのと同時に、チンピラの喉《のど》に鋭い衝撃《しょうげき》が走り――

チンピラの知覚しうる、全《すべ》ての世界が暗転した。

♂♀

内緒モード【あの、セットンさん。ちょっと確認しておきたい事が】
内緒モード［はいはい］
内緒モード［何でしょ？　他人に見られちゃまずい話ですか］
内緒モード【甘楽《かんら》さんて、結構アイタタタな人？】
内緒モード［結構どころじゃないんじゃないかと］
内緒モード【いやいやいやw　でも、このチャットルームも甘楽さんに誘われて来たわけで】
内緒モード［私もですよ。調子いい人なんですけど、憎めない人ですしね］
内緒モード【それに、私達の知らない事を色々知ってますからね】
内緒モード［どこまで本当か解《わか》りませんけど。あ、でも私からも一つだけ］
内緒モード［黒バイクが町を彷徨《さまよ》ってるって話なんですけど］
内緒モード［あまり関わらない方がいいですよー］
内緒モード［じゃ、おやすー］

――セットンさんが退室されました――

内緒モード【え】

内緒モード【ありゃ、帰っちゃった。おやすみなさいませー】

内緒モード【まあいいや】

――田中太郎《たなかたろう》さんが退室されました――

♂♀

首無しライダーは静かにヘルメットを拾い上げると、暗い色が覗《のぞ》く頸部《けいぶ》に押さえつける。襟《えり》の部分から僅《わず》かに影が滲《にじ》んだかと思うと、まるでヘルメットの下部と融合するかのように染《し》み込んでいく。

やがて何事も無かったかのように身を翻《ひるがえ》すと、首無しライダーはワゴン車の方に音も無く歩み寄って行った。

駐車場の入口――己の用事を済ませた首無しライダーは、静かにその場を後にする。路上では数人の男が横たわったままで、どうやら周囲に誰も通りかからなかったようだ。あるいは、見て見ぬふりをしたのかもしれない。

闇《やみ》の中を佇《たたず》む漆黒《しっこく》のオートバイが、まるで主人を出迎えるかのようにエンジンを震わせる。走行中ですら鳴らなかったエンジンの音が、キーも差していない状態で自ら鳴り響いた。

首無しライダーはその様子を見て、まるで愛馬を愛《め》でるようにエンジンタンクをなでる。それに満足したかのようにエンジン音が静まり、首無しライダーは静かにシートに跨《また》がった。

そして、ヘッドライトの無い漆黒の塊《かたまり》が、首の無い主人を乗せて走り出す。

星の見えぬ空の下。

音も無く、まるで闇の中に溶け込むように――

第二章　首なしライダー　客観

東京都《とうきょうと》　豊島区《としま》　池袋駅《いけぶくろ》　東武東上線《とうぶとうじょう》・中央口改札前

「帰りたい……」

少年は呟《つぶや》いた。

彼の心に渦《うず》巻く複雑な想いに比べ、それはあまりにもシンプルな言葉だった。だが、現在の彼の心情をこれほどストレートに表現する言葉も他《ほか》に無かった。

少年の目の前に広がるのは、人。人、人、人。そして人。つまりは人。どうしようもない程に、人だけが彼の視界に溢《あふ》れ返っていた。時刻は午後の6時を過ぎ、会社や学校から帰宅する人々の勢いが増してきた頃だ。まだピークにこそ達していないものの、人を『群集』と感じさせるには充分な人口密度であった。

人の色に塗りつぶされる広大な地下空間——池袋駅の中央で、少年は人の空気に気圧《けお》されて自らの目的を忘れかけてしまっていた。

サラリーマン風の男の肩が自分にぶつかる。思わず謝ろうとしたが、相手はこちらの存在を歯牙《しが》にもかけずに歩み去る。少年は頭を下げて『す、すみません！』と口籠《ご》もり、改札から少し離れた柱まで行って寄りかかった。

少年——竜ヶ峰帝人《りゅうがみねみかど》は、腹の奥に奇妙な躍動《やくどう》のような物を感じながら、それを不安から来るものだと判断した。仰々《ぎょうぎょう》しい名前とは裏腹《うらはら》に、その表情には弱々しく困惑する様《さま》が見て取れる。

古い友人に誘われて、初めてやって来た池袋《いけぶくろ》。より正確に言うならば、池袋どころか東京《とうきょう》に来る事自体が彼の16年間の人生で初めての経験だった。

自分の住む街から出た事はなく、小中学校の時の修学旅行は共に欠席した。自分でもこれではいけないと思っていた矢先——豊島《としま》区にある私立高校への入学が決まった。数年前にできたばかりの新設校であり、偏差値は中の上といったところだが、都内でも有数の学内設備を誇っていた。地元の高校に通うという選択もあったのだが、昔から都会に憧れていたという事と、小学校の時に転校した親友からの誘いという事もあった。

転校したと言っても、帝人が小学生の頃には既にネット設備が整っており、中学に入ってからも毎日のようにチャットをしていた仲だ。顔を合わせなくなったものの、それ程の疎遠《そえん》は感じていない。

ネットに疎《うと》い帝人の両親にはそれがピンと来ない様《よう》で、『小学校の時に別れた友達に誘われた』というのは、息子《むすこ》を上京させるには少々納得のいかない理由だったようだ。口にこそ出していないものの、学費の安い地元の公立校に通わせたいという事もあったのだろう。とりあえずは反対されたが、学費以外の生活費は自分でアルバイトをして稼《かせ》ぐという事で説得し、こうして春から新天地に居を構える事となったのだが——

「失敗したかなぁ……」

自分の存在など歯牙《しが》にもかけないであろう人々の群れに、自分は逆に圧倒されてしまっている。自らの勝手な思い込みから生まれる錯覚《さっかく》だとは解《わか》っているものの、果たしてこれに馴れる事ができるのかという不安に呑《の》み込まれそうになっていた。

五度目ぐらいの溜息《ためいき》をついたところで、聞き覚えの無い声がかけられる。

「よッ、ミカド！」

「!?」

慌《あわ》てて顔を上げると、そこには髪を茶色に染めた青年が立っている。顔にはどこか幼さが残っており、髪やピアスとのアンバランスさが目立っている。

早速カツアゲ、それとも悪徳商法かと身を震わせた帝人だったが、相手が自分の名前を呼んでいた事に気付き、相手の顔をまじまじと見る。そして帝人は、その顔の中に幼馴染《おさななじみ》の面影を感じ取る。

「え、あれ……紀田《きだ》君？」

「疑問系かよ。ならば応《こた》えてやろう。三択で選べよ、①紀田正臣《まさおみ》　②紀田正臣　③紀田正臣」

その言葉に、帝人《みかど》は池袋《いけぶくろ》に来て初めての笑顔を見せた。

「わあ、紀田《きだ》君！　紀田君なの？」

「俺《おれ》の3年かけて編み出した渾身《こんしん》のネタはスルーか……久しぶりだなオイー！」

「昨日チャットで話したじゃない……それにしても、全然変わってるからびっくりしたよー。髪の毛染めたりしてるとは思わなかった！　あとそのネタ寒い」

毎日の様《よう》にチャットで話してはいたものの、相手の顔の変化までは解《わか》らなかった。声も少し低くなっており、最初に声をかけられた時に解らなかったのも当然のことだった。

紀田正臣《まさおみ》はどこか照れくさそうに笑うと、帝人《みかど》の言葉に対して反論する。

「そりゃ4年も経《た》てばなあ。それに、帝人が変わらなさすぎだっての。お前小学校ん時から全然変わってないじゃんよ……っていうかさりげなく寒いとか言うな」

正臣はそう言いながら、自分よりも数段階上の童顔である帝人の頭をペチペチと叩《たた》く。

「わわ、止《や》めろよ。大体チャットでもいつも寒いネタばっかやるくせに……」

帝人は慌《あわ》ててその手を振り払うが、心底嫌《いや》がっている様子でも無いようだ。小学校の時も、あるいはチャット上でも、常に正臣の方が帝人を引っ張るような関係であり、帝人もそれについて特に疑問を抱《いだ》いてはいなかった。

そんな正臣が、挨拶もそこそこに群集の中を歩き始める。

「じゃ、行こうぜ。とりあえず外に出よう。気分はまさしくGOウエスト。西口と見せかけて西武口方面に向かうトリッキーな案内人、俺」

「そうなんだ。で、西口と西武口ってどう違うの？」

「……滑《すべ》った」

正臣と共に歩く帝人の中で、群集への恐怖は大幅に和《やわ》らいでいた。この街を知っている人間と歩くという事、そしてその人間が旧知の仲であるというだけで、帝人の目に映る街の景色がまるで違うものに見えてくる。

「まあ、池袋には東武《とうぶ》デパートが西口に、西武《せいぶ》デパートが東口にあるの。……ああくそ一度滑ったネタの解説をする俺はなんなんだよ一体」

「多分、馬鹿《ばか》なんだよ」

「……お前って結構毒舌家《どくぜつか》だよな」

正臣は苦虫を嚙《か》み潰《つぶ》したような顔を見せるが、諦《あきら》めたように溜息《ためいき》をついて呟《つぶや》いた。

「まあいいや、俺の顔に免じて見逃してやろう。じゃ、どっか行きたいとこあるか？」

「ええと、チャットでも前言ったけど、サンシャインとか……」

「今から？　……まあ俺はいいけどよ、行くんなら彼女の一人でも連れてった方がいいぞ」

サンシャイン60は、かつては日本で最も高いビルとして有名な場所だった。都庁舎やランドマークタワーなどに記録を抜かれた現在でも、水族館やナンジャタウンなどのアミューズメントパークが揃い、休日には学生や家族連れ等で賑《にぎ》わうレジャースポットの一つだ。

ミーハーだとは思いつつも、帝人《みかど》には他《ほか》に思いつく場所も無い。テレビドラマ等で有名な場所で、もう一箇所思いつく場所があったのだが——

「ねえ、池袋《いけぶくろ》ウエストゲートパークなんだけどさ」

「おお、俺《おれ》も見てたよあのドラマ。小説も漫画も全部持ってるぞ」

「あ、いや、ドラマじゃなくて、ウエストゲートパーク自体のことなんだけど」

それを聞いて、正臣《まさおみ》は一瞬キョトンとした後に、納得したような顔で笑いだした。

「いや、普通に西口公園って言えよ」

「え、でも……池袋人はみんなそう呼んでるんじゃ」

「池袋人ってなんだ。あ、何？　行きたい？」

足を止める正臣に対して、帝人は首をブンブンと振りながら否定した。

「や、やめようよ！　もう夜だよ!?　カラーギャングってのに殺されちゃうよ！」

「あー、いや、マジな顔でそんな事言われても困る。つーか、今はまだ6時だぞ？　ったく、臆病《おくびょう》なのも相変わらずだな」

正臣はやれやれといった感じの笑顔を見せ、そのまま帝人を連れて人ごみの中を歩いていく。改札口前に比べると人の密度は減ったものの、歩きなれない帝人にとってはぶつからないように歩くのがひと苦労だった。

「最近はカラーギャングも減ったよ。去年あたりは目立つのが多かったんだけど、埼玉《さいたま》と抗争やって何十人もパクられてさ。それからは同じ色の服着た連中が少しでも集まろうもんなら、速攻で警察《けいさつ》が飛んでくるようになっちまったのよ。それに、夜っつってもサラリーマンの集団帰宅が収まるまではそこまで派手な事もねえし……いや、暴走族とかのでかい集会とかなら別だけどさ。池袋じゃねえけど、歌舞伎《かぶき》町なんかで警官隊とやりあってるのが、たまに雑誌とかニュースにでるな」

「暴走族！」

「いや、だからこんな時間から駅前とかにはいないっての」

それを聞いて、帝人はどこか安心したように息を吐《は》いた。

「じゃあ、今の池袋って安全なの？」

「いや、俺も半分知ったかだから正確な事は解《わか》らねえんだけどさ。数自体は結構いるし、別にカラーギャングや暴走族以外にも危ない事は山ほどあるしな。それに、一般人の中にも絶対手ぇ出しちゃいけない奴が何人かいるから……っつっても、お前は自分から喧嘩《けんか》を売ったりガンを飛ばすような奴《やつ》じゃないからな。まあ後はポン引きと怪しい商売に気を付けて、ギャングや暴走族っぽい奴に近づかなけりゃ大丈夫っしょ」

「そうなんだ」

『絶対に手を出してはいけない人間』というのが気にはなったが、帝人は特に突っ込んで尋ねるような事はしなかった。

二人は地下道が狭くなっている場所に入り、地上に向かうエスカレーターへと向かう。

帝人《みかど》が周囲を見回すと、巨大なポスターが壁一面に連続して張られている。その種類も宝石店や映画の広告、何か漫画の様《よう》な女の子の絵が描かれているものまで多種多様だった。

そして、エスカレーターを昇って地上に出ると、人の密集する空気を引き連れたままで、ただ周囲の景色だけがガラリと変わった。

相変わらずの人の波の中で、ウインドブレーカーを羽織《はお》った人間が店の広告が入ったティッシュを配っている。女性だけに配っている人間もいれば、男女構わず配っている者もいる。男だけに配っている中には明らかに相手を選んでティッシュを渡している者もいた（実際帝人は無視された）。

街を歩く人間も多岐《たき》に及び、サラリーマンからフリーター風の若者、女子高生や外国人まで様々な種類の人間が混在している。かといって完全な混沌《こんとん》というわけでもなく、それぞれ自分と似たような雰囲気の人間同士で集まっており、何か縄張りのような空気を感じさせる。時折その縄張りの中から一人飛び出し、別の種類の人間に声をかけたりしている。そんな光景すらも押し流すように、人の波はとめどなく動き続けていた。

正臣《まさおみ》にとっては見慣れた光景だったが、帝人にとっては何もかもが新鮮に見えた。地元一番の商店街だとて、これほどの人で溢《あふ》れた事は無い。今までインターネットや漫画の中でしか見る事の無かった世界が目の前に広がっている。

その感動をストレートに伝えると、正臣《まさおみ》が笑いながら次のように告げた。

「あー、じゃあ今度新宿《しんじゅく》か渋谷《しぶや》に連れてってやるよ。原宿《はらじゅく》でもいいかな、カルチャーショック受けるぞ。アキバとかでもいいし……人ごみが珍しいなら、競馬場に連れてってやろうか？」

「遠慮しとくよ」

正臣の申し出を丁重《ていちょう》に断っていると、何時《いつ》の間にか大通りに差し掛かっていた。複数車線の道路を忙《せわ》しなく自動車が往来しており、その道に覆《おお》いかぶさるように、巨大な道が空を遮《さえぎ》っている。

「この上の道路が首都高速な。あ、そうそう、今通って来たのが60階通りって奴《やつ》だから。それとは別にサンシャイン通りってのもあるけど、シネマサンシャインは60階通りだから間違えないように気を付けろな。ああ、折角《せっかく》前を通り過ぎたんだから案内しときゃよかったな」

「ああ、別に今度でいいよ」

そういう帝人《みかど》も、行きかう人間ばかりに気をとられ、肝心の街並みを見る事を怠ってしまっていた。恐らく今のままでは、一人で駅からサンシャインに辿《たど》り着く事は不可能だろう。

長い信号待ちの間、正臣が今まで歩いてきた通りを振り返りながら呟《つぶや》いた。

「今日はサイモンも静雄《しずお》もいなかったな。遊馬崎《ゆまさき》さんや狩沢《かりさわ》さんは多分ゲーセンだろうけど」

「だあれ？」

それは明らかに独り言と思えたが、突然出てきた人名の羅列《られつ》に帝人は思わず尋ねてしまう。

「あー、いや、遊馬崎さんと狩沢さんは俺《おれ》の知り合い。サイモンと静雄ってのは——さっき話したろ、敵に回しちゃいけない奴の内の二人だから。まあ、平和島《へいわじま》静雄は普通に生きてりゃ話しかける事もないだろうし、見かけたら逃げるのが一番だ」

その言葉から、帝人は正臣が『静雄』という人間を快く思っていないという事を判断した。それ以上は語ろうとしなかったので、特に突っ込みを入れなかったが——他《ほか》に気になった事があったので、思い切って尋ねる事にした。

「敵にしちゃいけない人って——漫画みたいだけど、他にどんな人がいるの？」

少年のような顔をした青年の無邪気な問いかけに、正臣は何か考え込むように空を仰《あお》ぎながら、意を決したように答えを吐《は》き出した。

「まずはこの俺だ！」

「……√《ルート》3点」

「√!?　「√って何だよ!?　せめてマイナス20点とか解《わか》り易《やす》い突っ込みにしてくれよ！　馬鹿《ばか》な……俺のセンスは平方根を知らねえ小学生には理解できないって事か!?　くそ、言ったそばから早速俺を敵に回しやがったな！　いつからお前はそんな理解力に乏しい奴になった！　ゆとりか？　ゆとり教育って奴がお前を変えちまったのか!?」

「意外な弊害だね」

帝人は表情一つ変える事無く、正臣のくだらない話に相槌《あいづち》を打つ。いい加減に自分でも寒くなったのか、それ以降は正臣《まさおみ》は真面目に言葉を紡《つむ》ぎ始めた。

「んー……何人もいるけど。ヤーさんやギャングみたいなのは言うまでもねえとして……帝人《みかど》が関わりそうな奴《やつ》だとあれだ、今言った二人と、もう一人折原臨也《おりはらいざや》って人がいるんだけどよ、こいつはヤバイから絶対関わるなよ。まあ、新宿《しんじゆく》主体の人だからまず会わねえだろうけど」

「オリハライザヤ……変わった名前だね」

「お前が言うな」

笑いながら吐《は》かれたそのセリフに、帝人は反論できなかった。竜ケ峰《りゆうがみね》などという苗字《みようじ》に帝人などという大げさな名前。確かに祖先は相当な名家だったらしいが、帝人の両親は只《ただ》のサラリーマンだ。遺産についてはよく解《わか》らないが——もしあるのならば、帝人の私立進学にあそこまで難色を示さなかっただろう。

帝人という名前も将来偉くなるようにという意味でつけられたのだが、小学校の頃はよくからかわれた思い出がある。それでも今では皆馴れてしまったのか、虐《いじ》めにまで発展する事も無くここまで育ってきた。

だが——中学校まで一学年一クラスしかなかった故郷と違い、この全く新しい土地では会う人間の殆《ほとん》どが初対面だ。そんな中で、自分は名前に恥じぬような男と見られるのだろうか——。

——まあ、まず無理だよね。

そんな心中を察したのか、正臣がフォローを入れようと言葉を紡《つむ》ぐ。

「あー、気にすんなよ。仰々《ぎようぎよう》しいってだけで別に悪い名前じゃないんだからよ。帝人が名前に見合うように堂々と振る舞ってりゃ、誰も文句を言う奴なんていねえって」

「……うん。ありがと」

帝人が礼を言い終えたところで、信号が青に変わった。

「そうそう、敵に回しちゃいけないっていや――……『ダラーズ』って連中には関わらない方がいいらしいぜ」

「……ダラーズ」

「おお。ワンダラーズのダラーズ」

「また妙な例えを……それって、どんなチームなの？」

先刻までは会話に消極的だった帝人が、珍しく乗り気になって話の続きを促《うなが》した。

「あー、俺《おれ》も詳しい事はわからねーんだけどよ、とにかく人数が多くて線が一本ぶちきれた連中らしい。カラーギャングらしいんだけど、どんな色なのかもわからねえ。まあ、さっきも言ったけど今はカラーギャングも迂闊《うかつ》に集会はできねえから、そいつらもいつのまにか解散しちまってたりしてな」

「そうなんだ……」

その言葉を最後に、何故《なぜ》か二人の間にぎこちない空気が流れる。

彼らは暫《しば》し無言のままで、信号の向かいにあるシャープなデザインのビルに沿って歩く。ビルの中にはスタイリッシュな車が展示されており、ビルの形状と綺麗《きれい》な調和を見せている。

帝人《みかど》が暫《しば》しそのビルと車に見とれていると――不意に、奇妙な音が聞こえて来た。

最初に聞いた瞬間は、何か猛獣《もうじゅう》の嘶《いなな》きかと感じられた。だが、注意して聞いてみると、その音は大通り、車線上の遙《はる》か彼方《かなた》から聞こえて来るようだ。そして二度目にその音が響いた時、帝人はその音がエンジン音であると判断する。やはり動物の唸《うな》り声の様《よう》にも聞こえたが、道路上から響いているというからには車かバイクの排気音と見るのが普通だろう。

思わず立ち止まって様子を窺《うかが》う帝人に対し、正臣《まさおみ》は冷静な表情のままで淡々と告げる。

「帝人は運がいいなあ」

「え？」

「初めて東京に来たその日の内に、都市伝説を目の前で見られるなんてなあ」

正臣の顔は無表情のままだったが、その目にはどこか期待に溢《あふ》れるように輝いていた。

――そう言えば――

帝人は、正臣が前にも何度かこんな目をした事を思い出した。授業中に、学校の上空を飛ぶ飛行船を見つけた時や、校庭に迷い込んだ狸《たぬき》を見つけた時。そんなちょっとした非日常を垣間《かいま》見た時と同じ目をしていた。

何か声をかけるべきだろうかと迷っている内に――

彼らの前に、その存在が現れた。

ヘッドライトの無い漆黒《しっこく》のバイクに跨《また》がった、人の形をした『影』。

それが車の間を縫《ぬ》って——帝人達の前を音も無く走り去った。

「!?」

数秒の間を置いて、再びエンジン音が唸りをあげる。だが、次の瞬間には再び無音となり、タイヤとアスファルトが擦《す》れる僅《わず》かな音が聞こえるのみだ。エンジンが完全に停止しているとしか考えられない無音の中で、バイクは全く速度を落とさずに走り続け——更には加速までしているように見える。

それは明らかに異常な存在であり、まるでその音が響く範囲だけ現実から切り取られてしまったような違和感を感じさせる。道を行く人間達の半分程が立ち止まり、怪訝《けげん》な顔をして『影』の姿を見送った。

そして——帝人は自分の全身が小刻みに震えている事に気が付いた。

恐怖ではなく、ある種の感動のようなものに全身が支配されているのだ。

——凄《すご》いものを見た。

擦れ違う瞬間、帝人はヘルメットの奥に目を向けた。そのヘルメットの内部は窺《うかが》い知れなかったが、微動だにしないその頭部からは、およそ目線というものが感じられない。

まるで——ヘルメットの中には何も存在していないかの様《よう》に。

♂♀

チャットルーム（深夜）

——田中太郎《たなかたろう》さんが入室しました——

【こんばんわー】

［ばんわー］

【あー、セットンさん。今日、見ましたよ！】

【例の黒バイク！】

［？　田中太郎さん、池袋《いけぶくろ》に来たの？］

【ええ、実は私、今日から池袋に住む事になりまして。今は友達の家から繋《つな》いでますけど、明日から駅の近くのアパートに住む事になってます。予《あらかじ》めプロバイダの契約は済ませてありますんで、すぐにネットに繋げられると思います】

［へえ、おめでとうー。一人暮らし？］

【はい】

［そうなんだー。……あ、黒バイクを見たって、夜の7時前ごろ？］

【あ、知ってるんですか？　私はサンシャインのそばで見たんですけど】

［うん、まあ。私もそこに居たから］

【!?】

【本当ですか？　うわ、じゃあ知らない内に擦《す》れ違ったりしてたのかもしれませんね！】

［そうかも］

【うわー！　なんだ！　こんな事なら前から言っておけば良かった！】

［ともあれ、池袋《いけぶくろ》にようこそー。なんか聞きたい事とかあれば遠慮なく聞いていいっすよー］

【ありがとうございます！】

【あ、そうだ、じゃあ早速】

［はいはい］

【オリハライザヤって人、知ってます？】

【なんだか友達に聞いて、近づかない方がいいとか言われたんですけど】

【怖い人なんですか？　って、知ってるわけ無いですよね。すんません】

［……］

［田中太郎《たなかたろう》さんの友達って、その筋の人？］

【あ、いえ、普通の奴《やつ》ですよ】

[あ、そうですか。すみません。折原臨也《おりはらいざや》には関わらない方がいいよー。マジでヤバイっす]
《あー！　田中《たなか》さんこんばんわー！》
【!?　甘楽《かんら》さん、いたんですか？】
《ちょっと電話してたからー。あ、今ログ読みましたけど、東京《とうきよう》に来たんですか？　おめでとうございますー！　今度オフ会でもやりますか？》
【あ、いえいえ、お構いなく。あー、でもオフ会はやりたいですねぇ】
《そうですよねぇ》
《あ、そうそう、オフ会と言えば、自殺オフってあるじゃないですか》
[あー]
[去年流行《はや》りましたねぇ。ネットで知り合って心中]
【嫌《いや》な話ですよね】
【でも、最近はあまりニュースになってませんよね】
[未遂で終わってるのか、あるいはもう珍しくもなくなってニュースにならないのかもね]
《いえ、あるいは沢山《たくさん》あるんだけど誰も気付いて無いだけかもしれませんよ！》
【え？】
《もしかしたら、まだ死体が見つかってないとか》
【うわあ】

［不謹慎《ふきんしん》ですよ］
《そういや、最近失踪《しっそう》事件も多いし》
【？　そんなニュースが？】
《えーと、大抵不法滞在してる外国人とか、地方から家出して来た子とか。池袋《いけぶくろ》から渋谷《しぶや》の間あたりで多いみたいだよー。もしかしたら、『ダラーズ』の連中が取って食ってるんじゃないかって噂《うわさ》もあるぐらいですよフフウ？》
【あ、やっぱりダラーズって有名なんですね】
《ダラーズは凄《すご》いんってですよ！　こないだチャイニーズマフィアと話をつけたらしいし、こないだヤクザが刺された事件も、そのダラーズの下《した》っ端《ぱ》の仕業《しわざ》なんだって！》
［甘楽さんってどこからそういう情報を仕入れてくるの？］
《知り合いに詳しい人がいるから、それでですよう》
【うう、詳しく聞きたいけど、明日は朝早いから今日はこの辺でー】
《あ、お疲れさまでっす！》
［田中太郎《たなかたろう》さん、おやすー］
［あ、私もちょっと用事があるんで、今晩はこれでー］
【すみません……あー、ドタチンって人の事も今度教えて下さいね】
【ではではー】

《あー、じゃあ今日はこれで解散ですねー。他《ほか》に誰も来ないですしー》
《おやすみなさーい☆》

――田中太郎《たなかたろう》さんが退室されました――

――セットンさんが退室されました――

――甘楽《かんら》さんが退室されました――

第三章　首なしライダー 主観

国道254号線（川越街道《かわごえ》）

——まったく嫌《いや》になる。

深夜の国道でバイクを走らせながら、黒バイクの主《ぬし》——首無しライダーは苛立《いらだ》っていた。

——今回のは簡単な仕事だった筈《はず》だ。それなのに、ちょっと情けをかけてやったら途端《とたん》に車で跳《は》ね飛ばされた。やっぱり最初から黙らせておけば良かったんだ。

自分の『仕事』を振り返りながら、首無しライダーはバイクの速度を緩《ゆる》めていった。

左折ランプの代わりに手信号を出しながら、細い横道にバイクを入れる。そのまま街道沿いにあるマンションの車庫の前に停車したかと思うと、地面に降り立ちながらバイクのハンドル部分を軽く撫《な》でる。

すると、エンジンが僅《わず》かに震えた後に、バイクはひとりでに車庫の中へと入っていった。

その姿を見送ると、首無しライダーはその足をマンションの入口へと向けた。

「よッ、お疲れさん」

マンションの最上階にある部屋に入ると、白衣を着た若い男が出迎えた。年は二十代半ばだろうか、ピッチリとした白衣に見合った好青年だが、室内には別段医療機器が揃っている様子は無い。高級な家具や電化製品が揃った部屋の中で、その青年の姿は非常に浮いている。

同じぐらい浮いているライダースーツの『影』は、苛立《いらだ》たしげに奥の部屋へと入っていった。

「おやおや、何か苛ついているようだね。これはいけない、カルシウムの摂取が必要かな」

そういいながら、白衣の男は部屋の隅にあるパソコンデスクの椅子《いす》を引き出した。それに腰を掛けながらパソコンの画面に向かうと、奥の部屋からキーボードを打つ音がカタカタと響いてくる。

それと同時に、白衣の男の前のパソコン画面に文字列が現れた。どうやらパソコン同士がＬＡＮか何かで接続されているようで、別途のパソコン同士で会話ができるようなシステムを導入しているようだ。

『卵の殻でも食えというのか』

「あー、いいんじゃないかな？　もっとも僕はあれだ、栄養学には疎《うと》いから卵の殻に如何程《いかほど》のカルシウムが含まれているのか、あるいはどれだけ吸収効率がいいのかといった類《たぐい》の事は解《わか》らないけどね。そもそも君の脳味噌が何処《どこ》にあるかも解らないのに、カルシウムがどれだけ有用かって事もあるけどさ。というか、何処から食べるの?」

　白衣の男はキーボードを叩《たた》く事をせず、奥の部屋にいる首無しライダーに向かって直接声をかける。首無しライダーもそれに何の疑問も抱《いだ》かず、再びカタカタという音を打ち鳴らした。

『黙れ』

　どうやらこれが白衣の男と首無しライダーのコミュニケーションのようで、互いに何の支障《ししょう》も無く『会話』を繰り広げている。

「わかった、黙るよ。ところで話は変わるけど、ずっとパソコンの画面を見てると人間は目がショボショボしてくるもんなんだけど、君の場合はどうなの?」

『知るか』

「なあセルティ。眼球の存在しない君には、一体この世界がどんな風に見えているのかな。何度も聞いたけど教えてくれない」

『自分で理解できないものを他人に教える事はできない』

　影――『セルティ』と呼ばれたその存在には、頭部が無い。それは即ち、視覚や聴覚を感受する器官が存在しないという事だ。

　しかし、確かにセルティの世界には視界も音も、果ては匂《にお》いさえも存在する。パソコンのモニター上の文字もはっきりと読めるし、微妙な色遣《づか》いも全《すべ》てはっきりと確認できる。ただ、一度にハッキリと確認できる視界は、人間よりも少し広い程度らしい。全方向を同時に確認する事ができるのならば、今日、わざわざチンピラの車に撥《は》ねられる事にはならなかった筈《はず》だ。

目線は基本的に首の辺りからだが、任意で体のどの部分からの視界を得る事もできる。流石《さすが》に自分で自分の身体《からだ》を空から見るような真似《まね》はできないが。

一体自分の体がどのような仕組になっているのか、これはセルティ自身にも解《わか》らない事だ。そもそもセルティは人間の目から見える世界を知らない為、違いを伝えようにもどう伝えればよいのか見当もつかない。

モニター上でも沈黙するセルティに対し、助け舟を出すかの様《よう》に新羅《しんら》が声をかけた。

「これは俺《おれ》の推論に過ぎないけど——君の体から絶えず染《し》み出しているその『影』のような不思議SFトンデモ物質。観測した事が無いから良くは解らないが——その粒子が光の代わりに周囲に放たれ、跳《は》ね返ってきたところを吸収し、周囲の情報を得ているというのはどうかな。音や匂《にお》いも含めて、影が情報を君に運ぶんだ。レーダーのようにね。当然、遠くのものに対しては情報が不鮮明になる。もしくは、君の纏《まと》う影が感覚器の代わりを果たして、周囲の光や振動、匂いの分子を取得するんだ」

『小難しい事を言われても困るし、興味も無い。見えて聞こえればそれでいい』

淡々と打ち返される言葉の羅列《られつ》に、白衣の男は仰《ぎょう》々《ぎょう》しく肩を竦《すく》めてみせた。

「セルティ。君はいつだってそうだ。君の感じる世界は、果たして僕が感じている世界とどれだけの差異があるのか……僕はただそれが気になるだけなんだよ。これは何も視界だけの話じやない。価値観の問題でもある。人間としての価値観ではなく――」

そこで一旦《いったん》息を止めて、白衣の男は意地悪そうに言葉を吐《は》いた。

「この街に具現化しただ一人の妖精、デュラハンとして見た世界の価値って奴《やつ》をさ」


セルティ・ストゥルルソンは人間ではない。

俗に『デュラハン（ドュラハンとも）』と呼ばれる妖精《ようせい》の一種であり、死期の近い者にその訪れを告げに回る存在だ。

切り落とした己の首を脇に抱《かか》え、俗にコシュタ・バワーと呼ばれる首無し馬に牽《ひ》かれた二輪の馬車に乗り、死期が迫る者の家へと訪れる。うっかり戸口を開けようものならば、タライに満たされた血液を浴びせかけられる――そんな不吉の使者の代表として、バンシーと共に欧《おう》州《しゅう》の神話の中で語り継がれて来た。

本来ならば日本では語り継がれる事の無い存在だったが、ファンタジー小説やTVゲームの影響でその知名度は飛躍的に上昇した。不吉の使者であるデュラハンは様々なゲームの悪役として描かれ、恐ろしい死霊《しりよう》の騎士《きし》として若い世代――特にゲームや冒険小説を好む層の中に浸透していった。

しかし、そんな事は特に関係も無く――セルティは伝承の伝わるアイルランドから日本にやって来た存在だ。

自分がどのようにして生まれたのか、どうしてタライの血を被《かぶ》せるのか、どうして人間に死期を伝えるのか——今のセルティにとって、それは全く思い出せぬ事であった。そして——それを取り戻す為に、わざわざこの遠く離れた島国までやって来たのだ。


今から20年程前——セルティが山中で目を覚ますと、自分の中から様々な記憶が欠落している事に気が付いた。

それは自分の行動の理由であったり、ある程度より遡《さかのぼ》った過去の記憶であったりと様々だったが——確実に記憶しているのは、自分がデュラハンであるという事とセルティ・ストゥルルソンという名前、そして己の能力の使い方のみだった。傍《かたわ》らで自分にすり寄ってくる首無し馬の背を撫《な》で——セルティは、そこで初めて自分の頭部が消えている事に気が付いた。

まず驚いた事は、『私は頭で物を考えていたわけじゃなかったんだ!?』という事であったのだが、それに続いて、セルティは自分の『首』と思しき気配を感じとる事ができる事に気が付いた。

状況を考え、セルティは一つの推理をする。自分の意思は元々『身体《からだ》』と『頭』で共有していたものであり、欠落している記憶は『頭』の中に含まれているのではないかと。

そしてセルティは即座に決意する。己の存在意義を知る首を取り戻す事。それが今の自分に与えられた存在意義だと。もしかしたら——『頭』が自らの意思で身体の元を離れたのかもしれないが、そうだとしても結局は首を手にせねばわからぬ事だ。

周囲に残る僅《わず》かな『気配』を辿《たど》り、自分の首を追い求めたのだが——どうやら船に乗って海外に渡ってしまったようだ。セルティはすぐさま船の行き先を調べ、同じ目的地——日本に向かう船に密航したのだが——問題は馬と二輪の馬車であった。

この二つは馬の屍骸《しがい》と馬車に憑依《ひょうい》させたデュラハンの使い魔のような存在であり、いざとなれば消し去ってしまう事もできたのだが——果たして消し去った後に何処《どこ》に行ってしまうのか？　その記憶は恐らく『頭』の中にあるのであろう。そう考えると、消し方を知っていてもなかなかその行為に踏み切る事ができない。セルティは少し考え、港の近くにあったスクラップ置場へと足を運ぶ。

そして——そこでセルティはピッタリな物を見つけた。二輪の馬車と馬が融合したような姿をした、ヘッドライトを失った漆黒《しっこく》の二輪車を。

それから日本に渡ってはや20年。手がかりは無し。

気配を感じると言ってもそれは薄い匂《にお》いのようなもので、大雑把《おおざっぱ》な方向では辿《たど》れるが、正確な位置となるとまるでピンとこなくなる。

——この東京《とうきょう》の何処《どこ》かにあるというのは解《わか》るのだが——

セルティは気持ちの中でだけ歯噛《が》みをしながら、己の首を探索し続けている。

例えそれが何年、何十年掛かろうとも、セルティに迷いは無い。自分に残る古い記憶は数百年前のものにまで遡《さかのぼ》る。『頭』の持っている記憶は更に古いはずだという確信もある。

それらを考慮すれば、自分に時間は半永久的にあるとも考えられた。ただ——己の首が一体どのような目に遭《あ》っているのかを考えると、ノンビリ探すというわけにもいかなかった。

そして今日もセルティは東京の闇《やみ》にバイクを走らせる。

副業として、運び屋などを営みながら——


「で、今日の仕事も精励恪勤《せいれいかっきん》とこなして来たかな?」

耳慣れない四字熟語を使いながら、白衣の男——岸谷新羅《きしたにしんら》が飄々《ひょうひょう》と告げる。

彼はセルティの正体を知る数少ない人間の一人であり、宿の無いセルティに対して様々な『仕事』を用意し、その代償として部屋を貸している。

彼はセルティが密航している船に乗っていた医者の息子《むすこ》であり、父親との航海中にセルティを発見する。そして——彼の父親が筆談でこう提案した。

「一度だけでいい。解剖《かいぼう》させてくれれば、君に居場所を提供しよう」

新羅の父親は少し異常な人間で、接触した未知の生物に恐れを成すどころか、逆に取引を持ちかけたのだ。さらに、その結果を学会に発表する事も無く――ただひたすら、自己満足の為に『新種』の生物を解剖した事になる。後に聞いた話では、セルティの自己治癒《ちゆ》力は凄《すさ》まじかったらしく、解剖中に切開した傷が直り始めるほどだったという。

セルティ自身は、その事はあまり記憶に残っていない。

恐らくは解剖のショックが強かったのだろう。一応麻酔《ますい》をかけられたが、人間の麻酔は効かなかったようだ。身体《からだ》を切り開かれる痛みがハッキリと伝わって来たが、暴れようにも手足は頑丈《がんじょう》な鎖《くさり》で縛《しば》りつけられていた。途中で気絶してしまっていたようで、前後の事も殆《ほとん》ど思い出せない。

『痛覚はあるようだが、人間よりはかなり鈍いようだな。普通なら発狂してもおかしくない』

新羅の父が手術後にそう告げる。記憶を失っていたせいか、その時のセルティには怒る気力が湧《わ》いて来なかった。

今日も車に撥《は》ねられたのにすぐに動けたところを見ると、やはり自分の身体は頑丈にできているらしい。そんな事を思いながら、彼女は新羅の顔に目をやった。

新羅の父親は、新羅自身にもセルティの解剖に立ち合わせたそうだ。まだ5歳《さい》に満たぬ子供に鋭いメスを持たせ――人間に近い肉体を切開させたのだ。

それを聞いた時から、セルティはこの親の元では新羅がろくな大人《おとな》にならないであろうと予見していたが――実際、ろくな大人にはならなかった。

24歳《さい》になった新羅《しんら》は自称『出張闇《やみ》医者』であり、普通の医者では不都合な患者——例えば銃《じゅう》創《そう》の手当てや公にできない整形手術などが主な仕事である。若さには見合わない（というよりも普通は執刀《しっとう》できない）腕と信頼があるそうだが、あくまで自称なので、セルティにはどこまでが本当なのか見当もつかなかった。通常ならば、医師免許を持つ者でも執刀医になる為には助手として数百回の手術に立ち合わなければならないのだが——セルティの知る限りでは、新羅は父親の非合法な助手として、その程度の数は軽くこなしていたように思える。親も親なら子も子であり、高校を卒業する頃には、新羅は自分の境遇になんの疑問も抱《いだ》いていなかった。

そんな男が、今日も真面目《まじめ》に仕事をして来たかと自分に問いかけてくる。

『腹立たしい事この上無しだ』

新羅に対する皮肉の混じったコメントを打ち込むと、セルティは今夜行った『仕事』について語るため、パソコンのモニター上に文字を躍《おど》らせ始めた。

そもそも今日の仕事は特殊であり、新羅が夜になってから急に持ち込んできた仕事だ。池袋《いけぶくろ》である種のグループを組んでいる若者達がいて、その仲間が攫《さら》われたという話だった。警察に任せるべき仕事だが、事は一刻を争うらしく、携帯のメールに直接連絡が来た。どこぞの悪徳企業の下《した》っ端《ぱ》の下っ端の下っ端にあたる人攫い。不法入国者や家出してきた若者を攫っては一つ上の集団に引き渡すらしい。一体何を目的としているのかは不明であるが、恐らくは様々な事に『ニンゲン』という物資が使われるのだろう。上の上の上の組織が人体実験にでも使うのかもしれないし、上の上あたりが何か如何《いかが》わしい商売に利用するのかもしれない。あるいはすぐ上あたりの人間が単純に金目当てでどこかに売り飛ばしたり安い賃金でこき使うのかもしれない。

どんな目的だったのかは知らないが、友人の不法滞在者が攫われてしまったらしい。不法滞在者の友人というのもどうかとは思ったが、顔も戸籍も無いセルティにとっては、こういった仕事でもなければ働き口が無いというのも事実だった。

結果としてその人攫いをボコボコにしてからワゴン車を確認。被害者の無事を確認してから新羅にメールを入れて終わりだった。その後は新羅からそのグループへ直接連絡を入れる手はずとなっていた筈だ。気絶したままの人攫い連中がその後どうなるかはわからない。

最初からそのグループに場所を教えておけば、あとはそいつらが勝手に仲間を取り返せば良いのではないか。セルティはそう思ったが――新羅の『穏便に』という方針から、結局は自分が仕事に当たる事となった。集団同士の大喧嘩《げんか》になるよりは、腕のたつ仕事人が静かに全滅させた方が良いという考えだろう。

その結果として、自分は車に撥《は》ねられて痛い目を見る事となった。殺してはいないものの、『影』を利用した大鎌《がま》で大分痛めつけた。

セルティは常に影を纏う。その影は時には鎧《よろい》の姿を形どり、自らの意思によって現在羽織《はお》っているようなライダースーツや——あるいは単純な形の得物《えもの》へと変化させる事ができる。

質量のある影というのもおかしな話ではあるが、基本的にセルティの纏《まと》う『影』は軽く、それゆえにアクション映画に見られるような異常な動きを見せる事ができる。その代わりに質量が殆《ほとん》ど上乗せされないので、セルティの力が直接武器の威力に反映する事になる。ただし刃の切れ味はそのままであり、硬度は——正確に測定した事はないが、今まで『影』が刃こぼれしたという記憶は無い。いうなれば、絶対に刃こぼれしないカッターナイフが、重さはそのまま大きさが日本刀の様《よう》になったという雰囲気だ。

鈍器としては使えないが、刃の形をとらせれば凄《すさ》まじいまでの威力を発揮する事ができる。

しかしセルティはあえてチンピラ達を斬《き》らず、鎌《かま》の柄《え》を喉《のど》に叩《たた》きつけて気絶させてきた。数百年前には自分を化物《ばけもの》と恐れる人々と斬り結んだような記憶もあるが、今の日本でそんなマネをすればどんな事になるのかぐらいは理解している。

セルティはこの20年間、日本語を学ぶと共に、自己流で相手を殺さないように倒す訓練を積んできた。合気道や護身術、あるいは空手の道場に通えれば一番良かったのだろうが、ヘルメットを被《かぶ》ったままで入門できる道場が近くになかったので諦《あきら》める事にした。

そもそも鎌という形状自体が使いにくいのだ。死神などのイメージから大鎌はとてつもなく強い凶器《きょうき》の様に錯覚しがちだが、実際は刀や槍《やり》の方が遙《はる》かに扱いやすい。それでも大鎌という形状を良く使うのは、新羅《しんら》が『そういう奴《やつ》の方が名前が売れやすいよ』と言ったのが原因だ。

更に困った事に——徐々にではあるが、最近では自分でもその形状を気に入り始めていた。

しかし、いくら武器が凄《すご》くとも車に撥《は》ねられたのでは意味が無い。痛みは既に消えているが、自分の不覚に対する苛立《いらだ》たしさだけがグツグツと煮えたぎっていた。

一体自分がどこまでダメージを食らえば死ぬのか、当然ながら確かめた事は無いし、確かめるつもりも毛頭《もうとう》無い。セルティはそんな考えを含めて、新羅に包み隠さず業務報告を行った。

車に撥ねられたという報告を聞きながらも、新羅はニコニコと笑いながら言葉を返す。

「それはお疲れさんだったね。ところで、お疲れついでにもう一つ」

『何だ』

「今回の件、すぐに相手の居場所が解《わか》ったのはさ、折原《おりはら》君に頼んじゃったからなんだよね」

折原臨也《いざや》。彼は新宿《しんじゅく》を根城《ねじろ》にする情報屋であり、大量の金額と引き換えに様々な情報を提供する人間だ。もっともそれは本職ではないらしく、裏で何をやっているかは誰も解らない。

何度か仕事を請《う》けた事もあるが、彼に関わる仕事は後味《あとあじ》が悪いものが多かった。正直言って、軽々しく関わりあいになるのは気が進まない。

『なんであいつが』

「いや、丁度《ちょうど》仕事の依頼を受けてさ、じゃあギャラと引き換えに何か知らないかって事になって、車のナンバーを言ったら即座にあの駐車場の事を教えてくれたってわけ」

それを聞いて、セルティは心中で歯を軋《きし》ませる。不思議なもので、頭を失った今でも何故《なぜ》か歯軋《ぎし》りという感覚は容易に思い出す事ができた。

そんな事を身体《からだ》の何処《どこ》かの部分で考えていると、突然新羅《しんら》が両肩に手を置いて来た。考え事をしている間に、こちらの部屋の中に入ってきていたようだ。

「ねえ、そろそろ決心はついたかな?」

『なんの?』

こちらのパソコンに映る文字を直接確認しながら、新羅は困ったように笑って見せる。

「解《わか》ってるくせに」

次の文字が画面上に打ち出される前に、新羅は言葉の続きを紡《つむ》ぎだす。

「君はまさしく神出鬼没《しんしゅつきぼつ》で斬新奇抜《ざんしんきばつ》な存在だよ。だからと言って今のままでは君の望みの達成は前途遼遠《りょうえん》と言えよう」

『何が言いたい』

「単純明快に言おう。諦めなよ」

キーボードを叩《たた》く音がピタリと止まり、奇妙な沈黙が部屋の中を支配する。

「自分の首を捜《さが》すのはもう止《や》めてさ、二人で何処《どこ》かに行こうよ。何処でもいい。君が望むなら、僕はどんな手を使ってでも君を故郷に帰してみせる。僕もそこに行くよ、それで、そこでずっと一緒に——」

新羅の言葉から四字熟語や格言の類《たぐい》が無くなるのは、それだけ今の会話が真剣であるという証拠だった。

『何度も言っているだろう、私は諦《あきら》めるつもりは毛頭《もうとう》無い』

「古今《ここん》東西、首の無い奴《やつ》が自分の首を捜《さが》し求める神話や民話はどこにでもあるけど、きっと君みたいな奴が過去に何人もいたんだろうね。最近じゃ映画にもなったスリーピーホロウの伝説が有名だけど、きっと1800年代に君と似たような奴がいたんだよ。もしかして忘れてるだけで、それも君だったりして」

ペラペラと喋《しゃべ》る新羅に対し、セルティは律儀《りちぎ》に返事を打ち込む。

『なんで私が冴《さ》えない教師を攫《さら》う必要がある』

「原作の方できたか……」

セルティは苛立《いらだ》たしげにブラインドタッチを続け、肩に乗せられた手を振り払う。

『お前の事は嫌いじゃないが、今、こうして一緒に暮らしてるだけで充分だ』

つれない文字列が画面上に浮かぶのを見て、新羅は溜息《ためいき》混じりに呟《つぶや》いた。

「だったらさ、せめてもうちょっと女の子らしくしようよ」

一瞬の間。その僅《わず》かな間に、空気の割れるような温度差が二人の間に漂《ただよ》った。

『もういい。シャワー浴びてくる』

煙の立ち込める浴室の中で、セルティは一人シャワーを浴びる。形の良い胸に引き締まった腹筋。まるでモデルのように完成された体型だが、それが逆に、首が無い事の不気味さを際立たせている。

絹のような肌にボディソープを塗した指を這《は》わせながら、セルティは鏡の方に意識を向けた。首の無い女が身体《からだ》を泡《あわ》だらけにしているというのは実にシュールな光景だが、自分ではもはや気にならない。

そもそもアイルランドに居た頃はシャワーを浴びるような事は無かったのだが、日本に来てからは徐々にその習慣が身につくようになっていった。実際身体がどうこうなったという事もなく、垢《あか》や汗が出るような事も無かったのだが——身体に降りかかった埃《ほこり》等を払うと考えれば、今ではシャワーの無い生活が考えられないようになってしまっていた。

——これは、私が人間と同じ価値観を持っている証拠なのだろうか。

正直な話、デュラハンであるセルティにとっての価値観がどれだけ人間のそれと近いのか——それは常に疑問として彼女の中にあった。日本に来たばかりの頃は戸惑う事が多かったものの、今ではだいぶ日本人の影響を受けていると思う。

最近では、新羅《しんら》の事を一人の異性として見る事も多くなっていった。それがどういう事なのか、最初は良く解《わか》らなかったが——次第に、『ああ、これが恋慕《れんぼ》という感覚か』という事はなんとなく解っていた。だからと言って思春期の少女でもないセルティにとっては、特にこれといった生活の変化は訪れなかった。

ただ——TVなどを見ていて、新羅が自分と同じ場面で笑うと、何故《なぜ》だか少し嬉《うれ》しかった。

——自分は、人間と同じ価値観を持っている。人間と同じ心を持っている。そして、人間と心は通じ合える。その筈《はず》だ。

少なくとも今は、そう信じていたかった。

第四章 chapter4 街の日常 昼

来良学園《らいら》は、南池袋《いけぶくろ》にある共学の私立高校だ。

敷地面積はそれほど広くないものの、限られた面積を最大限に利用したその造りは、在学生に決して狭さを感じさせる事はない。池袋駅から近いという事もあり、東京近郊の人間にとっては在宅で通える高校として近年人気が高まり始めている。偏差値と共に入学の難度も緩《ゆる》やかに上昇傾向にあり、帝人《みかど》達は実に良い境目に入学する事ができたと言える。

高い校舎からは周囲の風景が一望できるが、眼前に立ちはだかる60階建てのビルが優越感を与える事を許さない。反対側には雑司《ぞうし》が谷《や》霊園が広がっており、都会の中心にありながらどこか寂寞《せきばく》とした雰囲気に包まれている。

入学式はあっけないほど簡単に終わり、帝人と正臣《まさおみ》はそれぞれのクラスに別れて簡単なＨＲを行った。

「竜ヶ峰《りゅうがみね》帝人です。宜《よろ》しくお願いします」

自己紹介の際に、自分の名前の事で何か言われるのではないかという不安はあったが、名乗った後も特に反応は無い。どうやら同世代の人間というのは、帝人《みかど》の予想以上に他人の名前に対して無関心だったようだ。

それとは逆に、帝人はできるだけ他人の事を知ろうとしてクラスメイト達の自己紹介に聞きいった。

軽い冗談《じょうだん》混じりで自己紹介をする者、名前だけ告げて座る者。早速寝ている者など様々だったが、帝人が特に気になったのは、園原杏里《そのはらあんり》という少女だった。高校生にしては小柄で、眼鏡《めがね》をかけた色白の美少女だった。しかし、どこか人を寄せ付けない雰囲気があり、それは他人を威圧するというのではなく、自分の方から人との関わりを拒絶するかのような印象を受ける。

「園原杏里です」

消え入りそうな声だったが、透《す》き通るような響きはすっきりと帝人の耳に染《し》み込んでいった。

彼女が印象に残ったのは、クラスの中で彼女が一番浮世離れをしているように感じたからだ。

他《ほか》の人間は『如何《いか》にも高校生』といった感じの人間であり、特に優等生といった感じの人間も特別不良だといった感じの人間も存在しなかった。

他に気になる事が一つあるとすれば、帝人のクラスに一人欠席者が出たという事ぐらいだ。張間美香《はりまみか》という女子生徒だが、風邪《かぜ》か何かだろうと即座に頭の中から消え去ってしまった。

ただ、彼女の欠席が告げられた瞬間、園原杏里が不安そうに空席の方を向いた事だけが気になった。

その後はつつがなくHRを終え、隣のクラスとなった正臣《まさおみ》と合流する。

正臣は派手なピアスをつけたままであったが、周囲の人間と比べても特に違和感は感じない。私服が認められている高校である為か、寧《むし》ろ帝人の方が周囲から浮いているような印象だ。入学式という事もあって二人とも指定のブレザーを羽織《はお》っているものの、傍目《はため》から見れば同じ高校の人間とは思えなかった。

「あー、昨日はお前の引越し作業とかネットを繋《つな》げるのとかで一日つぶれちまったからなあ。今日はどっか案内するから何か奢《おご》れ」

正臣の意見に反対する理由も無く、帝人はそのまま行動を共にする。部活の勧誘などは期間が指定されているようで、今はまだ素直に校門から出る事ができるようだ。

校門を出て、横目にサンシャイン60を見ながら繁華街《はんかがい》へと向かう。

帝人にとって、池袋《いけぶくろ》とは不思議な街であった。同じ広さの通りでも、一本道が違うだけで全く違う街であるかのような印象を受ける。道の一本一本が独立した文化を織り成しており、帝人は新しい通りに入る度に違和感を覚えて戸惑うハメになった。

「どっか行きたいとこある？」

「あ、ええと……本屋って何処《どこ》にある？」

60階通りの入口、ファーストフード店の前でそう尋ねると、正臣は少し考え込んだ。

「あー、本屋だったら、この辺じゃあジュンク堂が一番なんだが……何を買うつもりよ？」

「ええと、とりあえず帰ってから読む漫画でも買おうかと思って……」

それを聞いて、正臣《まさおみ》は静かに歩きだした。

「じゃあ、そこの奥にマンガを沢山《たくさん》売ってる店があるからそこに行こう」

正臣はゲームセンターのある十字路まで歩くと、そこを右折したところにある道へ入っていった。60階通りとはまた違った雰囲気に満ちた通りで、帝人《みかど》はまたも別の街に迷い込んだような錯覚《さっかく》に囚《とら》われた。

今の帝人では駅から自分のアパートに帰るのが精一杯であり、少し裏道に入ってしまえばもう二度と自力では出て来れないような錯覚にすら陥った。

「なんか同人誌とかも売ってるみたいだけど」

同人誌。ネットに入り浸っている自分にとっては全くの未知領域ではなかったが、実際に自分で購入した事は無い。中学校の時にクラスの女子が何人かで騒いでいたような記憶があるが、ネットの情報などから、頭の中には既に18禁のイメージが渦《うず》巻いている。

「は、入ってもいいの？　怒られない？」

「はあ？」

正臣が相方《あいかた》の突拍子《とっぴょうし》も無い言葉に戸惑っていると、突然後ろから声がかけられた。

「紀田《きだ》君じゃん」

「いやいや、久しぶり」

「あー、狩沢《かりさわ》さんに遊馬崎《ゆまさき》さん、どうもです」

そこに立っていたのは、男女の二人組だった。昼間から外に出ているというのに、二人とも身体《からだ》がヤケに青白く、男の方は目つきの鋭いヒョロっとした男で、背中に重そうなリュックを背負《せお》っている。しかし、服装を見る限りではこれからキャンプという雰囲気でもなさそうだ。

そんな事を考えながら帝人が二人の方を見ていると、女の方が紀田に尋ねかけた。

「そっちの子は誰？　友達？」

「あー、こいつは幼馴染《おさななじみ》で、今日から一緒の高校になったんすよ」

「へえ、今日から高校生になったんだ。おめでとう」

微妙に噛《か》みあってない会話を聞いていると、正臣が二人の事を紹介し始めた。

「こっちの女の人が狩沢さんで、こっちが遊馬崎さん」

「……あ、ええと……竜ケ峰《りゅうがみね》帝人っていいます」

その名前を聞いて、遊馬崎と呼ばれた男が首を傾げる。まるで人形のような動きで、わざとらしい事この上ない。戸惑う帝人を前に、遊馬崎は何故《なぜ》か狩沢に向かって尋ねかけた。

「ペンネーム？」

「なんで高校生一年生がペンネーム使うのよ。……ああ、ラジオとか雑誌投稿とか？」

「あ、あの、一応、本名です……」

帝人《みかど》が消え入りそうな声で指摘すると、男女の目が僅《わず》かに大きく見開かれた。

「嘘《うそ》お、本名なの⁉」

「いや、凄《すご》い！　カッコいいじゃないすか！　いやいやいや、マンガの主人公みたいだ！」

狩沢《かりさわ》と遊馬崎《ゆまさき》の言葉に、

「そんな……照れるじゃないですか」

「紀田《きだ》君が照れてどうするのよ」

自分の話題にも関わらず会話から置いていかれている帝人は、どうしていいのか解《わか》らずにその場に立ち竦《すく》む。やがてその状況に気が付いた遊馬崎が、携帯電話の時計に目をやりながら呟《つぶや》いた。

「いやいやいや、ゴメンねぇ、時間とらせちゃって。どっか行く予定だったんでしょ？」

「いえ、そんな急ぎの用事でも無いので……」

突然気を使われた事に動転して、帝人は慌《あわ》てて首を横に振った。

「いやいや、いいっていいって、悪いね紀田君、時間とらせちゃってさ」

「私達はこれからゲーセン巡りだけど、貴方《あなた》達は買い物？」

「ええ、ちょっとマンガを買いに」

それを聞いて、遊馬崎は後ろに手を回しながら、己の背にあるリュックをポンポンと叩《たた》く。

「いやいや、私達も丁度《ちょうど》行って来たところっすよ。ほら、電撃文庫の新刊が出てたから山ほど買ってきたもんで。全部で三十冊ぐらい買ったんですよ」

電撃文庫の名前は聞いた事がある。ライトノベルを中心に発行するレーベルで、時折ハリウッド映画の邦訳《ほうやく》本も出版されていたと記憶している。帝人も中学校の時から時々購入した事があったが、それにしても三十冊という量は半端《はんぱ》ではない。

「電撃文庫って一ヶ月にそんなに出るんですか？」

それに対して、狩沢がケラケラと笑いながら応《こた》える。

「いやーね、違うわよ！　私の分と彼の分を一冊ずつと、あとは今晩使う本を十冊ぐらい見繕《つくろ》ったの！」

「あと、燃える計算問題集『燃え算』とか。いやー、ジュビー島本《しまもと》のサイン入りすよ」

遊馬崎の話す単語の意味がよく解らず、帝人は助けを求めるように正臣を見る。

「……呪文《じゅもん》かなんかだと思って聞き流しとけ。自分の知ってる事は他人も知ってて当然って考えるタイプの人だから」

小声で耳打ちする正臣の前で、遊馬崎は尚《なお》もマニアックな自慢を続けるが、様子を察した狩沢が肘《ひじ》で相方《あいかた》のリュックを小突く。

「パンピーに何自慢してんのよ。あ、じゃあ私達もそろそろ行くわね。バァイ」

そのまま足早に去っていく二人を見て、帝人は不思議そうに呟《つぶや》いた。

「電撃文庫を……今晩使う……？」

一体何に使うのか疑問だったが、既《すで》に去り始めている二人を引き止めるわけにも行かず、正《まさ》臣《おみ》と共に本屋へと向かう事にした。

「いやー、凄《すご》い品揃えだね！　感動したよ！　あのとらのあなって店、マンガだけでもうちの地元の本屋より沢山《たくさん》置いてあった！」

「おー、池袋《いけぶくろ》はアニメイトとかコミックプラザとか、マンガを沢山《たくさん》置いてるとこが多いからな。マンガ以外の本も欲しいんだったら、なんと言ってもジュンク堂よ。九階ぐらいあるビルが全部本屋なんだぞ」

二人は本屋で一通りの買い物を済ませ、60階通りをサンシャインの方角に向かって進む。

「それにしても、紀《き》田《だ》君はああいうタイプの人達とも知り合いなんだねえ」

「狩沢《かりさわ》さん達の事か？　なんだよ。金髪ピアスで脳味噌がシンナーで溶けてそうな奴《やつ》としか友達がいないとでも思ってたのか？　まあ、あの人達も変わった人だけど、仲良くしてさえいりゃ、普通にいい人達だから」

「？　そうなんだ」

何か引っかかるものを感じたが、特に突っ込む気も起きなかったので流す事にした。

「まあ、俺《おれ》は色んな所に首を突っ込んでるからな。ああいう店の場所や安い古着屋情報、果てはクラブとかスナックの案内や路上のアクセサリー屋の値切り方までどんと来いだ」

「なんでもありだね」

「あらゆる話題に通じていれば、大抵の女と話合わせられるから」

「不純だ……」

呆《あき》れる帝人《みかど》の呟《つぶや》きに、正臣は自信に満ちた表情で頷《うなず》いた。


今日は周囲の景色を見ながら歩こうと思い、できるだけ目線をあげながら移動する事にする。

通りの中で目立つのは、やはりシネマサンシャインに掲げられた大型ヴィジョンと、隣接する壁面に並ぶ映画の看板の数々だった。写真かと思いきや、一枚一枚写真の模写として手書きのイラストが描かれているのが解《わか》り、帝人の心はちょっとした驚きに包まれた。

他《ほか》にはどんな店があるのだろうと周囲を見渡していると、建物よりも目立つ存在が目に入る。

「え？」

それはこの通りで多く見かける黒人の客引きなのだが――異様なのはその姿だった。

身長は2メートルを超えると思われ、まるでプロレスラーのように太い筋肉がついている。

更に目を引いたのは、その黒人が板前の様《よう》な衣装を着て客引きをしている事だった。

目を丸くしていると、不意に巨漢がこちらを向いて目が合ってしまった。

「オニイサン、ヒサシブリ」

いると、

初対面なのに再会の挨拶を交わされ、帝人《みかど》はどう反応していいのか解《わか》らない。順風満帆《じゅんぷうまんぱん》だったはずの東京生活に早くもピリオドが打たれてしまうのであろうか。本気でそんな事を考えていると、

「サイモン、久しぶりじゃんよー！　元気にしてた？」

正臣《まさおみ》が助け舟を出すように返事をして、相手の注意が完全に帝人から移動した。

「ンー、キダ、寿司《すし》喰ウ、イイヨ。ヤスクするヨ。スシはイイヨ？」

「あー、金無いから今日は勘弁《かんべん》。今度高校に入ったからバイトするよ俺《おれ》。そんでお金入ったら喰うからサービスしてよ」

「オー、ダメ。ソレシタラ、私ロシアの大地の藻屑《もくず》にキエルよ」

「大地なのに藻屑かよ」

静かに笑いながら会話を続け、正臣が適当なところで切ってその場を後にした。帝人も慌《あわ》ててその後についていくが、サイモンと呼ばれた巨漢の方を見ると、帝人の方にも手を振っている。どう対応すればいいのか混乱してしまい、謝るように頭をさげてその場を後にした。

「今の人も知り合い？」

「あー、サイモンっつってさ、ロシア系の黒人でロシア人がやってる寿司屋の客引きやってる」

――お寿司屋さん？

「凄《すご》い筋肉してたけど、格闘家とかじゃないの？」

「外見で職業を決めつけねえ方がいいぞ？　本当はサーミヤってんだけどよ、みんな英語読みでサイモンって呼んでるんだ。どういう経緯《けいい》かは知んねえけど、両親がアメリカから亡命したとかなんとか。んで、知り合いのロシア人が寿司屋を始めたからそこで客引きやってるんだと」

嘘《うそ》のような話だったが、正臣の目には一点の曇りも無い。恐らくは全《すべ》て真実なのだろう。目を丸くしている帝人に対して、正臣は補足のように付け加えた。

「あいつは敵に回しちゃいけないからな。あいつが前にケンカを止めた時よお、おんなじぐらいの体格の奴《やつ》を片手で一人ずつ持ち上げてたし、噂《うわさ》じゃ電信柱を折った事もあるとか何とか」

その言葉に先刻の戦車の様《よう》な体格を思い出し、帝人はブルリと全身を震わせる。

それから少し歩いたところで、帝人がポツリと呟《つぶや》いた。

「凄いね」

「ん、何が？」

「いや、紀田《きだ》君って、色んな人と話せるんだなあって思って……」

帝人としては素直に賞賛しただけなのだが、正臣は冗談《じようだん》だと受け取ったようだ。ケラケラと笑いながら、まるで他人事《ひとごと》のようにあくびを漏《も》らす。

「おだてても何も奢《おご》らねえぞ」

「お世辞《せじ》じゃないよ」

実際、帝人《みかど》は正臣《まさおみ》の事を尊敬していた。恐らく自分一人では何もできないまま、この池袋《いけぶくろ》の街中で干涸《ひか》びてしまっていた事だろう。この街に住む人が皆正臣のような人間だとは思えない。小学生の頃から正臣には人を惹《ひ》きつける不思議な魅力《みりょく》があり、どんな場面でも物怖《お》じせずに話すという胆力《たんりょく》も持ち併せていた。

この街にやって来てから僅《わず》か数日だというのに、自分は街と正臣に何度圧倒された事だろうか。そんな事を考えながら、自分もいずれはそうなりたいという思いに駆《か》られつつあった。

帝人は東京《とうきょう》に出てきた大きな目的の一つに、自分の見慣れた世界からの脱却というものがあった。はっきりとそう考えて行動しているわけではないが、彼の心の奥では、常に『新しい自分』を探し続けている。この町の中でならば、テレビや漫画の中にあるような『非日常』が起こるのではないか、そしてそれに自分が巻き込まれるのではないかと。

帝人は、別に自分がヒーローになろうと思っているわけではない。ただ、今までとは違う風を感じたいだけなのだ。帝人自身は気付いていないが、この街に初めて訪れた時に腹の奥底で感じた不安の中では、強い高揚感も同時に湧《わ》き起こり、激しくせめぎあっていたのだ。

そして、その高揚を、この街の新しい風を飼いならしている男が目の前にいる。わずか16歳《さい》の身でありながら、正臣は確かにこの街の中に溶け込んでいる存在だった。

帝人は目の前の親友に自分の求める全《すべ》てがあると感じ、それと同時に街に対する不安と高揚も収まりつつある——筈《はず》だった。

だがしかし、次の瞬間——それらは全て打ち壊され、新たなる不安と高揚が少年の中に渦《うず》巻く事となる。

「やあ」

それは、とても爽《さわ》やかな声だった。まるで、青空から直接声をかけられたような錯覚を与える、それ程までに透《す》き通り、心地よく澄み渡るような声だった。

それにも関わらず——正臣はその声を聞いた瞬間、まるで背中一面に矢を射かけられたかの如き表情となり、瞬時に脂汗を浮かべながら恐る恐る声のした方角に向き直る。

帝人もつられてそちらの方に目を向けると、そこには実に爽やかな顔をした好青年が立っていた。優男《やさおとこ》風に見えるがなかなか精悍《せいかん》な顔つきをしており、眉目秀麗《びもくしゆうれい》という褒《ほ》め言葉を見事に具現化したような存在だった。その目は全てを受け入れるように優しく、自分以外の全てを蔑《さげす》むかのように鋭い眼光を放っている。その他《ほか》の服装等を見渡しても、全体的に個性的であるが突出した特長もなく、つかみ所が無い印象が渦《うず》巻いていた。

年齢《ねんれい》も見た目だけでは正確にわからず、少なくとも二十歳《はたち》は越えていると思われるが、それ以上の事は窺《うかが》い知れない。

「久しぶりだね、紀田《きだ》正臣君」

フルネームで挨拶をする眼前の男に対し、正臣は帝人に初めて見せる表情となって唾《つば》を呑《の》みこんだ。

「あ……ああ……どうも」

完全にぎこちないその言葉に、帝人《みかど》の心中も一気にかき乱される。

――紀田《きだ》君がこんな顔するなんて、初めて見たかもしれない……。

正臣《まさおみ》の目には怯《おび》えと嫌悪が入り混じり、尚且《なおか》つその感情を無理矢理押さえ込んでいるように顔の筋肉を強張《こわば》らせていた。

「その制服、来良《らいら》学園のだねえ。あそこに入れたんだ。今日入学式？　おめでとう」

男の祝いの言葉は淡々としていたが、完全な無感情というわけではない。ただ単に。声色には必要最低限の感情の起伏しか表れなかったというだけだ。

「え、ええ。おかげさまで」

「俺《おれ》は何もしてないよ」

「珍しいっすね、池袋《いけぶくろ》にいるなんて……」

「ああ、ちょっと友達と会う予定があってね。そっちの子は？」

男が帝人の方に目をやり、二人の目線が一瞬だけ交錯した。普段なら目を逸《そ》らしてしまうところだが、今の帝人は逆に目を離す事ができなかった。まるで、目を逸らしたらその瞬間に自分の全《すべ》てが否定されてしまうような気がしたのだ。帝人は何故《なぜ》このような印象を受けたのか解《わか》らず、ただ、相手の眼力の異常な鋭さに身動きが取れずにいた。

「あ、こいつはただの友達です」

普通ならば名前も添えて帝人を紹介するはずの正臣が、明らかにそれを避けている。しかし、男はそれを意に介《かい》さぬように帝人に向って口を開いた。

「俺は折原臨也《おりはらいざや》。よろしく」

その名前を聞いて、帝人は全《すべ》て納得がいった。関わってはいけない人間。敵に回してはいけない人間。しかし、眼前の男からはそこまで危険な印象は受け取れなかった。眼光が鋭いという事と色男であるという点を除けば、どこにでもいるごく普通の青年に思える。艶《つや》やかな黒髪も、周囲を歩く髪を染めた人々と比べて浮いて見えてしまう。どこかの片田舎《かたいなか》で塾の講師をしているインテリ、そんな印象の男だった。

——思ったより普通の人だなあ。

そんな事を思いながら、とりあえず帝人も名乗っておく事にした。

「エアコンみたいな名前だね」

帝人のフルネームを聞いて、臨也は嘲《あざけ》りも驚きも見せず、純粋な感想としてそう言った。

何か会話を続けた方がいいのかと迷っていたが、帝人が口を開く前に臨也が軽く手を挙げた。

「じゃ、そろそろ待ち合わせの時間だから」

それだけ言って、足早に去って行ってしまった。その背中を見送りながら、正臣が背を伸ばしながら肩で大きく呼吸する。

「俺《おれ》らも行こうぜ、ええと、何処《どこ》に行くんだっけか」

「今の人が――そんなに怖い人なの？」

「怖いっていうか……いや……俺も中坊《ちゅうぼう》の頃は色々やらかしたんだけどよ……あの人と一回関わってさ、怖くなったんだ。なんつーかさ、ヤクザとかとは違って――不安定なんだよ、あの人は。先が読めないってのかな。5秒ごとに信念が変わるっつーか。あの人の怖さは危ないとかそういうんじゃなくてさ……『吐《は》き気がする』って感じなんだよ。じわじわと来る嫌《いや》さっていうのかな。とにかく、俺はもう二度とあっち側にはいかねえよ。帝人《みかど》がガンジャとか吸いたいってんなら俺には頼らん方がいいぞ」

ガンジャ。突然出てきたその単語に、帝人は慌《あわ》てて首を振る。直接見た事は無いが、ネットなどで得た知識でそれがどういうものかは良く解《わか》っているつもりだった。

「冗談《じょうだん》だよ。お前はちゃんと二十歳《はたち》まで酒も煙草《たばこ》もやらないだろうしな。とにかく、あいつと平和島静雄《へいわじましずお》って奴《やつ》には関わらない方がいい。それだけは覚えとけ」

それ以上は臨也《いざや》に対して何も語りたくない様子で、無言のままで人の間を歩き続けた。

帝人にとって、こんな正臣《まさおみ》を見るのは初めてだった。臨也という人間よりも、寧《むし》ろ今の正臣の様子の方が気になった。

――この街には、自分の関われる非日常に限りなんて無いのかもしれない。

飛躍した考えだったが、彼はその思いと共に、この街と今後の生活に対する期待をどんどんと膨《ふく》らませていった。

町に来てから僅《わず》か数日。だが、今や帝人の辞書からは『帰りたい』という文字が完全に消え去っていた。

無機質に見えていた人の群れが、今では街の活気を上げる聖者の行軍のように見える。

――きっと、これから面白《おもしろ》い事が起きる。きっと起きる。自分の憧れていた冒険が起こる。テレビドラマや漫画みたいな事が、この街でならきっと起こるに違いない――

歪《ゆが》んだ思いに目を輝かせながら、帝人はこれからの生活に確かに希望を見出していた。

第五章

chapter 5

街の日常　夜

「とりあえず、死ぬ前に何かしたい事ってあるかな？」

折原臨也《おりはらいざや》は、カラオケボックスの一室で物騒《ぶっそう》な事を口にした。何も選曲しておらず、ドリンクを手にしながら落ち着いた声を室内に響かせる。

しかし、そう問いかけられた二人の女は、無言のまま首を振った。

「そう、でも、本当に僕なんかでいいのかな？　心中するんだったらもっといい男とか沢山《たくさん》いるんじゃないの？」

「いないから死ぬんです」

「そりゃ正論だ」

薄い表情のままで頷《うなず》きながら、臨也は目の前の二人を見比べた。特別暗い顔をしている様子は無い。何も知らない人間が見たら、二人が自殺志願者だとはとても気付かない事だろう。

彼女達は、臨也が自殺志願者サイトの掲示板に書き込んだ『一緒に逝《い》きましょう！』という書き込みに同意した二人だ。

臨也《いざや》が書き込んだ文章は明朗でひたすらに前向きなものだった。それもその筈《はず》で、出会い系サイトのスパムメールの文章を、ほんの僅《わず》かに改竄《かいざん》しただけのものだったのだから。しかし、他《ほか》の書き込みを見渡してもそうした前向きな印象を与える文面が多いのが事実だった。これから死ぬという事を微塵《みじん》も思わせないハキハキとした文章で、自殺の方法や動機などについてこと細かく書き込まれている。中には大手企業の企画書の様《よう》にカッチリとした書き込みもあり、臨也はそうした千差万別《せんさばんべつ》の『誘い』を見るのが好きだった。

目の前にいる二人が死を選んだ動機は、一人は就職難。もう一人は失恋から立ち直れない自分への絶望感からだそうだ。

一見、死ぬ程の理由とは受け取られない理由だが、不景気の到来から確実に増加している動機であるし、職業別の自殺者統計では無職者がダントツの結果となっている。また、年齢《ねんれい》別で見ても二十歳《はたち》以下の自殺者数は他《ほか》の年齢層に比べて圧倒的に少ない。虐《いじ》めなどとの繋《つな》がりからマスコミでは大きく報道される為に、自殺者は若者が多いという印象を持つ人間もいるが、実際にはいわゆる『大人《おとな》』の方が自殺者は圧倒的に多いのが現状である。

そして、臨也の眼前にいる二人も二十代中頃の年齢であった。

こうして実際に自殺志願者と会うのは、もう二十回程になるが——彼（彼女）らには共通点と呼べるものが少ない事を臨也は感じていた。人の死に対する受け取り方は千差万別であり、中には始終笑い続けていたものや、これから死ぬつもりだというのにテレビドラマの予約をして来た者さえいる。

しかし──臨也が今まで会った中で、実際に自殺した者は一人もいない。それが彼には残、、、、、、念でならなかった。

ニュースなどで報道される自殺者達。近年、ネットで知り合って心中というケースがマスコミに取り上げられていたが、その影で、個人の自殺者はここ数年三万人を下らないという現状が続いている。

一体彼らがどんな思いで死んでいくのか、他に道は無かったのか、それとも誰かの為に死を覚悟《かくご》したのか、その時彼らを取り巻いていた絶望はいかほどのものなのか。

折原臨也は、人間が好きだ。だからこそ人間を知りたがる。


しかし──彼は別段、自殺を思いとどまらせようとして彼女達と接触しているわけではない。臨也に出会った志望者が死なないのは、冷やかしで集まったというわけでも死ぬのが怖くなったというわけでもない。

淡々とした仮面の下から、臨也の本性が徐々に舌をのぞかせる。

臨也は彼女達の自殺する理由などに暫《しばら》く耳を傾けていたが、やがて話題を切り替えるように明るい声をあげた。

「でさ、二人とも、死んだ後はどうするのかな？」

突然振られた話題に、二人の女性はキョトンとした顔で臨也《いざや》の方を見る。

「え……それって、天国って事ですか？」

――自殺するくせに天国ときた！　なんという図々《ずうずう》しさだろう。これだから人間は面白《おもしろ》い。

「奈倉《なくら》さんは、あの世って信じてるんですか」

もう一人の女も臨也に尋ね返して来る。奈倉というのは適当に思いついた偽名《ぎめい》だ。

臨也は二人の反応に笑いながら首を振ると、更に質問を二人に返す。

「二人はあの世って信じてない？」

「私は信じてます。あの世っていうか、自縛霊《じばくれい》になって彷徨《さまよ》うみたいな……」

「私は信じてません。死んだら何も無くて、ただの闇《やみ》で――でも、今よりはずっとマシ」

その答えを聞いて、臨也は心の中に大きな×印を思い浮かべた。

――あー、大外《はず》れ。大外れも大外れ。時間を無駄《むだ》にしたなあ。中学生かこいつら。前の連中は見事に無神論者が揃ってて面白かったのに。自分に酔ってるだけかこいつら。

そして臨也は、眼前の二人がたいして死と向き合っていないと判断した。あるいは、自分に都合がいいように向き合ってきたのだろう。

臨也は途端《とたん》に目を細め、僅《わず》かな嘲《あざけ》りの色を見せながら笑い出す。

「駄目《だめ》だよ、これから自殺しようとしてる人があの世なんて気にしちゃ」

「え……？」

不可解な物を見るような目になった二人の女に対し、臨也は静かに口を開く。

「死後の世界を信じる事ができるのはね、生きてる人に与えられた権利なんだよ。それか、死を考えて考えて考え抜いた上で出した結論なら、俺《おれ》は文句言わないよ。もしくは——物凄《すご》い絶望に追い立てられる人ね、金融業者に散々裏切られて追い詰められた人とか、そういう周囲からの圧力に追い詰められた人とか」

あくまでもニコニコとした調子は崩さぬままで、臨也は静かに語り続ける。

「貴方《あなた》達の場合は、あくまで自分の内側からの圧迫でしょう？　自分で死を選んでおきながら、死後の世界に甘えるなんて許されない事だと思うよ」

そこで彼女達は気が付いた。自分達が死ぬ理由を今まで語り続けていたが、目の前にいる男はまだ、一度も自分の事を語っていないという事に。

「あ、あの……奈倉さんは……死ぬつもりあるんですか？」

この上無く核心をついた問いに、臨也は顔色一つ変えずに答える。

「無いけど？」

僅かの間、個室の中には他《ほか》の部屋から漏《も》れ出す音以外何も聞こえなくなる。その内、女のうち一人が堰《せき》を切ったように喚《わめ》きだした。

「酷《ひど》い！　私達の事を騙《だま》してたの!?」

「ちょっと……アンタそれは洒落《しゃれ》になんないよ」

それに続いて、もう一人の女も強い口調で臨也《いざや》を睨《にら》み付ける。だが、それを聞いても臨也の表情に何の変化も無い。

——ああ、やっぱこうなったか。

今までに何度もこういう経験をしてきたが、この時の対応も千差万別《せんさばんべつ》であった。表情を変えぬままで殴《なぐ》りつけてくる者もいれば、何も言わずに立ち去る者もいた。だが、完全に冷静である者はいなかった様《よう》に記憶している。ここで「ふーん、そうなんだ」と言えるような人間は、最初から死に対して『同行者』など求めないだろう。臨也は全《すべ》ての人間を見たわけではないし、心理学が全ての人間に当て嵌《は》まるとも考えていないので断言はしないが——ただ、彼はこう思う。もしもこの状況で完全に冷静であるものは、そいつも冷やかしであったか、心の底で自殺を他者に止めてもらいたかったか、あるいは自殺を思いとどまらせようと潜入して来たか——もしくは、自分と同じ種類の人間であろうと。

「最低だよ！　ふざけんなよバカ！　何様なのよアンタ！　酷過《ひど》ぎるよ！」

「え、何で？」

それは——本当に『何を言ってるのか解《わか》らない』といった表情だった。子供の様《よう》な目で二人を交互に見渡した後に一回目を瞑《つむ》り——

数秒後に臨也が目を開いた時には、先刻までの楽しそうな表情が全て消え去り、新たな笑顔が浮かび上がる。

「ひッ……？」

それを見て、あの世を信じていた女の方が悲鳴に近い息を漏《も》らす。

臨也の顔に浮かんだのは、確かに笑顔だった。だが、今までとは全く違う種類の笑顔。二人の女は、それを見て初めて『笑顔にも種類がある』と思い知らされる。

その笑顔は笑顔でありながら仮面のように無表情であり、笑顔でありながら何処《どこ》までも冷淡で、そして——笑顔であるが故に、見るものに果てしない恐怖を与える、そんな笑顔だった。

本来ならば山の様な罵詈《ばり》雑言《ぞうごん》が続くであろう状況にも関わらず、二人の女は口が動かない。

動かす事ができない。まるで目の前にいるのが人間では無い何かのような錯覚に囚《とら》われる。

臨也はその笑えない笑顔を崩さぬままで、先程と同じ質問を繰り返した。

「何で？　一体何が酷いのかな。それが理解できない」

「何でって……」

「君達は」

女の言葉を遮《さえぎ》るように、臨也の言葉が強い調子で畳《たた》み掛ける。

「死ぬって決めたんだからさあ。もうほら、どんな事を言われても気にする必要無いじゃん。騙《だま》されても罵《ののし》られても、少し後には全部消えるんだ。俺にこうして騙されているのが苦痛なら、舌を噛《か》み切ればいいよ。舌を噛み切るってのは、別に出血多量で死ぬわけじゃない。ショックで舌の残りが喉《のど》を圧迫して窒息死するんだ。そうすれば嫌《いや》なことも何もかも無くなる。存在しなくなるんだよ。それなのに酷《ひど》いなんて、酷いなあ」

「そんな事は解《わか》ってるわよ！　でも……」

「解ってない」

——笑顔のままで。

先刻『あの世には何も無い』と言っていた女に対し、更に強い調子で言葉を浴びせかける。

「解ってないよ、全然解ってない。君はあの世には無しかないと言った。そこがね、違うんだよ。もう苦しまなくて済む、そういう意図で言ったのかもしれないけれど——死ぬってのは——無くなるって事さ。消えるのは苦しみじゃない、存在だ」

女達は反論しない。臨也《いざや》の笑顔に気圧《けお》されているのだ。

臨也の笑顔はますます歪《ゆが》むが、話している相手に人の心というものを感じさせぬままだった。

「何も無い状態が『無』じゃないんだよ。無というのは必ずしも『有』の対立存在ではありえない。君の言っている無は、何も無い事、永遠の闇《やみ》。だが、そこにはその闇を知覚している自分という存在があるじゃないか。全然無じゃないよそんなの。苦しみから解放されようとして死ぬというのならば、『苦しみから解放された事を認識する自分』が必要じゃないのかい？　君達は『自分が何も考えていない事すら認識できない』という事すら認識できない、その状態が想像できていない。——君達二人の考えは、本質的なものは何も変わらないよ。こんな事はあの世を信じていないならば小学生でも理解して、一度は恐れ、悩んでいる事だろう？」

実際、臨也が言っているのは穴だらけの意見であり、いくらでも反論できるという事を二人の女も頭では理解していた。だが、どのような反論をしたところで、相手に言葉というものが通じるのか——疑問ではなく、恐怖が二人の女性の中を支配し始めていた。

「でも……だって……それは貴方《あなた》がそう思ってるだけでしょう!?」

胆力《たんりょく》を振り絞って出したその言葉も、臨也の笑顔が淡々と喰らい尽くす。

「その通り。正確にはわからない。俺《おれ》が勝手にあの世が無いって思ってるだけさ。まあ、あったらラッキーと思うけどさ。その程度のもんだよ」

ハハ、と無機質な笑いを漏《も》らしながら、臨也は更に明るい調子で話し続ける。

「でもさ、君らは違うじゃん。あの世も中途半端《はんぱ》にしか信じてない。それとも君の信じてる宗派は自殺を肯定した上に『就職や恋愛に失敗したら死ぬと良い』とでも教えてるのかな？　それならば俺は何も言わないし立派だとさえ思うが——そうでないのなら、まあその、黙れ」

そして、同意を求めるように小首を傾げながら、ゆっくりととどめを吐《は》き出した。

「中途半端にしか信じてない奴《やつ》があの世を語るのやめようよ。それは、あの世に対する侮辱《ぶじょく》だ。本当は死にたく無かったのに、他人の悪意に追い込まれて死んじゃった人達に対する侮辱だよ」

時間にして数秒。しかしそれは、二人の女にとっては実に長く感じられた。

その僅《わず》かな永遠の間に、臨也《いざや》は再び目を瞑《つむ》り——次に目を開いた瞬間には、既《すで》に最初の人を安心させるような優しい微笑《ほほえ》みに変わっていた。

空気が動き出した中で、尚《なお》も固まり続ける二人の女に対し、臨也は先刻までとは全く別の種類の言葉を紡《つむ》ぐ。

「いやー、ははは、さっき言ったさ、『死んだ後はどうするの』っていうのは、まあぶっちゃけ、お金の話なんだけどね」

「……え」

「俺《おれ》って無駄《むだ》が嫌いなんだよね。だからさ、保険とかは最近チェックが厳しくなったから無理だけど——お金とかをさ、できるだけ色んなとこから借りたりしてさ、そのお金を僕に渡してから死んで貰《もら》えない？　君達の死は無駄《むだ》になっても、君達のお金は無駄にならないよ。あと、君達の戸籍とか体とかも残さず売り尽くせば、その、かなりの額になるしさ、んで、俺はそういう事ができるルートも知ってるし」

恐ろしい笑顔の時とは全く違い、今の臨也の笑顔はとても人間味に溢《あふ》れている。そして、語る内容もどこまでも人間の欲望に忠実だ。

女達が再び口を開こうとしたところで、やはりそれを遮《さえぎ》るように臨也が大声を出す。

「さて問題です。第一問。俺はどうして一番入口に近いところに座っているんでしょう？」

まるでドアの前に塞《ふさ》がるような形で座している臨也に対し——女達は、先刻とは全く違う種類の恐怖を感じた。さっきの笑顔が悪魔の微笑みならば、今の臨也は人間の悪意を煮詰めたような――

「第二問、このテーブルの下にある、二つの車輪付きスーツケースはなんでしょうか」

女達は言われるまで気付きもしなかったが、自分達の座るテーブルの反対側に、二つの大きなスーツケースが置かれている。まるで、これから海外旅行に行くかのような大荷物だ。

「ヒント1。このスーツケースの中身は空《から》です」

そこまで聞いて、女達の中に同時に嫌《いや》な予感が渦《うず》巻き始める。会ったばかりの二人だが、臨也に対する感情について言えば、彼女達は見事なまでに息があっていた。

「ヒント2。このスーツケースのサイズは、君達に合わせてます」

どうしようもない吐《は》き気が二人に襲いかかる。それは目の前の男に対する嫌悪感から来るものだったが――それとは別に、彼女達の視界がぐるぐると回り始める。

「!?」

「なに……これ……」

自分達の身体《からだ》の異常に気付いた時には既に遅く、もはや立ち上がる気力すらも奪われていた。

「第三問。君達が二人がかりで俺に向かってくれば助かるかもしれないのに、何でそれができないんでしょうか。ヒント、ワンドリンクを運んできた時、俺が君達にコップをまわしました」

世界が回る回る回る。そのまま薄れていく意識の中で、二人の女は臨也の声を聞いていた。

それはまるで子守唄のように、優しい声が暗くなる世界の中に染《し》みこんできた。

「愛だよ。君達の死には愛が感じられないんだ。駄目《だめ》だよ。死を愛さなきゃ。そして君達は無への敬意が足りない。そんなんじゃ、一緒に死んではやれないなあ」

女の一人が、最後の力を振り絞って臨也《いざや》をにらみつけた。

「絶対……許さない！　殺して……やる……！」

それを聞いて、臨也はことさら嬉《うれ》しそうな表情になると、女の頬《ほお》を優しく撫《な》でてやった。

「大変結構。恨《うら》む気力があるなら生きられる。凄《すご》いな俺、君の命の恩人じゃん。感謝してくれ」

女の意識が完全に無くなったのを確認して、臨也はこめかみに片手を当てて考える。

「あー、でも恨まれるのは嫌《いや》だな。やっぱ殺しておいたほうがいいかもね」

♂♀

まもなく日付が変わろうかという時間。南池袋《いけぶくろ》公園の片隅で、二つの人影が佇《たたず》んでいる。

その内一人は折原《おりはら》臨也であり——もう一方は、完全なる影の姿。

『で、こいつらを公園のベンチに座らせて終わりか？』

セルティが進化した電子手帳——キーボード付きのPDA打ち込んだ文を見て、臨也は楽しそうな笑顔で「そ」とだけ声を出した。

漆黒《しっこく》の影を前にして、臨也はニコニコとしながら札束を数えている。

「本当ならサラ金とかに連れてって色々したかったんだけど、正直、もう飽《あ》きた」

『飽きたってお前』

セルティが頼まれた仕事は、人間を二人運ぶのを手伝う事だった。カラオケボックスの中にヘルメットのまま入ると、店員は何も言わずに臨也のいる部屋まで案内した。その中には倒れた女をスーツケースに詰める臨也の姿があり、突っ込みを入れる間もなく「手伝って」といって笑いかけてくる。

そして公園の中にまで運び込んだのはいいが、結局セルティには何も知らされぬままだった。

「飽きたし、儲《もう》けるにしてはそれ程割に合わないんだよね。これ以上の事をやると警察《けいさつ》や暴力団が本腰をいれて調べにくる。これはあくまで仕事じゃなくて俺の趣味でやってる事だし。あ、今日はありがとねー。いつも頼んでる便利屋がどこも手一杯らしくてさ。いつもなら車でこいつらの実家まで運ばせるんだけど、あんたバイクだからここが限界かなーと思って」

このような仕事を請け負《お》う《う》という事は、どのみちまともな便利屋ではないという事は確かだ。セルティもそのような存在と同一視されているという事だが、彼女もいい加減に馴れてしまっている様子だった。

あっけない仕事の終わり。今回はまだ後味《あとあじ》が悪く無い方だ。決して良くも無いのだが。

『警察沙汰《ざた》になるような事か？　巻き添えは御免《ごめん》だぞ』

「あんたが気にする必要は無いって。別に死体を運んだわけじゃないんだ。酔っ払ってた女を二人ベンチまで運んでやっただけなんだから」

『スーツケースに入れてか？』

セルティの突っ込みは完全に無視して、臨也《いざや》はヘルメット姿の運び屋を興味深く根目《ねめ》回す。そして、唐突《とうとつ》に次のような問いを口にした。

「なあ運び屋、あんたはあの世って信じるかい？」

『なんだ突然』

「いいから、これも仕事のうちだと思って答えてくれ」

『死ねば解《わか》る』

セルティは面倒くさそうにPDAに答えを打つと、もう一言付け加えて臨也に見せた。

『お前はどうなんだ？』

「俺《おれ》は基本的に無いと思ってるよ。だから俺は正直死ぬのが怖い。できるだけ長生きしたいね」

『自分の趣味で女に薬を盛って、仕事で情報屋なんかやっているくせにか？』

当然の疑問に対し、臨也は照れくさそうに笑った。この表情だけ見ていると、とても裏の世界に頭のてっぺんから足の先まで浸《つ》かっている人間とは思えない。

「だってさ、死んだらなくなっちゃうんだから、人生やりたい放題やらなきゃ損でしょ？」

セルティはPDAに『反吐《へど》が出る』とだけ打ち込んで、臨也が覗《のぞ》き込む前に消去した。

折原臨也は、普通の人間だ。

悪人として突出した暴力を持っているわけでもなければ、特別にクールであったり、人を殺すのに何の感慨も抱《いだ》かないようなタイプでもない。

ただ、普通の人間が持ちえる欲望や、普通の人間が勢い余って踏み越えてしまうような禁忌《きんき》、それを全《すべ》て同時に持ち併せているだけだ。悪のカリスマなどではなく、ただ純粋に、自分自身が興味ある事に貪欲《どんよく》なだけの生き物だ。その『趣味』が高じて、その過程で得た情報を地下組織や警察《けいさつ》に売って小銭を稼《かせ》ぐような生活となってしまった。

しかし彼の名は各方面でかなり知られており、臨也自身もそれを理解している。通常ならば『臨也』を『イザヤ』と読む事は無いが——聖書の預言者イザヤと『臨《のぞ》む者』という意図を合わせてつけられた名前。聖書とは程遠い生き方をしている彼だったが、その反動か、様々な事象に臨む姿勢と能力だけは人一倍強い。その結果として、今の生き方に辿《たど》り着いたのだ。

普通の人間並みに命を大事にし、己の限界をわきまえ保身には事欠かない。御蔭《おかげ》でいまだに裏社会の住人に消される事も無く、こうして自分の趣味に没頭する日々を送れているのだろう。

後の事をセルティに任せ、臨也は数週間ぶりの池袋《いけぶくろ》を満喫《まんきつ》してから帰る事にした。

今日出会った彼女達がどんな顔をしていたのか。どんな格好をしていたのか。美人だったのか不細工だったのかオシャレだったのか不恰好《ぶかっこう》だったのかどんな声をしていたのかどうして彼女達が死のうとしていたのかそもそも本当に彼女達が死ぬつもりだったのか――全《すべ》て忘れた。

折原臨也《おりはらいざや》は徹底的な無神論者だ。霊魂《れいこん》も来世《らいせ》も信じてはいない。

だからこそ人を知りたがり、他人に簡単に興味を持ち、同じぐらい簡単に他人を踏み躙《にじ》る。

臨也は知る必要の無くなった人間に対しては、果てしなく興味が無かった。

それから10メートル程歩いた所で、二人の自殺志願者の名前さえも忘れ去った。

情報屋である彼にとって、無駄《むだ》な知識は商売の邪魔《じゃま》でしかないのだから。


今、彼が興味のある事は二つある。

一つは、あの常にヘルメットを被《かぶ》った、喋《しゃべ》らない運び屋の正体。エンジン音のしないバイクを駆《か》り、漆黒《しっこく》の鎌《かま》を操る死神のような存在。

もう一つは――――最近池袋《いけぶくろ》で噂《うわさ》になっている、『ダラーズ』という組織の事だった。

「楽しみだなあ。楽しみだなあ。楽しみだなあ。この街は情報屋の俺でも知らない事がまだまだまだ溢《あふ》れ、生まれ、消えていく。これだから人間の集まる街は離れられない！　人、ラブ！　俺は人間が好きだ！　愛してる！　だからこそ、人間の方も俺を愛するべきだよねえ」

臨也はそう言いながら、胸ポケットから自分のＰＤＡを取り出した。

電源を入れ、中にある住所録を開きながら、彼はある人物の項目で目を留める。

その項目の名前の欄には、仰々《ぎょうぎょう》しい文字が刻まれていた。

――『竜ケ峰《りゅうがみね》帝人《みかど》』という、今日出会ったばかりの少年の名が――

第六章 矢霧製薬 上層部

池袋《いけぶくろ》と新宿《しんじゅく》の間。目白《めじろ》の歓楽街から離れたとある場所に、その研究施設はひっそりと建てられていた。駅から離れているとはいえ、この東京《とうきょう》の中にありながら、かなりの広さの土地面積を誇るその敷地に、フェンスと木々に囲まれた三階建ての研究所。

関東《かんとう》でも有数の製薬会社である矢霧《やぎり》製薬の新薬研究施設だ。しかし、関東有数だったのはかつての話で、現在は昔程の隆盛もなく、業績も右肩下がりの傾向が続いていた。

株価も下がりはじめたところで、アメリカの企業が吸収合併を申し入れて来た。『ネブラ』という100年以上の歴史を持つ複合企業《コングロマリット》であり、運輸業から出版、バイオテクノロジー等様様な分野に手を伸ばしている大手企業だ。磐石《ばんじゃく》の業績の影では政治家との癒着《ゆちゃく》など様々な噂《うわさ》も流れているが、その全《すべ》てを合法的な力で抑えつけている。

吸収という形ではあっても、先方が提示している条件を呑《の》めば大幅なリストラ等も無いという話なのだが——一部——特に社長を含む矢霧一族の面々が難色を示していた。

その中でも特に強く反対していたのは——若くして第六開発研究部、通称第六研の主任の地位につく、矢霧波江《やぎりなみえ》という女性だった。年は25歳《さい》であり、現在の社長の姪《めい》にあたる。

彼女自身の能力も類《たぐ》い稀《まれ》なものであり、スピード出世は決して一族の威光が全《すべ》てというわけではなかった。しかし、彼女の現在の地位には一族である事も大きく関わっている。地位ではなく、問題なのはその部署だ。

そして、その部署で扱っているものこそが——『ネブラ』が吸収を申し入れて来た最大の原因なのではないかと、一族内でまことしやかに囁《ささや》かれ続けている。

第六研で扱っているものは、正確には薬ではない。表向きは臨床試験に向けた免疫系統の新薬開発という事になっていたが——そこに存在するものは、本来この世にあ、っ、て、は、な、ら、な、い、ものだった。

20年前——伯父《おじ》が海外で手に入れた、人間の首を模した剝製《はくせい》——それは生きているかの様《よう》に美しく、まるで眠《ねむ》っているかのようだった。美しい少女といった感じのそれは、悪趣味なものではあったが不思議と残酷さは感じられず、まるで首だけで一つの生き物であるかの様《よう》な印象を周囲に与えていた。

当時5歳《さい》だった波江は知らなかったのだが、それは外国から密輸した物らしく、確かに正規の方法では税関で止められていた事は間違いないだろう。

伯父が何に魅入《みい》られてその首を手に入れたのかは知らないが、それは矢霧家の家宝の様に扱われ、伯父は暇があれば書斎《しょさい》に籠《こ》もってそれを眺め、時には話しかける事すらあった。

従兄弟《いとこ》を訪ねてしょっちゅう泊まりに来ていた波江は、そんな伯父を不気味に思ったりもしたが——それも長い年月の中で次第に馴れていった。

ただ一つ、波江に不満があったとすれば、彼女の弟の矢霧誠二《せいじ》が、伯父以上にその『首』に惹《ひ》き付けられてしまったという事だ。

最初に誠二が首を見たのは10歳の時。伯父の目を盗《ぬす》んで、波江がこっそりと弟に見せたのだ。

その事を、彼女は今でも強く後悔している。

それから、徐々に誠二の様子がおかしくなっていった。

やけに伯父の家に行きたがるようになり、伯父の目を盗んでは『首』を見つめていた。

誠二の首に対する情熱は年を追うごとに強くなり、3年前——波江が伯父の経営する製薬会社に自力で入社した時、弟がこんな事を言い出した。

「姉さん。僕、好きな子がいるんだ」

弟が好きだと言ったその娘《むすめ》には、名前も——首から下の身体《からだ》も存在しなかった。

その時に波江の中に浮かんだ感情は、弟の異常な性癖《せいへき》を哀れむ憐憫《れんびん》の情ではなく——紛《まぎ》れも無い、赤黒く錆《さ》び付いた嫉妬《しっと》の炎だった。

波江の両親は、本来矢霧製薬の跡を継ぐべき存在だったのだが——波江に弟ができた頃、取引で重大なミスを犯し、すっかり会社の要職から締め出されてしまったらしい。それをきっかけとして夫婦仲がうまくいかなくなったようで、次第に娘《むすめ》と息子《むすこ》に対する愛情が薄れていった。

寧《むし》ろ、伯父《おじ》の方が彼女達に対して積極的に接触を持っていた。自分達が伯父の家に行く事についても、両親は何も言わなかった。伯父を信用しているというわけではなく、純粋に興味が無いような感触だった。

だが——伯父もまた、自分達の事を『一族の駒《こま》』として接し、教育しようとしている節《ふし》があった。そこに部下に対するのと同じ愛情はあっても、家族に対する愛は存在しなかった。

やがて彼女は、自分と同じ境遇である弟に、家族の繋《つな》がりを強く求める様《よう》になり始めた。それは次第に姉としての家族愛を通り越し、次第に一方的で歪《ゆが》んだ愛情へと変化を遂げていった。

だからこそ——彼女は自分の弟が『首』を愛する事が気にいらなかった。自分のかける愛情に応《こた》えない弟が愛したのは、絶対に愛が返って来る事の無い、ただの『首』だったからだ。

首に対して嫉妬《しっと》するという自分にも異常を感じながら、波江《なみえ》は伯父の目を盗《ぬす》み、首を始末する事にした。

だが、ガラスケースに入ったその首を捨てようとして取り出した時——初めてその指で触れた時に、彼女は気が付いてしまった。

その肌の柔らかさは決して剝製《はくせい》などではなく、人の肌のぬくもりさえ持っていたという事に。

つまり、その首が今もなお生きているという事に——

それから更に年月は流れ——彼女は伯父を説得し、その首を会社の研究所で研究する事になった。伯父に詳しい話を聞いたところ——この首の正体はデュラハンという妖精《ようせい》なのだという。

——全く馬鹿《ばか》げた話だ。羽《は》の生えた人型《ひとがた》の蟲《むし》ではなく、生首が妖精とはどういう了見《りようけん》だろう。しかし、どんな形であれ、重要なのは今ここに通常の生と死を超越した存在があるという事だ。これを逃す手は無い。

そう考えた波江は、生ける生首に対して様々な実験を行ってきた。半分は弟の件に対する嫉妬も混じっていたのだろう。何の遠慮も無く『実験対象』として扱い続けて来た。研究所の中にある限り、部外者である誠二も近づく事はできないであろうと考えていたのだが——

一つ目の問題として、研究を始めた頃から、『ネブラ』からの接触が始まった。完全に限定されたメンバーによる研究作業であるにも関わらず、相手の出してくる条件——この研究室の研究内容を含む全権限の譲渡——などから考えても、明らかにこの首の事を知っている様子であった。

裏切り者がいる可能性に、波江が他者に対して疑心暗鬼《ぎしんあんき》になっていた頃——二つ目の事件は起こった。他人を信用しなかった為に、常に自宅に持ち歩いていたカードキーを、何者かによって盗《ぬす》まれてしまったのだ。

その晩の内に事件は起こった。研究所に何者かが進入、三人の警備員をスタンロッドで昏倒《こんとう》させ、研究室から『首』だけを持ち去っていったのだ。

何という失態か、これで全《すべ》てが御終《おしま》いになるのか――波江《なみえ》がそう思いかけた時、彼女は一つだけ心当たりがある事に気が付いた。首の存在を知り、尚且《なおか》つそれを欲し、カードキーを盗《ぬす》む事ができる人間――

だが、彼女がそれに気付くのとほぼ同時刻に、犯人の住むマンションから電話があった。

「姉さん、人を殺しちゃったかもしれないんだ。どうしよう」

入学式の前日、弟からそんな連絡があった。弟に付きまとっていた女が部屋に進入し、『首』を見られた為に壁にその娘《むすめ》の頭を叩《たた》きつけたらしい。

波江の中に起こった感情は、弟が他人を殺してしまったかもしれないという恐怖でも、弟が首を盗んだ事に対する怒りでも無く――果てしない喜びだった。

どんな形であれ、弟の誠二が自分の事を頼ってくれる。自分の事を必要としてくれる。それが何よりも喜ばしい瞬間である事に気付き――彼女は決意する。

どんな手を使ってでも、弟だけは自分の手で守ると――

♂♀

【セットンさんはダラーズって知ってます？】
［はい、名前だけは。っていうか、この話、前も甘楽《かんら》さんがしませんでしたっけ？］
【あ、そうですね。失念してました、すみません】
［いえいえ］
【今日、友達からも噂《うわさ》を聞いたんですけど、やっぱり凄《すご》いみたいですねえ】
［うーん。実際に見た事は無いですけど、本当にあるんですかね］
【ネット上の虚構《きょこう》だっていうんですか？】
［いや、解《わか》りませんけど。第一、本当にあるチームでも、普通に生きてればまず会う事は無いでしょうし］
【そうですよねえ……】
［あんまそういうのに近づかない方がいいですよね］

――甘楽さんが入室されました――

《どもー！　甘楽でっす！》

【こんばんわー】
［ばんわー］
《何ですか何ですか、ダラーズの話ですか》
《本当にいるんですって、だって専門のホームページとかもあるんですよー！》
《見るにはＩＤとパスワードが必要なんですけど》
【へえ】
［まあ、別に見ませんから大丈夫ですけど］
【……甘楽《かんら》さんは本当になんでも知ってるんですね】
《それだけが取り得ですからｗ》

第七章 矢霧製薬 下っ端の下っ端の下っ端

Chapter 7

夜半《やはん》過ぎの池袋《いけぶくろ》。歓楽街から僅《わず》かに外れた路上で、一台のバンが停車している。後部の窓は全《すべ》てミラーガラスになっており、外からでは中に人がいるのかどうかも解《わか》らない。

そんな突発的に生じたミステリーゾーンで、何かを殴《なぐ》るような音と、若い男の憐《あわ》れな悲鳴が響き渡った。

「知らないって言ってるじゃないっすかぁー。ちょッ……いい加減にしてくださいよ！」

顔を膨《は》らしたチンピラが、使い慣れない敬語で苦情を漏《も》らす。

彼は24時間程前にセルティを車で撥《は》ねたチンピラであり、その後鎌《かま》の柄《え》でしこたま殴《なぐ》られた男でもある。気が付けば自分は見知らぬバンの後ろ側に転がされていた。両手足を縛《しば》り上げられており、身動きが殆《ほとん》どできない状態だった。後部には座席が存在せずに、灰色の絨毯《じゅうたん》の床が広がっている。自分の目の前には男が一人いて、目が覚めた瞬間からこちらに向かって一つの質問を続けている。

「だからよ、お前らの上にいるのはだーれーだーってつってるわけよ」

三秒黙っていると殴《なぐ》られる。知らぬと答えても殴られる。

暫《しばら》く間を置いて、また同じ事の繰り返し。そんな事がもう三時間も続いていた。

チンピラは殴られながらも、自分がおかれている事態を冷静に分析する。

——目の前にいるのが何者なのかは解《わか》らないが、とりあえずあの『影』はいないようだ。そもそも、あの『影』とこいつらに何か関係があるのかどうかという事さえも解らない。

車の中にいるのは眼前の大柄な男と、運転席でガムを噛《か》んでいる帽子《ぼうし》の男ぐらいだ。車の中には中ぐらいの音量でクラシックのBGMが流れており、少々の喚《わめ》き声ならば外から怪しまれる事は無いだろう。

——もしもあの『影』がいたらやばかった。パニックに陥って全部話してしまっていたかもしれない。だが、目の前にいるのは人間だ。少なくとも昨日のような化物《ばけもの》ではないのだ。寧《むし》ろ目の前にいるこんな奴《やつ》らより、『上』に始末される事の方が何倍も恐ろしい。警察《けいさつ》に捕まらなかったのはラッキーだった。こいつらが何者かは知らないが、少なくとも自分の雇い主さえ話さなければOKだ。なあに、このパンチにさえ耐え続ければ、こいつらも俺《おれ》が何も知らないと判断してくれるだろう。まさかこいつらもここで俺を殺すなんて無茶はしねえだろうし——

チンピラがそんな事を考えていると、眼前の男が溜息《ためいき》をつきながら言った。

「いいから吐《は》けよ、あのな、あんたらと同じで、俺《おれ》達にも俺達の『上』がいるんだよ。どんなんかは言わなくても解るだろ？　その人達が気にしてるんだよ。お前らのやってる仕事が、俺らの『上』の人達になんの連絡もねえってよ」

——やはりこいつのバックには暴力団か何かがいるようだ。畜生《ちくしょう》、最近仕事をやった場所は、一応このシマの組《くみ》連中と話がついてるんじゃなかったのかよ!?

「だがよ、この状況で名前ださねえって事は、ヤクザじゃないよな。それだったら、あんたはとっととケツモチのヤクザに連絡とって、あとは示談《じだん》——俺らとは別の次元の話し合いで終わる。そうしないって事は、あんたらのバックはそういう類《たぐい》じゃないって事か？」

男はチンピラの顎《あご》を持ち上げながら、悪戯《いたずら》をした子供に言い聞かせるように言葉を紡《つむ》ぐ。眼前のチンピラに、ケツモチと呼ばれる暴力団等の後ろ盾《だて》があるならば、勝手に処分してしまうわけにもいかない。だが、その名前を出さないという事は、責任を取らされるのを恐れているのか——あるいはバックにいるのが暴力団や外資系マフィアの類ではないという事になる。

「あのよ、俺は親切で言ってやってるんだぞ？　お前さ、悪いこと言わねえから今の内に——」

そこまで言ったところで、バンの横の扉が勢い良く開かれた。

「いやいやいや、今日は熱いっすねぇ」

「おーまーたせーっと！　どう？　嶋田《しまだ》さん、そいつ吐いた？」

何の断りも無く、後部スペースに一組の男女が入り込んで来た。女の方はブランド物のファッションに身を包んでおり、男の方もかなり良いナリをしているが、なぜか背中にリュックを背負《せお》っている。

その二人の姿を確認すると、嶋田《しまだ》と呼ばれた男は悲しそうに溜息《ためいき》をついた。

「タイムオーバーだ。残念賞。こいつが可哀想《かわいそう》だけどよ、後は遊馬崎《ゆまさき》達に任せるわ」

最後にチンピラの方を哀れみの籠《こ》もった目で見ながら、嶋田はバンから降りていった。

後に残った男女は嶋田を見送った後に扉を閉め、楽しそうにチンピラの方を向き直った。

「あーあー、貴方《あなた》もバカな事したもんねえ。よりによってカズターノ君を攫《さら》うなんてさ」

女の方が首を振りながらチンピラの肩を叩《たた》く。

——カズターノ？　誰だ？　どっかで聞いた事が——

少し考えて、チンピラは思い出した。確か昨日攫った不法入国者のオッサンだ。

——そうか、こいつらはあいつの仲間——って、ちょっと待て、どうみてもこいつら日本人じゃねえか。なんで？　どういう繋《つな》がりだ？　茶飲み友達ってわけじゃねえだろう？

混乱しているチンピラの前で、目つきの鋭い男がリュックを下ろしてチャックを開く。

「いやいやいや、まだ吐いてないって事で——すんませんね。ちょっと拷問《ごうもん》しやすよっと」

そう言いながら、男は数冊の文庫本を取り出した。

「いやいや、電撃11周年記念。君に電撃。ってことで、まあ、一冊選んで下さいよ。その本の内容にちなんだ拷問しますんで。いつもならスパロボアニメから選ばせるんだけどさ、今日は電撃文庫を沢山《たくさん》買ってきたから、ハハハ」

「へ？」

相手の意図というよりも単語の意味が解《わか》らず、思わずマヌケな声を上げてしまう。

目の前に並べられているのは、様々なイラストに彩られた小説の数々だった。もっともチンピラは漫画以外の本を一切読まないため、これらの本も漫画なのだろうと勘《かん》違いしていたが。

——なんだそりゃ？　拷問？　笑わせるなよ。本を選べってなんだよそれ、バカにしてんのか？　くそ、遠足のバスの罰ゲームじゃねえんだぞ！

「いやいやいや、選ばないとコロします」

男の目はニコニコと笑っているが、その目に嘘《うそ》は見られない。それを裏付けるかのように、彼の手には何時《いつ》の間にか銀色の金槌《かなづち》が握られていたからだ。

それに気付いたチンピラは、とりあえず被害の少なそうな本を選ぼうと必死になる。

——畜生！　なんだって俺がこんな目に！　がっさんとかはどうなっちまったんだよ！　くそ、とにかく選ばねえと……とりあえずこの『撲殺《ぼくさつ》天使ドクロちゃん』とかいうのはやめとこう、表紙にゃ女の絵が描いてあるが、題名からして何をされるか丸解りだしな。……この『ダブルブリッド』……V《ブイ》？　……ってのはどうだ？　いやまて、絵でこの子供の頭に包帯《ほうたい》が巻かれてるじゃねえか。やっぱり撲殺されるのか!?　くそ、どれが一番マシなんだよ………

「私のおすすめはその『いぬかみっ！』ってやつね！」

女の方がそう叫ぶと、男の方もそれに同意した。

「あー、いいすね、だいじゃえん？　しゅくち？」

「しゅくちは昼間の方がいいよ。あー、やっぱドクロちゃんもいいかな？」

「いやいやいや、エスカリボルグの準備が面倒で……」

——？？？　なんだ？　どっかのチーム名か⁉

チンピラには二人が何を言っているのか解《わか》らない。さっきからブツブツと、眼前の男女の前では謎《なぞ》の単語が飛び交っている。話についていけないのは彼だけではなく、殺し屋のように鋭い目つきをした運転席の男も、うんざりとした表情でガムを噛《か》み続けていたのだが——

「おい、遊馬崎《ゆまさき》も狩沢《かりさわ》もよぉ。俺《おれ》は学がねえから本なんざ読まねえ。だからよ、お前らの言ってる事はさっぱりわからねえが、一個言っとくぞ」

不意に何かを思い出したように、それまで黙っていた運転席の男が声を上げた。

「お前らの自己満足は別にいいけどよ、こないだみたいに車ん中でガソリン使うなよ」

「えー、渡草《とぐさ》さんのケチー」

それを聞いて、男はシブシブと何冊かの本をチンピラの前から片付けた。

——ガソ……ッ⁉

自分の想像が甘かったという事を思い知らされながら、チンピラはいよいよ決断ができなくなっていた。目の前に残った本の内で、一体どれが一番自分の被害が少ない拷問《ごうもん》がくるのかが全く解らない。考えてみれば、本の内容がどうであろうとも目の前の奴《やつ》らは何かのこじつけをするに違いない。

「ひ……ひとつ聞いていいですか」

「んー？　なあに？　どんな拷問か教えてってのは無しね。ネタバレは厳禁厳禁」

「も……もしここにシンデレラの絵本があったとして、俺がそれを選んだらどんな事をする？」

その問いを聞くと、男は暫《しばら》く考えた後に、ポンと手を打ってこう答えた。

「まあ、ガラスの靴に合うようになるまで足をヤスリで削《けず》るって事で」

――ほらみろ。どれ選んだって同じなんだ畜生《ちくしょう》め！

チンピラは半ばヤケになって、目を瞑《つむ》って本を一冊掴《つか》みとった。英語のタイトルの横に、日本語のサブタイトルが書かれている繊細《せんさい》なイラストの本だった。

「はい、決定ーッ！」

「いやいやいや、勇気あるなあ、それを選ぶなんてッ！」

そこから先は、二人の男女は異常に手際の良い様《さま》を見せた。女がハンドバッグから手鏡を取り出して男に渡す。すると男は即座に手鏡を金槌《かなづち》で叩《たた》き割り、粉々になった鏡の破片を何枚か掌《てのひら》に取った。

「いやいやいや、何枚入れれば俺達に見えないモノが見えちゃうかなっと。大実験開始」

一方、女は縛《しば》られているチンピラの頭を手で押さえ、左目の瞼《まぶた》を無理矢理大きく開かせる。

その時点で、チンピラは自分がこれから何をされるのか簡単に予測がついた。

「ちょッ！　ま、待て！　洒落《しゃれ》に、洒落にならねえだろオイ！　待て！　までぇぇッ！」

「良い子はマネするなよー、っていうか、しないよねえ、普通はこんな事」

だんだん真剣な表情になる遊馬崎《ゆまさき》に、軽い調子で狩沢《かりさわ》が受け答える。

「漫画に影響されて殺人しちゃいましたって奴《やつ》？」

「いやいやいや、チンピラさんにさー、誤解が無いように言っとくけど、漫画や小説は何も悪く無いよー。漫画や小説は黙して語らず、罪はいつでも沈黙する者に。縛《しば》られ地蔵《じぞう》って奴？」

二人が微妙な会話を続ける間にも、チンピラは一人で止《や》めてくれと泣きながら喚《わめ》いている。

男はその叫び声を無視しながら、鏡のガラス片をゆっくりと、しかし躊躇《ちゅうちょ》無くチンピラの眼球に近づけていく。

「漫画も小説も映画もゲームも親も学校もほっとんど関係無い。強いて言えば、俺達が狂ってるだけ。漫画も小説も無かったら時代劇ネタでやるし、それも無かったら多分夏目漱石《なつめそうせき》の本とか、文部省推薦《すいせん》のもんでやっちゃうよー。そしたらどうするのかねえ、政治家の皆さんはっと」

「やめろぉぉおおぁあああっぁあああぁッ！」

「そもそも、漫画の影響受けてやりましたとか抜かす奴は、最初からマニアじゃないよね」

あと僅《わず》かで眼球にガラス片の鋭角が染《し》み込もうというところで、チンピラにとっての救いの神が現れた。

「おい、止めとけ」

突然バンのリアパネルが開いたかと思うと、野太《のぶと》い男の声が車内に飛び込んできた。

「ドタチン！」

「か、門田《かどた》さん」

男女がそれぞれ目を見開いて姿勢を正す。どうやら二人にとって格上の人間が現れたようだ。

門田と呼ばれたその男は、チンピラをジロリと睨《にら》みつけ、続いて男女の方に目をやった。

「拷問《ごうもん》になってねえだろ。それと、本を血で汚《けが》すな馬鹿野郎《ばかやろう》」

「す、すんません」

それだけ言うと、門田は片手でチンピラの襟首《えりくび》を掴《つか》み上げた。チンピラは全くリズムの整っていない呼吸を繰り返し、目と鼻と口から涙と鼻水と涎《よだれ》の入り混じった液体を流している。何とか落ち着きを取り戻し始めたチンピラに対し、門田は一言だけこう言った。

「お前の仲間なあ、ゲロったぞ」

「あう……え……ええあ!?」

最初は何を言っているのか解《わか》らなかったが、その意味を理解してチンピラの表情が目まぐるしく変わる。

――裏切った!?　誰が!?　ガっさんが、いやまさか、じゃあ誰が、畜生《ちくしょう》、どうなってる、俺《おれ》達はもう御終《おしま》いじゃねえか！　どうなってんだ！

「まだ半分ぐらいしかゲロってねえが、時間をかけりゃなんとかなるだろ。っつーわけで、お前はもう用無しなんだ」

用無し、つまり開放されるという事だろうか。それならば好都合だ。どうせ会社の連中に始末される運命ならば、このままどこかに逃げてしまった方がいいというものだ。混乱の只中《ただなか》にあるチンピラに希望が生まれかけるが、門田の言葉があっさりとそれを覆《くつがえ》す。

「だからまあ、あれだ。安心して死ね」

その瞬間、チンピラの中で全《すべ》てが決壊《けっかい》した。

「待ってくれ！　い、いや、待って下さいぃ！　話すッ……話しますからッ！　何でも話しますアイツラが喋《しゃべ》ってない事も全部話しますからお願いですお願いです殺さないで下さいぃ！」


「なるほど、つまりあんたらはそんなナリでもサラリーマンなわけだ。一応」

チンピラの話によると、彼らを雇っているのは小さな派遣会社であり、そこからの依頼で様様な仕事をこなす便利屋的な仕事を行っているそうだ。だが、正確に言えばそれすらも表向きの話であり、更に裏を探ればその派遣会社は裏ではただ一社との専属契約なのだそうだ。

そして、その企業は——池袋《いけぶくろ》の近くに本社と研究棟を持つ、最近落ち目の製薬会社だった。

チンピラの話を聞いて、門田は楽しそうに笑う。

「落ち目の企業が、人攫《さら》いをして人体実験かぁ？　何処《どこ》の国の話だよオイ」

口ではそう言ったものの、頭の中ではチンピラの供述《きょうじゅつ》を疑ってはいなかった。この期《ご》に及んで嘘《うそ》をつくとも思えないし、矢霧《やぎり》製薬については妙な噂《うわさ》を多く聞いているからだ。

チンピラを適当な場所で開放しろと言うと、そのまま門田《かどた》は車から離れようとする。

その背中に、チンピラが弱々しい声で問いかけた。

「あぁ……あんたら、あんたら何なんだよ……一体よぉ……」

門田は足を止めて、振り返りもせずに答えた。

「……『ダラーズ』、つって解《わか》るか?」


門田が完全に車から離れたところで、同じく車外にいた嶋田《しまだ》が声をかけてきた。

「あの、門田さん。他《ほか》の奴《やつ》が吐《は》いたって……嘘でしょう」

「ばれたか」

嶋田は門田に呆《あき》れたような顔を向けると、やがて諦《あきら》めたように微笑《ほほえ》んだ。

「まあ、あのまま遊馬崎《ゆまさき》とかに任せるのも嫌《いや》だったんでな。俺《おれ》も好きなんだよ、電撃文庫。だからああいう真似《まね》されると胸が痛むんだ」

「……はぁ。それにしても——初めてですよね、『ダラーズ』になってからこういう事をやったのって。まあ、俺らがカズターノの為に勝手にやってるだけなんすけど、そもそもダラーズがなけりゃカズターノとも知り合わなかったわけだし……」

門田も嶋田も、遊馬崎や狩沢《かりさわ》などと同じ徒党を組んでいた集団だった。

最初は只《ただ》の仲がいい集団だったが、自分の下に何故《なぜ》か遊馬崎達のような危《あや》うい連中が集まってくる。自分の何処《どこ》に原因があるのか解らないが、集まってしまったからには、彼らが暴走をしないように管理しなければ――。そんな思いだったはずが、結局ずるずると就職先もみつけてやれないまま、門田以外の全員がフリーターという状態だ。

裏の人間に個人的な知り合いはいるものの、どこの組織のケツモチも無かった為に、大して暴れる事もしなかったのだが――ある日、集団のリーダーである門田の下に誘いが来た。内容は単純で、『ダラーズ』に加わらないかというものだった。

何の束縛《そくばく》もルールも無く、ただ『ダラーズ』と名乗るだけで良い――そんな奇妙な誘いだった。互いに得は殆《ほとん》ど無い話だったが、それまで池袋《いけぶくろ》各地で噂《うわさ》になっていた『ダラーズ』の名を語れる事は魅力的だった。門田本人はそれほど興味も無かったのだが、周りの勢いに押されて、結局その誘いを受ける事にした。

――この押しの弱さが原因なのかもなあ。くそ、平和島静雄《へいわじましずお》ですら普通に働いてるってのに。

最初は自分のメールアドレスを知る者の悪戯《いたずら》ではないかと思ったが――試しに承諾《しょうだく》したところ、翌日には自分のハンドルネームが『ダラーズ』のサイト上の隅に表示されていた。

「今回の件に関して『ダラーズ』のボスは何て言ってるんです?」

「知らん」

「へ？」

「それが──困った事にな、俺《おれ》もこの組織のリーダーを見た事がねえんだよ。それぞれの小組織で縦《たて》社会が出来上がってるってのに、一番上だけが見あたらねえんだ」

この奇妙な組織体系を作ったのが一体だれなのか、それが門田《かどた》には気になって仕方が無かった。名前も顔も知らない奴《やつ》の下につくのは気に食わないが、上がいない以上『誰かの下についた』という感覚は無い。

こんなものを作ろうとする奴がいるとすれば──

折原臨也《おりはらいざや》

かつては池袋《いけぶくろ》に住んでいて、何度も顔を合わせた事がある。人の事をドタチン等と呼ぶ無礼な男で、おかげで今では狩沢《かりさわ》にまでそう呼ばれている。

思わず彼の名前が思い浮かんだが、わざわざ現時点で存在しない『上』を想像する事はマイナスにしかならぬと気付き、門田はそれ以上は何も考えない事にした。

結局この街で強いのはヤクザやマフィア、そして警察《けいさつ》であり──ダラーズといえども、結局はその下に収まるしかないのだから。

どれだけ粋《いき》がったところで、自分達の数も力も最終的には意味が無く、結局は移り行く街の中の幻に過ぎないのだと。

だからこそ、幻が確かに存在したという『証《あかし》』が欲しかった。

しかし、門田は知っていた。

それが『ダラーズ』なのかどうかは、結局幻が消えた後でなければ解《わか》らないという事を——

第八章
ダブルヒロイン
園原編
8 Chapter

帝人《みかど》達の高校生活も既《すで》に数日が過ぎ、健康診断を終えて明日からいよいよ授業が開始されるというところまでやって来ていた。来良《らいら》学園では入学式の翌日に校舎案内とクラブ説明会があり、３日目に健康診断とＨＲがある。

現在はそのＨＲの真っ最中で、クラス委員を決めているところだったのだが――

「そうだ、ナンパに行こう」

正臣《まさおみ》は教科書をパタリと閉じながら、何かのコマーシャルの様《よう》な口調で呟《つぶや》いた。

帝人のいるＡ組の教室の中で、何故《なぜ》かＢ組の正臣が居座っている。いまだ大半の人間が制服を纏《まと》っている状態で、正臣は既に私服姿で目立つ事この上無い。

「なんでここに居るの……」

正臣の存在には先刻から気付いていたのだが、帝人はその時点でようやく突っ込みを入れた。

教室内に教師の姿は無く、出席番号１番の男子が仮初《かりそめ》の司会者となって議事を進行させていた。

「えー、美化委員が山崎《やまざき》君と西崎《にしざき》さん、保健委員が矢霧《やぎり》君と朝倉《あさくら》さん、風紀委員が葛原《くずはら》君と金《かね》村《むら》さん、選挙管理委員が……」

この学園では基本的に男女一名ずつが各委員に選出される。黒板に書いてある事をいちいち口で確認しながら、司会者が次になすべき事を考える。

「クラス委員がまだ決まっていないのですが、誰かいませんか」

「ハ……」

手を挙げようとしていた正臣《まさおみ》を素早く押さえつけながら、帝人《みかど》はしばし考える。

——クラス委員か。面白《おもしろ》いかもしれないけど、面倒かもしれないなあ。

帝人が憧れるのは日々の鬱屈《うつくつ》から開放される事だった。見慣れた土地から飛び出して、新しい新世界にやって来た身であり、新しい街から得たここ数日の高揚感によって、その思いはますます強いものになっていった。

今までの街とは違った刺激を受けた帝人の脳は、危険だと解《わか》っていても次のように叫ばずにはいられない。

——もっと刺激を、もっと非日常を、もっと変革を!

恐らく、今の帝人ならばボッタクリにも悪徳商法にも怪《あや》しげな宗教にも簡単に引っかかってしまう事だろう。正臣あたりが誘えば、暴走族の集会等に行く事も厭《いと》わないかもしれない。

半面では非常に危うい状態になっている帝人は、クラス委員という特別な役職に期待をする半面、その仕事が自分を縛《しば》りつけてしまうのではないかという不安も感じていた。

ここは一つ様子を見るべきだろうと思っていると——

「……」

一人の少女が、うつむき加減で手を挙げた。

色白の眼鏡《めがね》少女、園原杏里《そのはらあんり》だ。人を寄せ付けない雰囲気を纏《まと》う、浮世離れした美少女だ。

「あ、ええと、園原……杏里さん？　それじゃ、彼女に決定という事でお願いします」

クラスからまるで興味の無さそうな拍手が漏《も》れる。自分が立候補するつもりの無い者にとっては、誰がその役職につこうと特に興味はないのだろう。

「じゃあ、後はお願いします」

仮りの司会者は黒板に杏里の名前を書くと、やれやれと言った表情で自らの席に戻って行った。

「あの、それでは男子でクラス委員をやりたい人はいませんか」

か細いが、よく透《す》き通る杏里の声。しかし自分からクラス委員になろうという者はなかなかおらず、微妙な沈黙が教室の中に籠《こ》もり始めた。

——どうしようかな。

なおも迷い続ける帝人の双眸《そうぼう》は、教壇に立つ杏里の様子をボーっと眺めていたのだが——

ふと、杏里の視線が一人の男に止まる。

帝人が何気なく彼女の視線を追ってみると——そこには長身のクラスメイトが座っていた。

クラスでも二番目に背が高く、たしかつい先刻保健委員に決まった男だ。

矢霧誠二《やぎりせいじ》。黒板の保健委員という文字の下に、ハッキリとその名が記されていた。長身であるという点を除けば、どこにでもいるという感じの青年だ。ただ、その顔には少年という雰囲気は殆《ほとん》ど残っておらず、年を3歳《さい》ほど上に騙《かた》っても何の問題もないだろう。

既《すで》に彼には保健委員という役職が決まっているのに、どうして杏里《あんり》という女子は彼の方を見ているのであろうか。もしかしてあの誠二という男に気でもあるのかと、帝人《みかど》が他人事《ひとごと》のように思っていると——

次に彼女は、帝人の方向に目を向けて来た。

——え？

眼鏡《めがね》の奥には、何かに不安を感じているような表情が張り付いており、帝人の心を惑わせる。

「俺《おれ》も罪な男だ」

杏里がこちらから目を逸《そ》らした瞬間、隣に座っていた正臣《まさおみ》が戯言《たわごと》を言い出した。

「彼女、俺《おれ》に惚《ほ》れたな。これから始まる危険にデンジャラスなリスキー夜《ナイト》に不安を感じてる様子だぞ？」

帝人にしか聞こえない様《よう》に話しかけてくる正臣に対し、帝人は淡々と言葉を返す。

「ごめん、日本語で喋《しゃべ》って。だってほら、ここは日本だから」

「くッ……！　相変わらず冷静な突っ込みを返す奴《やつ》だ！　最初に俺の前に立ちはだかる危機が

お前だとは思わなかったが、愛に生きる俺には親友を殺す事に欠片《かけら》も躊躇《ためら》いは無い」

「いや、せめて少しは躊躇おうよ⁉」

しかし冷静に考えてみれば、彼女は自分ではなく部外者である正臣の事を見ていたのかもしれない。それならば不安になるのも解る気がする。帝人はそこまで考えた後に、『そういえばこいつは何でこの席に座ってるんだ？』と考え――

そこでようやく、彼女が本当は何を見ていたのか気が付いた。

正臣が座っているその席は――入学式以来三日連続で欠席している女子生徒の席だった。

そして、杏里が最初の日にその生徒の事を気にかけていた事を思い出した。

そんな事を考えながら、帝人は静かにその手を挙げていた。杏里が何を考えているのかはさっぱり解らないが、どうせ誰も手を挙げないのならばと思い、挙手する事にしたのだ。

「あ、……ええと」

「竜ケ峰《りゅうがみね》です。下は帝人《みかど》。帝国の人」

何故《なぜ》か正臣が叫び、杏里は促《うなが》されるまま黒板に名前を書いていく。ここで初めて正臣の存在に気付いたクラスメイトが何人もいたが、特に突っ込みを入れる者はいない。触《さわ》らぬ神に祟《たた》りなし、まだ名前も知らない上に、早くも私服で来ている茶髪ピアスの人間にはあまり関わりたくないのであろう。

飾り気も無く大人《おとな》しそうな外見である帝人は、ある意味クラス委員長らしいといえばらしい存在だ。何ら異議が出よう筈《はず》も無く、このまま何も無かったかの様《よう》に話が進む。

「それでは、全員決まりましたので――明日の委員会の顔合わせには忘れずに出席して下さい。場所と時間は事務室前の黒板に記入されているそうです」

教卓に置いてあったクラス委員用のプリントを読み上げながら、新しいクラス委員の女子はHRの終わりを静かに告げる。

「この後は清掃の後に流れ解散となりますので、宜《よろ》しくお願いします」


結局、クラス委員になったというのに一度も前に出る事のなかった帝人《みかど》は、どこか寂しいような気分になりながら清掃作業に取り組んでいた。

帝人が廊下にモップをかけるその横で、窓に持たれながら正臣《まさおみ》が軽口を叩《たた》く。

「はっはーん、そういう事か……」

「どういう事さ」

「お前も隅におけねえなあ。小学校ん時は幼馴染《おさななじみ》と噂《うわさ》を立てられただけで泣いてたお前が、何時《いつ》の間にか自分から積極的にラブラブランデブーでハンターチャンスとはな」

「あー、はいはい」

日本語の形を成さない冷やかしに、帝人もまた冷ややかな反応を示す。

「そういえば、紀田《きだ》君は何かに入ったの？」

「おう、風紀委員」

目の前の友人が風紀を司《つかさど》るところを想像し、帝人は単刀直入な感想を述べる。

「うわあ……」

「うわあってなんだ。まあ本当はクラス委員になりたかったんだけどよ、男子の立候補者十五人による壮絶なジャンケン大会の結果、残念ながら俺《おれ》は落ちてしまった」

「十五人立候補!?　しかもジャンケン!?　うちのクラスと温度差ありすぎるよ！」

ようやく露骨《ろこつ》な驚きを示した帝人に対し、正臣は満足したような笑みを浮かべる。

「風紀は六人しか立候補しなかったけどな。ああ、それにしてもお前のクラスの風紀委員は風紀に厳しそうでやだなあ。風紀委員として思う存分風紀を乱したかったのに」

「……何言ってんの？」

「まあいいや、俺《おれ》が風紀委員になったからには、学校に重火器の類《たぐい》は持ち込ませねえ！」

「小火器はいいんだ……」

再び冷静な対応に戻った帝人に対し、正臣はつまらなそうに足をばたつかせる。

暫《しばら》く窓の外に顔を向けていたが――やがて意を決したように、先刻と同じ事を呟《つぶや》いた。

「そうだ、ナンパに行こう！」

「本当に大丈夫？」

日を追うごとにテンションが高くなっていく友人を見ながら、帝人は自分に割り当てられた範囲の掃除を終える。

大型のロッカーの中にモップを立てかけ、鞄《かばん》を片手に正臣《まさおみ》と歩き出したのだが——

昇降口の側で、園原杏里《そのはらあんり》と背の高い影——矢霧誠二《やぎりせいじ》が話しているのを見かけた。杏里は真剣な表情で何かを尋ねており、対する誠二はうざったそうな顔で対応している。

「——で、——から——本当に——ないんですか？」

「だから知らないっての。突然ぱたっと来なくなっちゃっただけだって」

杏里が何を言っているのかは良く聞こえなかったが、誠二は面倒臭《くさ》そうにそう答え、そのまま杏里を振り払うようにこちらに向かって歩いて来た。昇降口掃除の担当だった為、鞄を教室においたままなのだろう。

杏里はその背中をじっと見つめていたが、帝人《みかど》達の視線に気付き、慌《あわ》てて玄関の外に出て行った。

「おうおう、入学三日目にして痴話喧嘩《ちわげんか》とはカッコいい事してくれるじゃん」

気が付くと正臣が誠二の前に立ちはだかっており、帝人が止める間もなく声をかけてしまう。

外見とセリフからして、今の正臣ほどあからさまな悪役はいない。

「……なんだお前？　今のはそんなんじゃねえよ」

「ええと、矢霧君だよね、僕はその、同じクラスの竜ヶ峰《りゅうがみね》帝人、よろしく」

「ああ……知ってるよ、覚えやすい名前だからさ」

同じクラスのクラス委員の顔を見て、誠二は幾分緊張を緩《ゆる》ませる。

帝人はフォローの為に慌《あわ》てて二人の間に割り込んだのだが、正臣がそれを押し退《の》けるようにして前に出た。

「ちょッ……紀田《きだ》君！」

「お前いいガタイしてんなぁ。よし、ナンパに行こう！」

『はぁ？』

あまりと言えばあまりな発言に、帝人と誠二は同時に声をあげてしまう。

「ちょっと紀田君！　何言ってるのさ」

「あのな、ナンパってのは背の高い奴《やつ》が一人いた方《やつ》が絶対有利なんだよ！　俺とお前で行っても、俺の分をお前のうらなり外見が打ち消してプラマイゼロなんだっての！」

「酷《ひど》いよ！　っていうか紀田君のクラスの人を誘えばいいんじゃ」

「馬鹿野郎《ばかやろう》、うちのクラスの奴《やつ》に声かけたら、男女あわせて二十人は来るぞ！」

――女子も？　という突っ込みを入れようとしたところで、誠二が二人に声をかける。先刻までのピリピリした雰囲気は無く、呆《あき》れたような目で帝人達の事を見ている。

「悪いけど――俺、彼女がいるんだ」

一見致命的な一言だったが、それで引き下がる正臣ではない。

「関係無ぇって！」

「いや、大有りでしょ！」

帝人《みかど》が慌《あわ》てて突っ込みをいれるが、正臣《まさおみ》の耳には届かない。

「このさいアンタの彼女の有無はいい、ナンパで引っ掛けた時点ではまだ『彼女』とは言わないから浮気にはならねっての！」

「そ、そうなの？」

洪水《こうずい》のように捲《まく》し立てられる正臣の言葉に、帝人は次第に呑《の》まれつつあった。

しかし誠二《せいじ》は目の色一つ変える事無く、正臣の方に向かって静かに首を振った。

「駄目《だめ》だ、他《ほか》の女を気にかける事は、裏切りだ」

「律儀《りちぎ》だなあ。彼女は裏切れないって奴《やつ》？」

「裏切るのは彼女じゃない」

「は？　じゃあ誰だよ？」

正臣の問いに対し、誠二は宙を仰《あお》ぎながら、強い眼差《まなざ》しを持って言い切った。

「愛だよ」

「はい？」

「それは俺《おれ》自身の放つ彼女への愛を裏切る事になる。彼女は裏切れても、俺は愛は裏切れない」

沈黙

「あー……そうなんだ」

実に気まずい空気が流れるが、誠二の表情は何一つ変わらず、その双眸《そうぼう》に自信の光を満ち溢《あふ》れさせている。

「……まあ、なんだ、頑張《がんば》れ！」

正臣が戸惑い混じりに拳《こぶし》をガッと突き出すと、誠二は満面の笑みを持ってそれに答える。

「ああ、ありがとう！」

それ以上は何も話さず、そのまま教室へと向かって行った。

自信に満ち溢れた背中を見送りながら、正臣がポツリと呟《つぶや》いた。

「お前のクラスも、全然温度高いじゃんよ」

「うん……そうみたい」

♂♀

「全然駄目《だめ》じゃないか」

ＴＶなどで有名な池袋《いけぶくろ》西口公園にやって来たはいいが、平日の昼間の公園は実に閑散《かんさん》としていた。帝人には正臣のナンパに付き合うつもりなど微塵《みじん》もなかったのだが、テレビで良く見かけた場所を一度見ておきたいと思ったのだ。
そこは確かにテレビで見たのと同じ場所なのだが、実際に見るのとでは全く印象が違ってい
る事に気が付いた。ニュースやドラマ、バラエティ番組などで度々使われるこの場所だが、そ
れぞれの映像によって全く違う印象があった事を思い出す。
映像の演出によってああも違う印象を与えるものかと関心しながら、帝人《みかど》は正臣《まさおみ》の行動を溜《ため》
息《いき》混じりに見守っていた。
正臣は同年代の人間がいないからと、昼休みを利用して外に出てきているＯＬなどに声をか
けている。当然ながら高校生にナンパされて承諾《しょうだく》する社会人（しかも昼休み中）はおらず、無《む》
駄《だ》な行動にいそしんでいる正臣の姿が哀愁を誘う。
やがて帝人の元に戻ってきた正臣にそれを告げると、正臣は笑いながらこう答えた。
「ええ？　何言ってんの、話しかけるの自体が目的なんだからいいんだよ！　それにお前、
『無理』『無駄《むだ》』は女の子を誘う時に一番言っちゃいけない言葉だぞ！　美女を目の前にして、
自分には無理だと思うから無理なんだ、無駄だと思うことが無駄なんだよ、解《わか》るか？」
「さっぱり解らない」
呆《あき》れた声で呟《つぶや》きながら、帝人は大きく伸びをした。
いつまでもここにいる必要も無いと思い、自分の行きたい場所に向かう事にする。
「じゃあ、今日は一人で60階通りの方に行ってくるよ」

「なにぃ？　お前まさか、一人でナンパするつもりか？　女殺しで油に地獄っちゃうのか⁉」

「ナンパなんかしないよ」

しかし正臣は聞いていない。帝人の顔をビシリと指差し、不適な笑みを浮かべながら叫ぶ。

「お前は俺《おれ》の実力に咽《むせ》び泣く事になるぞ！　くく、お前はブームがとっくに過ぎ去っているのに今時ガングロヤマンバ状態で、その上汚ギャルな女にでも弄《もてあそ》ばれて捨てられる事になる」

「紀田《きだ》君の実力関係ないじゃんそれ⁉」

「ええい五月蝿《うるさ》い五月蝿い、お前なんか漢字で書くと五月の蝿《はえ》だ！　ならば勝負だ！　俺と帝人、どっちが多くの女の子をゲットできるか！」

「ナンパした女の子を連れながらナンパするってどうなの？」

帝人の突っ込みを無視して、正臣は早速駅の方に走っていった。暫《しばら》く様子を見ていると、買い物袋を下げた子連れの主婦に声をかけ始める。

これまでで一番大きな溜息をつきながら、帝人は一人で駅の東口に向かう事にした。


少し道に迷ったものの、比較的楽に60階通りに辿《たど》り着く事ができた。ここから自分の住むアパートまではそう距離も無い。夜まで適当に店を見て回って、後はまっすぐ家に帰るつもりでいた。正臣が小学校の時のままの性格ならば、おそらくは勝負など忘れて先に帰るはずだ。

7歳《さい》の頃、かくれんぼをしていた時にも鬼の正臣《まさおみ》が先に帰ってしまい、夜中に泣きながら帰ると帝人《みかど》の家に正臣がいた。そして、ちゃっかり帝人の分の夕飯を食べながら「はい、みっけ」と言った。

——思えば、子供の頃はあの町にも色々冒険があったなあ。何時《いつ》からそれが無くなったんだろう。

中学時代は特に面白《おもしろ》いと言える事もなく、ただ安穏《あんのん》とした日々を繰り返していた。外の世界に憧れ、それでも町を出る理由も無く、どうしようもない状況を受け入れながら過ごして来たのだが——ある日、インターネットを家に繋《つな》いだ時から世界が一変した。

そこには様々な『世界』が広がっており、普段の生活では絶対にお目にかかれないような情報が渦《うず》巻いていた。まるで今の自分が住む世界の裏側に、もう一つ大きな世界が現れたような気分だ。しかもその世界に『距離』は存在しないのだ。

ネットの世界に深くのめり込む内に、このままズルズルと引き籠《こ》もり生活にいくかの様《よう》に思われたが——彼はある日気が付いた。ネットから受身になる分には自由だが——自分からネット上に情報を発信するには、自分はあまりにも語る言葉を持たないという事に。

それに気付いた帝人は、今まで以上に町の外に強い興味を持った。正臣から伝えられる東京の様子がただひたすらに眩《まぶ》しかった。

そして、今は自分もその光の中にいる。正臣は逆に『今は田舎《いなか》の方が眩しいもんだ』と言っているが、まだその実感は湧《わ》かない。理屈ではわかるし、自分も故郷を捨てるつもりはない。

ただ、それを感じるのはきっともっと先の事になるであろうという事も解《わか》っていた。

帝人はただ都会の味を噛《か》みしめながら、自分の中にその空気を溜め込もうと思っていた。

まるで、自分自身をこの街と一体化させるかのように。


彼はさらにこの空気を感じようと、胸を広げて周囲をぐるりと見渡した。

60階通りには来良《らいら》学園の制服が溢《あふ》れており、街の色を制服のそれへと染め上げている。

「まるでカラーギャングだなあ」

そんなことを呟《つぶや》いていると、ふと、見慣れた顔が目に入った。

「園原《そのはら》さん」

声をかけようとして近づいたのだが――なにやら同じ制服を着た女子に囲まれており、剣《けん》呑《のん》とした雰囲気を醸《かも》し出している。横の路地に少し入った所で、三人の女子が杏里《あんり》を壁に追い込むようにして話をしている。

帝人は何事かと思い、恐る恐るその路地に入っていく。杏里を含む四人は帝人の事に気付いていないようで、会話の内容が徐々にハッキリと聞こえて来る。

それは話というよりも、寧《むし》ろ一方的な尋問《じんもん》であった。

「あんたさ、張間《はりま》美香《みか》がいなくなったのに随分とでかい顔してるみたいじゃない？」

「……」

「クラス委員になったんだって？　なに優等生ぶってんの？」

「なんとか言えよ、中学の時は美香《みか》の腰巾着《こしぎんちゃく》だったくせしてよー」

三人に代わる代わるキツイ言葉をかけられるが、杏里《あんり》は特に反論をする様子も無い。

——うわ、イジメ⁉　あんな生き物がまだ日本にいたんだ！　しかもイジメの内容も凄《すご》くベタっぽいぞ⁉　まるで昔の漫画だよこの人達！

ここまでコテコテだと、流石《さすが》に恐怖も起こらない。同じクラス委員としてこれは助けるべきだろう。頭の中では当然そう思うのだが、ならば論理的に次は何をするべきなのか、それが頭の中でまとまらない。ここまで来て見て見ぬふりもまずいだろうし、もしもこの女子達の恨《うら》みを買ってしまったら面倒だという思いもあるが——

——よ、よし。イジメには気付かなかったフリをして『やあ、奇遇だね園原《そのはら》さん』と笑顔で行く、これだ！　これでこの女の子達が何か文句を言ってきたら、その時はその時という事で。

後ろ向きなのか前向きなのか良く解《わか》らない方法を思いつくと、帝人《みかど》は静かに足を踏み出し——後ろから、肩にぽんと手を載《の》せられた。

「⁉」

息を呑《の》んで振り返ると、そこには見覚えのある顔があった。

「イジメ？　やめさせに行くつもりなんだ？　偉いね」

折原臨也《おりはらいざや》は関心したような声を出すと、そのまま帝人の肩を掴《つか》んでぐいぐいと前に押し出し始めた。

「ちょっと!?」

帝人の漏《も》らした叫びに、四人の女子もこちらに気が付いたようだ。

「ややややっやあ、園原さん、偶然だねねねねねうわあああああっちょっと!」

そのまま四人の目の前まで押し出され、そこでようやく後ろの男が足を止めた。

「な、なんですか?」

イジメる側にいた女子の一人が、どこか怯《おび》えたように声をあげた。その声は当然帝人ではなく、後ろにいる臨也へと向けて放たれている。

「いやあ、よくないなあ、こんな天下の往来でカツアゲとは、お天道様《てんとうさま》が許しても警察《けいさつ》が許さないよ」

冗談《じょうだん》のような言葉を吐《は》きながら、臨也は女子の方にスタスタと近づいていく。

「イジメはかっこ悪いよ、よくないねえ、実によくない」

「おっさんには関係ねえだろ!」

そこでようやく本性を表したのか、あるいはできる限りの虚勢を張っているのか——女達は顔を歪《ゆが》ませながら臨也を怒鳴《どな》りつける。

「そう、関係無い」

臨也《いざや》はニコニコと笑いながら、三人の女子に向かって宣告する。

「関係無いから、君達がここで殴《なぐ》られようがのたれ死のうが関係無い事さ。俺《おれ》が君達を殴っても、俺が君達を刺しても、逆に君達がまだ23歳の俺をおっさんと呼ぼうが、君達と俺の無関係は永遠だ。全《すべ》ての人間は関係していると同時に無関係でもあるんだよ」

「はぁ？」

「人間って希薄《きはく》だよね」

意味の解《わか》らない事を言いながら、臨也は女達に一歩近づいた。

「まあ、俺に女の子を殴る趣味は無いけどさ」

次の瞬間——臨也の右手の中には小柄なバッグが納められていた。

「あれ？　え？」

一見高級そうなそのバッグを見て、女子のうちの一人が声をあげる。自らの肩から提《さ》げていた筈《はず》のバッグが、何時《いつ》の間にか眼前の男が持っているのだ。

彼女の肩に引っかかっていた紐《ひも》は、腰の辺りで綺麗《きれい》に切断されていた。

混乱する女子達を余所《よそ》に、臨也の後ろにいた帝人《みかど》は恐怖にとらわれていた。

臨也が背中に回している左手には——一本の鋭いナイフが握りこまれていたからだ。問題は——帝人はずっと臨也の動向に注目していたのだが、ナイフを何処《どこ》から出したのかという事も、そして女子のバッグの紐を斬《き》った瞬間さえも認識する事ができなかったのだ。

臨也はその折り畳《たた》み式ナイフを器用に畳むと、手を背中に回したまま、己のスーツの袖《そで》にしまいこんだ。全《すべ》て片手だけの動作であり、帝人の目にはまるで何かの手品を見せられているような感覚だった。

臨也はニコニコと笑いながら、そのバッグの中から携帯電話を取り出した。

「だから、女の子の携帯を踏み潰《つぶ》す事を新しい趣味にするよ」

そう言いながら、臨也は女の携帯電話を宙に解き放つ。カシャンという軽い音が響き、シールがベタベタと張られた携帯電話が転がった。

「あッ、てめ……」

女が慌《あわ》てて拾おうと手を伸ばしたところで——

その指先を掠《かす》めるように、臨也の足が携帯に踏み下ろされた。

スナック菓子を噛《か》み砕《くだ》くような音が響き、割れたプラスチックの欠片《かけら》が足の裏からはみ出した。「あぁーッ！」と叫ぶ女の悲鳴を気にせずに、そのまま何度も何度も右足を踏み下ろす。

その動きはまるで機械のように、寸分たがわず同じ場所に足が踏み下ろされ続ける。そして、やはり機械のように、同じ調子の笑い声を漏《も》らし続ける。

「アハハハハハハハハハハハハハハハハハハハハ」

「ちょッ、こいつヤバイよ！　なんかキメてるよ絶対！」

「キモいよ！　早く逃げよう！」

携帯を踏み潰《つぶ》された女は放心したような目でその様子を見ていたが、他《ほか》の女子二人に引きずられるようにして大通りへと逃げて行った。

彼女達の姿が完全に消えたのを確認すると——臨也《いざや》は笑い声と動きをピタリと止め、何事もなかったかのように帝人《みかど》の方に振り向いた。杏里《あんり》は逃げる事もせず、ただ怯《おび》えた目をして臨也と帝人の方を見つめている。

「飽《あ》きちゃった。携帯を踏み潰す趣味はもう止《や》めよう」

臨也はそれだけ言うと、帝人に対して優しい微笑《ほほえ》みを浮かべてみせる。

「偉《えら》いねえ、苛《いじ》められてる子を助けようとするなんて、現代っ子にはなかなかできない真似《まね》だ」

「え……」

それを聞いて、杏里が驚いたように帝人を見る。実際には物凄《すご》く後ろ向きな助けかたをしようとしていただけに、そして実際に場の状況をうやむやにしたのは臨也である為に、なにやら後ろめたい気分で一杯になった。

そんな帝人の様子にはまるで構わず、臨也はゆっくりと言葉を紡《つむ》ぎ始めた。

「竜ヶ峰《りゅうがみね》帝人君、俺《おれ》が会ったのは偶然じゃあないんだ。君を探してたんだよ」

「え?」

それはどういう事かと尋ねようとした瞬間——路地の奥から、コンビニ、、、エンス、、、ストア、、、にある、、、、、、、、ゴミ箱が飛んできて、臨也の身体《からだ》に直撃した。

ゴミ箱はその場に落下し、ガランという派手な音を立てて動きを止めた。

「がッ!?」

臨也は苦悶《くもん》の声をあげ、バランスを崩してその場に膝《ひざ》をついた。金属製のゴミ箱の直撃だったが、角ではなく面からの直撃だった為に、派手さに応じる程のダメージは無かったようだ。

臨也はよろよろと立ち上がりながら、ゴミ箱が飛んできた方向に目を向ける。

「し、シズちゃん」

「いーざーやーくーん」

わざと間延びさせた声に、帝人と杏里もゆっくりとそちらを振り向いた。

そこに立っていたのは——サングラスをかけた若い男の姿だった。バーテンダーの着るような服に蝶《ちょう》ネクタイを結びつけており、一昔前のキャバレーやスナックの客引きといった格好をしている。

サイモンには及ばないが、それでも一般的にはかなり背の高い部類に入るだろう。だが、一見すると細身に見えるその体型からは、とてもこの男がコンビニのゴミ箱を投げたとは思えなかった。

「池袋《いけぶくろ》には二度と来るなって言わなかったけかー？　いーざーやー君よぉー」

だが、臨也は相手の事を完全に理解している様子で——帝人の前で、初めてその顔から笑顔を消した。

「シズちゃん、君が働いてるのは西口じゃなかったっけ」

「とっくにクビんなったさー。それにその呼び方はやめろって言ったろー？　いーざーやーぁ。いつも言ってるだろぉ？　俺《おれ》には平和島静雄《へいわじましずお》って名前があるってよぉー」

低い声を出しながら、男の顔に血管が浮かぶ。普通にしていれば普通のバーテンダーの様《よう》に見えなくも無い普通の顔立ちだが、男の放つ目に見えない覇気《はき》の様《よう》なものが、帝人《みかど》の目に畏怖《いふ》を遙《はる》かに通り越した『恐怖』を与えている。

——顔に血管が浮く人って……実物は初めて見た……。

最初はそんな感想を持ったが——あとは言葉では何も言い表せず——ただ、本能的な恐怖が少年の身体《からだ》を支配する。

平和島静雄——正臣《まさおみ》が言っていた、敵に回してはいけない人間。正臣の話では『暴力団等は除いて』という事だったから、眼前にいる男は一応は一般人という事になる。だが——帝人は確信する、本当に『暴力』だけで生きる人間がいるとすれば——恐らくこういう人物だろうと。

確かに解《わか》る。恐らくは日本に住む殆《ほとん》どの人間から見て、絶対に関わりたくないタイプの人間だった。これで外見が強面《こわもて》ならばまだ救いがあるが、一見普通なのが始末に終えない。

「やだなあシズちゃん。君に僕の罪をなすりつけた事、まだ怒ってるのかな？」

「怒ってないぞおー。ただ、ぶん殴《なぐ》りたいだけさぁ」

「困ったな、見逃してよ」

口ではそう言いながら、臨也《いざや》は袖口《そでぐち》からナイフを取り出した。

「シズちゃんの暴力ってさー、理屈も言葉も道理も通じないから苦手なんだよ」

「ひッ……」

それまで呆然《ぼうぜん》としていた杏里《あんり》が、銀色に光る刃を見て悲鳴を上げた。帝人《みかど》は息を呑《の》みながら、彼女に対して身振りで必死に『逃げよう』と訴えかけた。

少女は壁に背を押し付けながらコクコクと頷《うなず》くと、自らの鞄《かばん》を胸に抱《かか》えて一目散《いちもくさん》に駆《か》け出した。帝人は彼女と共に大通りに逃げながら、一度だけ後ろを振り返る。

自分達の出てきた路地からは、静雄《しずお》の怒声が響き渡り、入口に野次馬《やじうま》が集まり始めている。

そして——その野次馬を掻《か》き分けるように、身長2メートルを超す巨漢——サイモンが路地の中に入っていくのが見えたが、それ以上続きを見る気にはなれなかった。

今、帝人の中には絶対的な恐怖が渦《うず》巻いていた。新しい土地に渦巻く日常と非日常、今のがそのどちらだったのかはわからないが——少なくとも、自分は決して関わってはいけない領域だという思いに溢《あふ》れていた。

そして、『絶対に敵に回してはいけない人間』というものを思い知らされた。

——一般人であれなんだ。ヤクザやチャイニーズマフィアは一体どれほど恐ろしい存在なのだろうか——

ネットで見るような暴力沙汰《ざた》の話は、どれも話半分だと思って聞いていたが——実際に触れてみると、これほど恐ろしいものだとは思わなかった。

そんな事を考えながら、帝人はそろそろ大丈夫だろうと杏里に声をかける。

「ねえ、ちょッ……待って……息が……苦しい、から……」

全速力で走ったにも関わらず、悲しい事に一度も杏里を抜く事はできなかった。

それが、竜ヶ峰《りゅうがみね》帝人という少年に課せられた現実だった。

♂♀

「大丈夫だった？」

帝人は杏里を近くの喫茶店にまで連れていき、そこで彼女を落ち着かせようとする。

とりあえずクリームソーダを二つ頼み、その後でちょっと子供っぽかったかと反省する。

「あの……ありがとうございました、さっきは——助けてもらって」

「あー、いやいや、いいいい！　正確には助けたのはあの臨也って人だし！」

「でも……」

——ああ、こういう時どうしたらいいんだろう。正臣《まさおみ》がいないのが悔やまれる。

そんな感じでドギマギとしているが、何も喋《しゃべ》らないというわけにもいかず、とりあえず会話を切り出す事にした。

「さっきの人達、同じ中学の？」

その問いかけに、杏里《あんり》はコクリと頷《うなず》いた。

「なるほど……つまり、中学の時にちょっかいを出していた連中がいたけれど、中学の時は美《み》香《か》っていう実力のある子に助けられてて、ところがその美香ちゃんがいなくなった途端《とたん》に昔の奴《やつ》らがまた来たってこと？」

帝人《みかど》の推測を聞いて、杏里は身体《からだ》をビクリと震わせた。

「な、なんで、知ってるんですか⁉」

「い、いや、あの会話からだとそうだとしか……まあいいや、美香って——うちのクラスの張間《はりま》美香さんの事？」

その言葉に杏里は落ち着きを取り戻し、静かに言葉を紡《つむ》ぎ始めた。

「それが——美香さん。学校は欠席って事になってますけど、入学式の前の日から一度も家に帰って無いんです」

「……え？」

思いきり警察沙汰《けいさつざた》ではないか。そう思って帝人は目を白黒させたが、杏里はその意図を読み、静かに首を横に振った。

「正確には——行方《ゆくえ》不明じゃないんです。携帯のメールから——私の携帯と、張間さんの実家に連絡が入ってるんです。『ちょっと傷心旅行に行って来ます。気にしないで下さい』っていう感じのメールや、今何処《どこ》の駅にいるとかそういう類《たぐい》のメールが」

「傷心旅行？　何かあったの？」

「それは……」

心配になって聞いてみたが、そこで始めて杏里が口籠《ご》もる。

何か言いたくない理由があるようで、何かを躊躇《ためら》うように目を伏せる。

「大丈夫、僕は誰にも言わないし、言うような奴《やつ》は今は子連れ奥さんと不倫の真っ最中だから」

口の軽い事を示しながら、同時に自分の口の堅《かた》さを主張する帝人。杏里はその矛盾《むじゅん》には気付かないようで、暫《しばら》く考えた後に口を開いた。

「あの、驚かないで聞いてくれますか？」

「さっきみたいなものを見た後じゃ、大抵の事じゃ驚かないですよ」

相手を安心させようと、できるだけの笑顔で言葉を紡ぐ。小学生の頃から正臣《まさおみ》と一緒にいた為に、気が付けばこうした人をフォローする技術ばかりが身に付いてしまっていた。

そんな少年の笑顔に安心したのか、単刀直入に事実を告げる。

「張間さんは――――ストーカーなんです」

ピュフリ
帝人は健《すこ》やかな笑顔を浮かべたままで、口から溶けかけのアイスを吹きだした。

話を一通り聞いて、帝人《みかど》は状況を整理する。

「なるほど……つまり、保健委員の矢霧《やぎり》君に付きまとっていた……ええと、いや、求愛してた美香《みか》さんが、振られたから傷心旅行にっていう事？」

彼女の話によると、張間《はりま》美香は中学生の頃からそうした癖《くせ》があったらしく、一目惚《ひとめぼ》れした男子の家にピッキングで忍び込んだり、旅行先を事前に調べて勝手についていった挙句、『誘ってくれてありがとうございました！』と、脳内で事実を勝手に変換する始末。

そんな性格の上に、成績良好で家も金持ち。今回の入学にあたって部屋を借りたのだが、家賃が月に十万を超える部屋を借りたそうだ。来良《らいら》学園には一応寮も存在するのだが、校舎からかなり離れた場所にある為、実家から通うか若くして自立生活を送っている者も多い。帝人もその一人であるし、杏里《あんり》も少し離れた場所に安アパートを借りて住んでいる。

——何でもありだなあ、その張間さんって人は。

そして彼女は誠二《せいじ》と出会い、この人物こそが自分の運命の人だと確信する。そして、誠二の家に通い続けたのだが——入学式の日に、彼女は学校に姿を現さなかった。誠二の話では、入学式の前日にハッキリと交際を断り、警察《けいさつ》を呼ぶと言って脅《おど》しつけ——それ以降は姿を現していないという事だ。

杏里の話を聞きながら、帝人は内心で冷や汗をかいていた。話を聞く限りでは、受験の時に自分と誠二の間に座っていたらしい。一歩間違えれば自分の元にそういった『押しかけ』が現れていた事になり、街中《まちなか》で女の子を助けたりしなくて本当に良かったと安堵《あんど》する。もっとも、助けたくても助けられないのが現実なのだが。

帝人はそんな見当違いの思いを欠片《かけら》も表情に出さず、その後は真剣な面持ちで杏里の相談に聞き入った。

「とりあえず、電話はどうなの？」

「通じません……メールを送ってくる時以外は電源を切ってるみたいで……それをメールで言ってみたら、声を聞くと帰りたくなっちゃうからだって……」

「そうなんだ……うーん……とりあえず今のまま様子を見たほうがいいのかな……いや、念のために、声を聞けないと警察《けいさつ》に連絡するしかない、みたいな事をやんわりと書いて送ってみたらどうかな？」

その後も様々な素人《しろうと》意見を出し続けたが、どれも決定的な意見にはならず、そのまま時間だけが過ぎ去っていった。

「ところで――張間さんって、君と一番仲がいいの？」

「……自信はありませんけど……。いつも一緒にいたのは確かです。私は色々と不器用で、人とも上手《うま》く付き合えないんですけど、それをいつも引っ張ってくれたのが美香さんで、それからいつも一緒に居てくれるようになって……」

帝人《みかど》はその話を聞いて、二人の関係が単なる親友ではない事に気が付いていた。ネットを徘《はい》徊《かい》していると、たまに耳にする話だ。そしてネット上では、その事実の奥にあるどろどろとしたものもストレートに表現されている。

「それに——張間《はりま》さんの成績なら、もっと上の高校に入れたのに、わざわざ私と同じ高校を選んでくれて——私はそれが申し訳なくて……」

——それは多分、君という便利な道具&引き立て役を手放したくなかったからじゃ……。

帝人は喉《のど》まで出かかった言葉をなんとか押さえ込んだ。つくづく、この場に正臣《まさおみ》が居なくて良かったと安堵《あんど》する。チャットなどであったら、間違いなく突っ込みを入れてしまっているところだろう。

——だが、いっその事ハッキリと言ってやった方が彼女の為になるんじゃなかろうか。

そうも考え、彼の中で再び葛藤《かっとう》が起こる。だが、無意識の内に目を逸《そ》らす帝人を見て、杏里《あんり》はクスリと笑顔を浮かべる。

「いいんですよ、解《わか》ってますから」

心の中を見透《す》かされたようで、帝人は慌《あわ》てて「な、なにが」と声を漏《も》らした。

「私が張間さんの引き立て役だって事、解ってますから。それで、私も彼女を利用してるんです。きっと、そうしないと生きていけないんですよ。私がクラス委員に立候補したのも——張間さんがやりたがってた役職を、張間さんが休んでるんだったらせめて私がやらなくちゃって思って――」

　その言葉を聞いて、帝人は全《すべ》て理解した。ＨＲの時に彼女が自分の方を観《み》たのは――正確には人を見ていたわけではなく、やはり欠席していた美香《みか》の机の方を窺《うかが》っていたのだ。そして、その空席には代わりに正臣《まさおみ》が座りこんでいた。

　一人で納得する帝人に、彼女は聞かれてもいない事を話しだした。

「でも、本当は自己満足なんです。私がクラス委員になれば、彼女を追い越せるような気がして……ずるい考えですよね、こんなの」

　だが、彼女の言葉を最後まで聞く事無く、帝人は杏里《あんり》に対して冷淡な声を浴びせかけた。

「それをわざわざ人に言うのが、一番ずるいと思う」

「――――」

「なんだか、それで誰かに許して貰《もら》おうとしてるみたいだ。張間さんより上を目指そうっていうのは正しい選択だよ、だから、もっと胸を張って堂々としてればいいんじゃないかな」

　最後まで語り終えてから、言い過ぎたかと心中で舌打ちする。長く話し込んで気が高ぶっていたのか、普段なら胸の奥にしまっている事がつい言葉になって漏《も》れてしまった。

　怒り出すかもしれないと、半ばビクビクしながら杏里の方に目を向けたが――彼女は特に怒った様子も悲しんだ様子も見せなかった。

「そうですね……ありがとうございます」

寂しそうに笑う杏里《あんり》の顔を見て、帝人《みかど》は真剣に考えた。

――この子を引き立て役にするなんて、その美香《みか》って子はどれ程の美人なんだろう？

恐らくは性格面での引き立て役なのだろうが――帝人は首を傾げずにはいられなかった。


「あの……今日は本当にありがとうございました」

別れ際に、杏里が改めて頭を下げる。帝人は店の代金は自分が持つと言ったのだが、彼女がどうしてもというので結局ワリカンになった。60階通りにも既《すで》に暗い影が差し始めており、深蒼《しんそう》に染まり始めた空が二人を静かに見下ろしている。

「いや、いいよ。話したのは今日が初めてだけど、これから一緒にクラス委員をやってくんだから。改めて――これから宜《よろ》しくね」

帝人の言葉を聞いて、杏里は優しい微笑《ほほえ》みを見せて頷《うなず》いた。

「でも、私は前から竜ケ峰《りゅうがみね》さんの事、知ってたんですよ」

「え？」

「入学届けを出す時に、受付に名前をチェックする一覧表みたいなのがあって――そこで、かっこいい名前だなって思ってたら……ちょうどそこにチェックする人がいて……」

何かおかしな展開になってきた。内心に嫌《いや》な予感を感じながらも、帝人は冷静なままで「そうなんだ」と相槌《あいづち》を打った。

「それで……その人に今日助けられました」

――ちょっと待った。

帝人は心の中で突っ込みを入れた。これではまるで、先刻の美香と誠二《せいじ》のパターンと一緒ではないか。目の前の女子《じょし》の顔を見ると、真意の読み取れない表情で微笑《ほほえ》んでいる。

――え、ちょっと。まずいよそれは。ストーカーなんて……でも、こんな可愛《かわい》い子ならありなのか!? いやまて、無しだろう。下手《へた》すれば刺される!? 放火されるかもしれないし、家族を人質に取られたら……でも、いい性格だったらストーカーでもいいんじゃや。いやまて、ストーカーする時点で性格よくないし――でもありか無しかで言ったら――

3秒ほどの間にそれだけの情報が頭を錯綜《さくそう》し、帝人は眼前の同級生に対してどういう反応を示したらいいのか解《わか》らなかった。

表情が僅《わず》かに固まった帝人を見て、杏里はクスリと笑ってみせる。

「冗談《じょうだん》ですよ」

「え……」

「私みたいなのに付きまとわれたら迷惑ですよね、私はストーカーじゃないから安心してください」

からかわれたと解るのと同時に、心を見透《す》かされた事に対する羞恥心《しゅうちしん》と――それ以上に、彼女に対する罪悪感が帝人《みかど》の中に湧《わ》き上がってきた。

「……ごめん」

「え？　あ、いえ！　からかったのは私なんですから、謝らないで下さい！」

杏里《あんり》の方も突然謝られるとは思っていなかったらしく、慌《あわ》てた表情を眼鏡《めがね》の下に貼り付ける。

お互いにどうしたらいいのか解《わか》らなくなり、帝人は困ったように話を逸《そ》らす。

「じゃあ、また明日――ね」

「はい、明日から、色々とお願いします」

――園原《そのはら》さんは、ちょっとずるいところもあるけど……基本的にはいい人なんだなあ。

彼女と別れ、自分の住むアパートへと向かいながら帝人は考えた。

自分が想像していた程浮世離れしているわけでもなく、ただ、純粋に生き方が不器用なだけなのであろう。

――自分と正臣《まさおみ》の関係も、もしかしたら似たようなものなのかもしれない。自分もまた、正臣に引っ張られる事で、こうして新しい世界に触れる事ができたのだから。

帝人はそこでブンブンと首を振り、こんな事ではいけないと気合を入れ直す。

そして、想い人に振られて失踪《しっそう》したという張間《はりま》という女子《じょし》の事を考え、帝人は独り呟《つぶや》いた。

「こっぴどく振られたんだろうな。でも、それぐらいで諦《あきら》めるならそれ程酷《ひど》いストーカーでもないのかもなあ……」

しかし、先刻の杏里の話では、彼女は普通に好きになった男の家にピッキングを――しかも中学生の時点で行うような娘《むすめ》だ。それが『運命の人』とまで言い切った男を、警察《けいさつ》程度で諦めるものなのだろうか？

いつしか会ったことも無いストーカー女の事を真剣に考えている自分を発見し、空を仰《あお》ぎながら一際《ひときわ》大きな溜息《ためいき》をついた。

――ああ、いくら非日常に憧れてるからって、こういう生々しいのは勘弁《かんべん》して欲しいなあ。

鬱屈《うっくつ》した想いに呑《の》まれた帝人は、気分転換でもしようと足をとめる。家に帰る前に百円ショップでも見ようと大通りを渡っていると――

――彼の耳に、現実と理想を繋《つな》ぐ音が響いてきた。

生物《せいぶつ》の嘶《いなな》きのようなエンジン音。途切れ途切れに唸《うな》るその音が、今はやけに興奮しているように聞こえて来る。

「黒バイクだ！」

こんな駅の側でも聞こえるとは思っていなかったが、帝人は湧き上がる好奇心を押さえつける事ができずに、音がする方へと思わず駆《か》け出していた。

バイクの音から言って、恐らく次の路地を曲がればいる筈《はず》だ。帝人は逸《はや》る気持ちを抑《おさ》えながら、一気にその路地を曲がろうとし――

彼は、昔の漫画となった。

♂♀

「……ほほう、つまり、道の角でぶつかった美女がバイクに乗った悪党に追われていて、しかも記憶を失っている――――そんな色々な意味でドリーマーな夢物語を俺《おれ》に信じろと」

「事実なんだから仕方ないよ」

「その事実に間違いがあるとすれば、なぜぶつかったのがお前で、俺じゃないのかって事だ」

四畳《じょう》半の部屋の中で、帝人《みかど》と正臣《まさおみ》が難しい顔をして言い合っている。

ここは帝人の引っ越してきたアパートであり、部屋の中にはTVチューナー内蔵のパソコンと炊飯《すいはん》器しか家電が存在していない。

帝人の借りたのは同じアパートの中でもかなり安い部屋で、ここより安いのは隣の部屋の三畳間《じょうま》しか存在しない。そこが既《すで》に埋まっているとの事で、わざわざワンランク高い部屋を選んだのだ。しかし隣の部屋に住んでいるのはカメラマンらしく、取材でしょっちゅう飛びまわっている為に、大抵の日は空き部屋状態なのだという。

だったらそこに住んでもいいじゃないかと思ったのだが、こうして人が入ってみると四畳半というのは意外に狭い。三畳間にしなくて本当に良かったと、今の状況に照らし合わせて帝人は神に感謝した。

その『状況』に混乱し続ける帝人に対し、正臣はあくまで冷静に言葉を紡《つむ》ぐ。

「これで時間が朝の遅刻ギリギリタイムならベターだったんだがな。あと、その女が転校生ならマーヴェラス。その上どこかの王女で実はお前の幼馴染《おさななじみ》ならばパーフェクトだ」

その言葉を完全に無視して、帝人は顎《あご》に手を添えて考えこんだ。

――流石《さすが》に非日常を望んではいたが、ここまで来ると本当に夢なのではないか？　というよりも、夢であって欲しい。

沈み込む帝人に対し、正臣は真剣な表情のままで戯言《ざれごと》を吐《は》き続ける。

「今の、ベタとベターをかけてる事に気が付いた？」

「それをわざわざ人に言うのが、一番寒いと思う」

さっきも似たような事を言った気がするなあと思いながら、帝人は二人の横に横たわる女を見た。年齢《ねんれい》は良く解《わか》らないが、少なくとも帝人よりは年上に見える。

何処《どこ》かの病院から抜け出して来たような無地のパジャマ姿で、何事も無かったかのようにすやすやと寝息を立てている。

あの時――道の角でぶつかった彼女は、ただ一言『助けて』と言った。わけが解らぬままその場に突っ立っていると――彼らに向かって、一台の黒いバイクが迫ってきた。

あとは良く覚えていない。無我夢中で彼女の腕を引っ張っているうちに、どうやら駅の中に飛び込んでいたようだ。流石《さすが》にバイクも地下までは追ってこず、そのまま別の出口から地上に出て、帝人《みかど》のアパートに飛び込んだのだが——

「記憶が無い上に、警察《けいさつ》は駄目《だめ》だって叫ぶもんだから……僕、どうしたらいいかわからなくてさ……」

「まあ……様子を見るしかねえだろ」

正臣はそう言いながら、寝ている少女をじっくりと見つめだす。

「それにしても、美人だなあ。日本人じゃないみたいだ……っていうか日本人なのか？」

「一応日本語は喋《しゃべ》ってたけど……」

とりあえず明日まで待って、それからの事は彼女の話を聞いてからにしようという事にした。本来ならば相手の意思を無視してでも警察に届けるべきなのだろうが——帝人にそれをするつもりは無かった。

多少使い古された感はあるものの、まさしく映画や漫画の王道のような展開だ。こんな非日常を自分は求めていたのだと確信する。

ただ、気がかりなのは、黒バイクに顔を覚えられてしまったかもしれないという事。無我夢中で逃げて来たのはいいが、相手がどうして彼女を追っていたのかも解《わか》らない。もしもあの『都市伝説』とまで呼ばれる黒バイクを敵に回しながら生きていくとなれば——

普通の事が嫌《いや》だった。人とは違う生き方がしてみたかった。その思いが、この得体の知れない彼女を匿《かくま》った理由かもしれない。

だが、『日常』を脱却するにはそれなりにリスクが伴う。

——自分にとってのリスクこそが、あの黒バイクなのだろうか？

己の想像に身を震わせながら、帝人《みかど》は正臣と別れを告げた。

帝人は、一つだけ正臣に隠している事があった。

現在、女の首には包帯《ほうたい》が捲《ま》いてある。正臣が来る前は何も捲いていなかったのだが——

家に連れてきて改めて彼女を見ると、その特徴はあまりにも目立ちすぎていた。

その首には——傷口を縫《ぬ》い合わせたような針の跡が、首を綺麗に一周する形で、、、、、、、、、刻み込まれていたのだ。

まるで、鋸《のこぎり》で一度首を切ってから無理矢理繋《つな》ぎ合わせたかのように——

第九章

chapter 9

ダブルヒロイン 傷娘編

時間は、僅《わず》かに遡《さかのぼ》る。

帝人《みかど》と杏里《あんり》が喫茶店に入った頃——街の中に、一つの『駒《こま》』が動き始めた。

矢霧《やぎり》製薬・研究施設

第六開発研究部の会議室の中で、鈍い打撃音が響き渡った。

「逃げたって……どういう事なの?」

矢霧波江《なみえ》が叩《たた》き付けた拳《こぶし》の横で、倒れたコップがテーブルにコーヒーの洪水《こうずい》を引き起こす。

淹《い》れたてのコーヒーの熱が波江の手に襲いかかるが、彼女は表情一つ変えず、怒りと焦《あせ》りで静かにその拳を震わせている。

「あれが警察《けいさつ》にでも見つかったら、全《すべ》て終わりなのよ!?」

彼女はその目を怒りと焦燥《しょうそう》で満たし、周りにいる部下の顔をぐるりと見渡した。

「従順なフリをして、逃げ出す機会を窺《うかが》ってたわけね……」

やがて、自分の怒りを必死に抑えつけるように唇《くちびる》を強く噛《か》み、口紅よりも赤い色が舌の上を転がった。

「……いいわ、『下』で動かせる連中を全部使って探させなさい。いつもみたいにコソコソする必要は無いわ、全力で動かして――トラブルが起こったら適当に処理させて」

「傷つけないように指示しますか？」

傍《かたわ》らに居た部下の一人が、淡々とした口調で問いかける。

それに対し、波江《なみえ》は僅《わず》かに考えた後、ハッキリとした口調で返答した。

「惜しくはあるけれど――この際、生死は問わないわ」

♂♀

姉の居るはずの研究施設に向かい、矢霧誠二《やぎりせいじ》は大きな溜息《ためいき》をついた。

――ああ、これは愛なのだ。どうしようもなく、愛なのだ。

誠二が『彼女』に出会ったのは、今から5年程前の事だ。当時10歳《さい》だった少年は、姉に連れられて伯父《おじ》の所有する秘密に触れた。

ガラスケースに入れられた『彼女』は――まるで幼い頃に読んだ童話のような、待ち人の到来を夢で望み続ける眠《ねむ》り姫のように思えた。生首《なまくび》という形態にも関わらず、誠二の心には微《み》塵《じん》の恐怖も嫌悪も生じず、逆に少年の心はそのオブジェの魅力《みりょく》に完全に捕えられてしまった。

成長を続けると共に、誠二は理性というものを心に纏《まと》い始める。だが、その理性は全《すべ》て『彼女』を起点として意味づけられたものであり、彼の精神は徐々に『彼女』に蝕《むしば》まれていった。

別段、生首が特殊な意思を持って魅了《みりょう》したわけでも、怪《あや》しげな電波やフェロモンが放出されていたわけでもない。ただ単純に、首は生き続けていただけなのだ。矢霧誠二という少年は、自分の心に従い続けた結果として、『彼女』を完全に愛してしまったのだ。

矢霧波江が、愛情の繋《つな》がりを弟に求めたように――弟は、その物言わぬ首に愛を求めたのだ。

そして、純粋な想いは、彼をただ行動に走らせる。

姉が研究と称して持ち去った『彼女』を見て、誠二は思う。――ガラスケースの中から彼女を自由にしてやりたい。彼女に世界を与えてやりたい。

それこそが『彼女』の望む事だと信じ、長年に渡って彼はチャンスを待ち続けた。姉の持つセキュリティカードを盗《ぬす》み、警備《けいび》員の巡回ルートを完全に把握した上で、彼らをスタンロッドで気絶させる。罪悪感は無かった。誠二はただ、『彼女』の喜ぶ顔が見たかっただけなのだ。

だが――『彼女』を無事に外に連れ出した後も、『彼女』はその目を開いてはくれなかった。首は自分の愛に応《こた》えてくれない。だが、それはまだ自分の愛が足りないからだ。彼はそう呟《つぶや》きながら、一方通行の愛を永遠の繋がりであると信じ続けている。

──一度手に入れてから手放した愛は、どうしてこうも愛《いと》おしいのか。

恋に恋する中学生がノートに書き溜めるような事を呟《つぶや》きながら、誠二《せいじ》は力強い足取りで研究所に向かっていた。

「姉さんに任せるとは言ったけど……やっぱり彼女を一人にはしておけないよ。それに、いくら研究のためだからって、彼女を切り刻んだり頭の中をのぞいたりするなんて可哀想《かわいそう》だよ」

事の重要さをまるで理解していない台詞《せりふ》をブツブツと呟きながら、誠二は研究所の入口がある通りに入っていった。

「やっぱりあの時に返すべきじゃなかった。断固として抗議しなきゃ。姉さんだって伯父《おじ》さんだって、僕達の愛を見せればいつかは納得してくれるさ。それでも駄目《だめ》なら、駆《か》け落ちしよう」

まるで身分違いの恋を打ち明ける貴族のようなセリフだが、彼の中ではその決意になんら後ろめたい事もなく、今の様子だけ見ればただの前向きな高校生なのだが──その彼女が、眠《ねむ》り続ける生首《なまくび》だと解《わか》れば、逆にこの普通さが恐ろしく異常なものと受け取られる事だろう。

だが、真に恐ろしい事は──この時点で既《すで》に、彼の頭の中からは『張間美香《はりまみか》』という存在が消え去っていたという事だ。自分が手にかけた存在ではあるが、彼には既に彼女の顔も声も思い出せない。彼にとっては自分の愛の障害《しょうがい》となる女を排除しただけであり、愛のみに生きる男は、排除した障害をいちいち覚えるような真似《まね》はしないのだ。

「いざとなったら、また姉さんのカードを盗《ぬす》んで忍び込もう」

物騒《ぶっそう》な事を考えていると——彼の前で、研究所から清掃業者の車が出て行った。

だが、誠二は知っていた。あれが実は清掃業者ではなく、研究室で『下』と呼ばれている、直属の『人攫《さら》い』だという事を。人攫いと言っても遠い外国であるような話ではなく、非合法な人体実験の類《たぐい》を行うためのものだ。

そして誠二は知っていた。この人買いを利用し始めたのは、全《すべ》て『彼女』の研究のためだという事に。彼女の細胞やDNAデータ、あるいは体液といったものをそうして攫ってきた人間を使って実験を行うのだ。リアルに存在する『首』の為に、どうしてそのように都市伝説的な事をやらなければならないのか不思議だったが、恐らくは矢霧《やぎり》製薬をのっとろうとしている『ネブラ』がプレッシャーをかけているのであろう。誠二はそう理解していた。

人体実験と言っても残酷《ざんこく》に切り刻むようなものではなく、常に麻酔をかけて仮死状態にしたまま実験を行い、データが得られたら生きたまま街の公園などに放置するという手法らしい。本来なら警察《けいさつ》に失踪《しっそう》を訴えられない不法滞在の外国人で、尚且《なおか》つ暴力団のバックなどが居ない人物を攫うそうだが——『下』は下で、自分達の都合で家出少女を攫ったりして横流しをしたりしているという噂《うわさ》もある。

——まったく反吐《へど》が出る連中だ。人の命を何だと思ってるんだろう！

自分の事を顧《かえり》みない憤《いきどお》りを感じながら、誠二はその軽トラックを睨《にら》みつけ——そして、その後ろに人がへばりついている事に気が付いた。

トラックの後ろにしがみついているそれは——いや、その人は首の回りに傷跡のようなものがあり——

その傷の上に載《の》っていたのは——愛《いと》しい愛しい、彼女の姿。

♂♀

駅前の大通りを、ヘッドライトの無いバイクが音も無く走る。

交番の前を通り過ぎるが、無音のバイクが前を過ぎ去った事を警官《けいかん》は気付いていない。時折、エンジン音のしないバイクに通行人が不思議そうな顔で振り向くぐらいだ。流石《さすが》に駅前では目立たないように走っているので、特に走行に支障《ししょう》はない。気を使う事と言えば——ライトの無い自分のバイクが原因で、他《ほか》の車が事故を起こさないかという事だけだった。だからスピードを出す時にはあえてエンジンに嘶かせ、周囲を走る全《すべ》ての人間に警戒《けいかい》を与える。

首無し馬——コシュタ・バワーの嘶《いなな》きには人を畏怖《いふ》させる力があり、バイクに憑依《ひょうい》した今でもそれは殆《ほとん》ど変わっていないのだが——時折、このエンジン音を良しとし、逃げるどころか惹《ひ》かれるように集まってくる人間もいる。人間の多様性に戸惑いながらも、デュラハンは長い年月の中で次第に街での走り方を身に着けていった。その内に、自分の存在が『都市伝説』になっているとは露知らず——

仕事が無い時、セルティはこうして自分の『首』を探して街を彷徨《さまよ》うのだが——街中《まちなか》で生首《なまくび》が見つかる筈《はず》もなく、実質的に何の意味も無い散策だ。デュラハンもそれを理解しているが、何もせずにいる己も許せず、こうして街を彷徨い続けるのだ。

日本に来て驚いたのは、自分以外の妖精《ようせい》や精霊《せいれい》といった類《たぐい》が全くと言っていいほど見られなかった事だ。ごく稀《まれ》に、公園の中や60階通りの入口に生《は》えた街路樹などから『何か』の存在を微《かす》かに感じたりもするのだが、その姿を目にした事は一度も無い。故郷のアイルランドでは、まだ多くの『仲間』を感じる事もあったのだが。こんな事ならば、首をなくした時に仲間のデュラハンを探して協力を仰《あお》いだ方がよかったのではないか——そうも考えたが、今となっては後の祭りだ。20年前と比べて密航に対するチェックの厳しさは何倍にも膨《ふく》れ上がり、今や日本から出るには『頭』の存在が必要不可欠なものとなっていた。

ともあれ、デュラハンの行動範囲でそういった『超自然的な存在』を見つける事は、ほぼ不可能であるように思われた。

——これが人の世というものか。N Y《ニューヨーク》やパリでも同じなのだろうか。今度八王子《はちおうじ》の森とか……いや、思いきって北海道《ほっかいどう》とか沖縄《おきなわ》にでも行って探してみようか……。

そんな事も考えたが、首の無い自分は、新羅《しんら》がいなければろくに旅行にも行けはしない。へルメットを装着したままで怪《あや》しまれない場所などたかが知れているのだから。

それに、せめて首を見つけるまでは、この東京《とうきょう》を離れるわけにはいかなかった。もしも他《ほか》の土地に出かけ、元に戻った時に——首の気配が消えていましたでは話にならないからだ。

首の気配が途切れる場所を地図などでチェックすると、確かにこの池袋《いけぶくろ》周辺が中心であるという事を示すのだが——それ以上の精度についてはどうしようも無い為、結局は地道に探す道しか残されてなかった。

探すと言っても結局はパトロールの様《よう》なもので、気になったものをネット等で調べ、更に怪しいと思ったものは新羅《しんら》や臨也《いざや》に調べて貰《もら》うという程度の事しかできない。

そして当然——この20年間、何のヒントも得られはしなかった。

今日も無駄《むだ》な日々が続くのだろうかと、セルティの心に新羅の言葉が響く。

『諦《あきら》めようよ』

そんなわけにはいかなかった。確かに今の生活に不満があるわけではないが、自分の中に渦《うず》巻く、ある感情を抑えるためには——真の平穏を得る為には、どうしても自分の首と再会する必要があったのだ。

信号が赤に変わり、セルティのバイクが無音のままで停車する。その時——道路わきの歩道から、自分に声をかける者の姿があった。

「あ、セルティ」

意識と視界をそちらに向けると――そこには、バーテン服を着た姿の男が居た。

新羅曰く、『この街で最も名前負けしている男』、平和島静雄《へいわじましずお》だ。

「ちょっと付き合ってくれないかな」

20年前から池袋を走り続けるセルティにとって、彼とは昔からちょっとした交流がある。勿論《もちろん》相手はセルティの正体も性別も知らないが、静雄はそういった類《たぐい》の事は全く気にしない男だった。信号が青に変わると共に路地へと左折し、適当なところでバイクを降りる。

静雄の服は何箇所かナイフで切り裂かれたような痕《あと》があり、恐らく誰かと喧嘩《けんか》した直後だろうと思われる。

静雄の服をこれほど切り刻める人物だとすると、恐らくは折原《おりはら》臨也だろう。そして、まもなく本人の口からその答えが語られた。

「臨也の奴《やつ》がまた池袋に来ててさ……もう少しでぶん殴《なぐ》れたんだけど、あと一歩のところでサイモンに止められたんだ」

今の言葉だけを聞いていると、静雄は名前通りに大人《おとな》しいタイプの人間だ。だが、それはセルティが喋《しゃべ》らないからだ。

静雄は些細《ささい》な事ですぐにキレる。言葉に対して苛《いら》立ちや怒りを感じるタイプのようで、おしゃべりな人間を相手にすればするほど態度が横柄《おうへい》になる。一度新羅と会話する静雄を見た事があるが、まるで爆発寸前のダイナマイトを扱うかの勢いであった。

特に理屈をこねくり回す人間が大嫌いで、折原臨也《おりはらいざや》とは昔から犬猿《けんえん》の仲であった。また、臨也も理屈が通じない相手を苦手としており、まさしく互いにいがみ合っているような状態だ。

臨也が新宿《しんじゆく》に引っ越すまでは、毎日のように60階通りで喧嘩《けんか》をしており、サイモンがその喧嘩を無理矢理収めて自分の寿司《すし》屋に連れて行くという事の繰り返しだった。

新宿に移る時、臨也は置き土産《みやげ》とばかりに、彼に幾つかの罪を擦《こす》り付けていった。勿論《もちろん》、そこから自分が目をつけられるようなヘマはせずに——

それ以来二人の対立は決定的なものとなり、どちらかがどちらかの街に行くたびにトラブルが起こる。トラブルと言っても単なる喧嘩《けんか》であり、臨也が上手《うま》く立ち回るので警察《けいさつ》や暴力団が出るような事態にはまだ陥っていないのだが——

「俺《おれ》は門田《かどた》とか遊馬崎《ゆまさき》とは違って、何かやらかす時はいつも一人だった。それは臨也だって同じだと思う。あいつには仲間ってものが居ないからさぁ。だけど、俺だって寂しくないわけじゃないんだ。形だけでもいいから、本当は人と関わりたいんだけどね」

愚痴《ぐち》を溢《こぼ》し続ける静雄《しずお》に対し、セルティは適当にヘルメットを傾けて頷《うなず》くフリをし続けた。

サングラスをかけたバーテンダーと、ヘルメットを被《かぶ》った『影』。傍《はた》から見ると中々シュールな映像だったが、街の人々はちらりと目を向ける程度で、それ以上は特に気にする様子も見せてはいない。

静雄は大分酒が入っているようで、恐らくはサイモンの働く寿司屋で飲みまくったのだろう。放置するのも気がひけたので、暫《しばら》くその愚痴に付き合っていると――

「しかし――臨也の奴《やつ》、何でこの街に来たんだ？」

その答えについてはセルティが知っている。臨也の歪《ゆが》んだ趣味の舞台が池袋《いけぶくろ》だっただけだろう。だが、セルティにも一つ気になる点があった。

――昨日今日、二日続けているのは確かに珍しいな。

新宿を根城《ねじろ》にする情報屋は、決して毎日が暇という事も無いはずだ。静雄がいるにも関わらずに滞在を続けているとなると、何らかの目的があって来ていると考えた方が普通だろう。

「そういやあいつ、来良学園《らいら》のガキに何か話しかけてたような気が……」

そこまで呟《つぶや》いて、静雄は不意に言葉を止める。そして、町の雑踏《ざっとう》に目をやりながら――

「何の騒ぎだ？」

静雄の呟《つぶや》きに、セルティは周囲に視覚を向ける。街を歩く人々の内、何人かが一人の人間を振り返って注目をしている。彼らの目線の先には、一人の女がいた。

少し前の通りを、パジャマ姿の女――年は十代後半だろうか――が、おぼつかない足取りで夕暮れの街を歩いている。

もしかしたら怪我《けが》でもしているのか、もしかしたら街のごろつきに監禁《かんきん》されていたところを逃げ出したのかもしれない。

セルティとしてはなるべく目立つ真似《まね》はしたくなかったのだが——人命がかかっているならそうも言ってはいられまいと、注意深く女の様子を探る。

——そして、彼女はその場に凍りついた。

自分の記憶に僅《わず》かに残る、湖や民家の窓に映った自分の顔。

闇《やみ》のような黒髪が目に軽くかかる、己の心に刻み付けたその顔が——道を歩くパジャマの女の首の上に載《の》っているではないか！

セルティは感情を一気に爆発させ、飛ぶように駆《か》け出した。それを見た静雄《しずお》も何事かとばかりに後に続いて女のもとに向かっていった。

フラフラと歩く女の手を掴《つか》み、勢いよくこちらに振り向かせる。女は驚いたように息を呑《の》むと、狂ったような声を上げてセルティの手を振り解《ほど》こうとする。

「やッ……あっぁあああ、イヤアアアアアッ！」

周囲の目がセルティ達に注がれるが、セルティは興奮していてそれに気付いていない。ただ、顔を良く見せてくれと伝えたかったのだが、この状況ではＰＤＡを出すこともままならない。

「あー、落ち着いてください。俺《おれ》達は別に怪《あや》しいもんじゃないから」

静雄が助け舟を出そうとして近づいて行った。彼は何とか少女を落ち着かせようと、肩に手を置こうとしたのだが——

ドスリ

刹那《せつな》、彼の腰に衝撃《しょうげき》が走った。臀部《でんぶ》の下、太腿《ふともも》の辺りに何か強い違和感を感じ、冷たさと熱さが同時にズボンの奥に侵入してきた。

「あ……?」

静雄が振り返ると、そこにはブレザーを着た青年が立っており、身を屈《かが》めながら静雄の太腿に何かを突き立てている。

それは、何処《どこ》にでも売っているような事務用のボールペンだった。見ると青年の鞄《かばん》が半分開いており、どうやら自分のペンを取り出して静雄の腿に突き刺したようだ。

「ああ……?」

「彼女を離せ!」

青年の叫びに、セルティもそちらを向いて——突然の流血沙汰《ざた》に気付き、思わず動きを止めてしまう。

その隙《すき》をついて、パジャマ女はセルティの手を振り解き、路地の奥へと走って逃げ出してしまった。

セルティはその後を追おうともしたが、何とか踏みとどまって背後を振り返る。そこには足にボールペンを二本突き立てられた静雄がいて、その後ろではブレザーを来た青年が三本目のボールペンを取り出していた。

周囲の人ごみがざわめき立ち、何人かの人間が慌《あわ》てて後ずさる。そこには無関心と恐怖が混在し、何事も無かったかの様《よう》に遠回りに横を過ぎていく者や、最初から事態に気付かずにすぐ真横を通っていくものなど様々だ。中には携帯を取り出して写真を撮ろうとしている者さえいた。交番は近くに二箇所あるが、ここは丁度《ちょうど》その中間にあるため、どちらに向かうとしても３００メートルぐらいの距離がある。

そんな野次馬《やじうま》の様子を尻目《しりめ》に、ブレザー姿の青年が三本目を構えたままでパジャマ姿の女が走っていった方向に目を向けていた。

そして一言、

「良かった……」

何が良かっただと詰め寄ろうとしたセルティに、静雄《しずお》が勢いよく手を突き出した。掌《てのひら》がヘルメットの寸前でピシリと止まり、何事も無かったかの様な笑顔で呟《つぶや》いた。

「あ、俺《おれ》は大丈夫だから。酒のせいであんま痛み感じない。だからいいよ、行って。良く解《わか》らないけどさ、おっかけなきゃヤバイんだろ？」

そして、サングラスを胸ポケットにしまいながら自分の頬《ほお》をピシャリと叩《たた》いた。

「ハッハぁ、一度言ってみたかったんだ。『ここは俺にまかせて先に行け』ってよ」

それは敵が恐ろしく強い時に成り立つセリフであり、今の状態ではどう見てもこの学生の命の方が心配だ——セルティはそう考えたが、ここは静雄の好意に甘えることにした。このままここに残って警察《けいさつ》に連行されたら、静雄が被害者だという事は証明できても自分の存在が説明できない。

セルティは両手をパシリと合わせて一礼すると、そのまま女を追うために自分の黒バイクへと跨《またが》った。そこで野次馬の中から『黒バイだッ！』『まじかよ!?』という類《たぐい》の声があがる。彼女の愛馬はその野次馬を追い払うかの様《よう》に、夜の街に高く高く嘶《いなな》きを響かせた。

「待てッ！」

ブレザーの青年が、それを追って駆《か》け出そうとする。

「いや、お前が待て」

その襟首《えりくび》を後ろからムンズと掴《つか》み、静雄が青年を引き寄せる。

「あの子、君の彼女？」

「そうだ！　俺の運命の人だ！」

逃れようと手足をばたつかせながら、青年——矢霧誠二《やぎりせいじ》は自信に満ちた声で答えた。

「……彼女、何であんなんなの？」

あくまで冷静なままで、静雄は相手の言葉に耳を傾けようとする。

「知るか！」

「じゃあ、彼女の名前は？」

「そんなもの知るか！」

遠目に見ていた野次馬《やじうま》達は、その瞬間、確かに寒気を感じた。それまで穏健な素振りだったバーテン服の男の顔に血管が浮かび――周囲の温度を一気に奪い去った。

周囲を底冷えさせて奪ったその熱を、全《すべ》て己の怒りに上乗せして――平和島《へいわじま》が、噴火した。

「なぁんだぁぁあそりゃあぁあ―――――――ッ！」

そして、そのまま青年の身体《からだ》が宙を舞う。

「嘘《うそ》ッ!?」

その叫びは野次馬の放ったものだった。

静雄《しずお》は何の躊躇《ためら》いもなく、誠二《せいじ》の身体を車道に向かって投げ出した。

誠二の身体は、信号によって停車した宅配便トラックの壁に叩《たた》きつけられる。もしも信号が青だったならば、誠二は今頃あの世行きだったかもしれない。それ以前に、人間が投げ飛ばしたとしてはありえない飛距離だったようにも見え、野次馬達は一斉《いっせい》に冷えた空気を呑《の》みこんだ。

「好きな相手の名前も知らないってのはよぉー、ちょぉーっと無責任じゃぁねえのか？　あ？」

全身を打ちつけれられて再び歩道に落ちた誠二に対し、静雄は再び襟首《えりくび》を掴《つか》んで自分の胸元へ引き寄せる。

だが、全身に激しい痺《しび》れを覚えながらも――誠二はなおも強い眼差《まなざ》しをして、鬼《おに》の様《よう》な形相《ぎょうそう》の静雄を気後れする事無く睨《にら》み返した。

「人を好きになる事に……名前なんか関係ない！」

「あぁ？」

尚《なお》も鋭い眼光で睨み付ける静雄に対し、誠二は全く気後れを見せてはいない。

「じゃあ、なんで名前も知らない奴《やつ》が運命の奴なんだ？」

「——俺《おれ》が、愛してるからだ。他《ほか》に答えなんかない！　愛を言葉に置き換える事なんかできやしないッ！」

考えるように覗《のぞ》き込む静雄に対し、誠二は握り続けていたペンを高く振り上げた。

「だから俺は、行動で示すッ！　彼女を守る、それだけだッ！」

静雄の顔面に向けて振り下ろされたペン。それをもう片方の手であっさりと受け止めると、静雄は怒りに目を赤く染めながら、口元でニヤリと笑って見せる。

「臨也《いざや》よりは、ずっと気に入った」

静雄は誠二のペンを毟《むし》り取ると、ゆっくりと誠二の身体を胸元から離していった。

「だから、これで勘弁《かんべん》してやる」

そのまま一気に身体を引き寄せ、誠二の額に自分の頭を思い切り叩《たた》き込んだ。

小気味いい音がして、そのまま誠二はガクリと膝《ひざ》をつく。

静雄はそんな誠二を置いて、さっさとその場から立ち去ろうとする。

「あー、抜いたら血ぃでてるよなあ、これ……絆創膏《ばんそうこう》買ってから抜こう。いや、瞬間接着剤の方がいいか……」

そんな事を呟《つぶや》きながら、静雄《しずお》は大通りから路地の中へと入っていく。野次馬《やじうま》の列が割れ、誰もが彼を避けるようにその場を離れ——やがて、一人一人が雑踏《ざっとう》に戻っていった。そして——まるで何事も無かったかのように、後にはフラフラと立ち上がる誠二《せいじ》が残され、物好きな野次馬が尚《なお》も遠く離れた角から横目で覗《のぞ》いているだけだった。

「くそ……」

頭に激しい痛みを感じながら、誠二は静かに歩きだした。

「探さなきゃ……助けなきゃ……」

フラフラと歩く誠二のもとに、二人の警官《けいかん》がやって来た。

「君、大丈夫?」

「歩けるかい」

喧嘩《けんか》があったという通報を聞いて来たのだが——その場に残ってるのは誠二だけで、後には何の跡も残っていない。静雄も足に刺さったペンを抜かなかったので、流血もズボンを浸すだけに留まったようだ。

「大丈夫です。ちょっと転んだだけですから」

「いや、いいからちょっと交番まで来て貰《もら》えるかな」

「話を聞くだけだから、それにその状態で歩くのは危ないよ」

警官は本当に親切心から言っている様《よう》にも見えたが――今の誠二にそんな暇はなかった。

なんとか彼女の姿を探そうとしていると――先刻の黒バイクの嘶《いなな》きが聞こえてきた。

跳《は》ね起きるようにそちらに目を向けると――そこには地下への入口に迫るように黒バイクが走り――パジャマ姿の女がいて――

「山さん、あのバイク！」

「今はいい、俺《おれ》達じゃ無理だ。交機にまかせとけ」

警官達の言葉も耳に入らず、誠二はその女に目を凝《こ》らす。

彼女は誰かに引き連れられるように地下へと入り――その手を引いていたのは――

「竜ケ峰《りゅうがみね》……帝人《みかど》」

女の手を引くクラス委員の姿を確認して、誠二はその場を駆《か》け出そうとした。

「あッ、君！　待ちなさい」

「無茶しちゃいかん」

警官二人に抑えられ、誠二はそのまま力なく暴れだす。万全の状態の彼ならばあるいは振りほどけたかもしれないが、静雄の一撃がまだ身体に残っており、思うように力が入らない。

「離せッ！　離せよッ！　彼女がッ！　彼女がそこに居るんだ！　離せ離せ離せ！　畜生《ちくしょう》、何でだよ、何でみんな俺の恋を邪魔《じゃま》するんだよッ！　俺が何かしたのかよ！　彼女が何かしたのかよッ！　離せ離せ離せ離せ――――――――ッ！」

♂♀

「で、君の首が身体《からだ》をくっつけて歩いてて、捕まえたら高校生に邪魔《じゃま》されて、追いかけたら今度は別の高校生が現れて、君の身体を連れ去っていった――こんな世迷言《よまいごと》を信じろって?」

新羅《しんら》のマンションの中で、白衣の男は大げさに両腕を広げてみせた。そんな新羅の様子を気にする事も無く、セルティは力なくキーボードに指を這《は》わせた。

『無理に信じろとは言わない』

「いや、信じるよ。君は嘘《うそ》をついた事は無いからね」

落ち込んでいるセルティを慰めるように、新羅が隣の部屋から力強い言葉を紡《つむ》ぎだす。

「ふふ、益者《えきしゃ》三友とはよく言ったものだけれど、僕にとって君はまさしく益者一友の一だ!正直で誠実で博識である君を生涯《しょうがい》の伴侶《はんりょ》とできた事を俺は誇りに思う!」

『誰が生涯の伴侶だ』

セルティは反論を打ち込むものの、その動きの中に新羅への嫌悪感は見られない。

「なんなら三つの益を努力・友情・勝利と言い換えても構わないよ」

『聞け。っていうか読めよ画面上の文字を少しは』

セルティは呆《あき》れながらも文字を打ち込み続けるが、医者は構わずに話を続ける。

「ならば俺《おれ》もそれに応《こた》え、最大限の努力を持ってして君との運命のゲームを勝利に導くよ」

『友情は』

「お友達から始めましょうって事で一つ」

セルティは新羅のくだらない冗句《じょうく》に本気で怒る気にもなれず、軽く肩を竦《すく》めると、明日からの行動に目を向ける事にした。

『とにかく、落ち込んでばかりも居られない。いよいよ私の首が元に戻るかもしれないんだ。とりあえず、あの制服は来良《らい》学園の奴《やつ》らだと思う、明日から学校の校門に張り込んであの学生を探してみるさ』

画面に長々と打ち込まれたその文章を見て、新羅は不思議そうな顔をして尋ねかけた。

「それで、どうするのさ」

『決まってるだろ？　私の首のありかを問いつめる』

「それで——どうするの？」

『どうって』

そこまで文字を打ち込んで、セルティは新羅の言いたい事に気が付いた。

「身体《からだ》を手に入れ、君に会っても悲鳴しか上げなかったというその『首』を、君は一体どうしようというんだ？」

何も答える事ができず、セルティの指がキーボード上で固まった。

「一人の人間として生きている『首』を、高校生の知り合いが居るっぽい君の首をどうしようっていうの？　君の為に、その首を身体《からだ》から切り離すのかい？　それは、余りにも残酷《ざんこく》な結果なんじゃないかな」

暫《しば》しの沈黙の後——セルティは自分が震えている事に気が付いた。今、新羅《しんら》が言った事は事実だ。『首』はセルティの事を理解していなかったようだ。ライダースーツだったからというのもあるかもしれないが——少なくとも、今の『自分』とは全く別の自我が首自身に芽生えているという事になる。

——首を完全に手に入れる為には、首を身体から切り離す必要がある。だが、身体を得て既《すで》に一つの生命体になっているのに、その首を胴体と切断して良いものなのだろうか？　あるいは、『首』を説得してずっと一緒に居て貰《もら》うという形でも、一応は『取り戻した』と言えるだろうが、それでは何の解決にもならないではないか。そもそも自分は年を取っているという感覚は無いが、首はどうなのだ？　これから数十年後でもあの若さのままなのか？　首だけの時は年を取らなかったとしても、身体とくっついた現在の状態ではどうなのだろう。

最終的な結論に辿《たど》り着く前に——セルティは根本的な疑問を提示する事にした。

『そもそも何で私の首に、私以外の身体があるんだ？』

「まあ、実際に見ていない私が何を言っても白河夜船《しらかわよふね》、つまりは知ったかぶりにしかならないからねえ。その程度の推測でもよければ話させてもらうけど？」

新羅は少しの間考え込むと、おぞましい結論をあっさりと告げた。

「体格の合いそうな女の子を見つけて、適当に首をすげ替えたんじゃないかな」

その答えは確かにセルティも想像していたが、こうも淡々と言われてしまってはどうしようもない。複雑な心境のセルティに、新羅は更に自分の論を付け加えた。

「まあ、国かどこか——より大げさにするならば、軍の極秘研究機関があの『首』を手に入れたとして——様々な実験をし尽くした後は不死の軍隊を作っちゃえとかそういうノリで、首の細胞からクローン技術で全身を作って、デュラハンの持つ『記憶』を得る為にそのクローン体と首をすげ替えた——ってのはどうだろう」

『ゴールデンラズベリー賞は間違い無しだな』

ダメ映画賞と呼ばれる映画のイベントになぞらえながら、セルティは新羅の意見を半分聞き流した。だが、もう半分——どこかの研究所というのは大いにありえる話だ。

「まあ、クローンは飛躍しすぎだとしても、適当に死体と繋《つな》ぎ合わせたりはしたかもしれないね。あるいは、生きた人間を攫《さら》ったりして、殺した直後なら、生き続ける首を繋げたら身体の方も生き返るんじゃないか、とかね。論理的には馬鹿《ばか》馬鹿しい話だけど、そもそも君と君の首自体が論理的にありえない存在なんだ。死人の身体を乗っ取ることだってあるかもしれない」

『反吐《へど》が出る。だが、いくらなんでもそこまではしないだろう』

「確かに、まともな人間のやる事じゃあない。だけど——きっかけさえあれば人間はなんでもするよ。例えば、可愛《かわい》い娘《むすめ》が死んで、せめて身体《からだ》だけでも永遠に生かし続けたいとか——あるいは、間違って殺してしまった人間を隠す為に、研究に使っちゃったとかね」

ある意味、人体実験よりもドロドロとした事を平気で語る新羅《しんら》。セルティはそれ以上は聞きたくないとばかりに、キーボード上に指を躍《おど》らせる。

『とにかく——あの『首』と、一度話をしてみようと思う。話はそれか』

完全に文字を打ち終わる前に、新羅が力強く言い放つ。

「そうやって結論を先延ばしにするつもりかい?」

新羅の声は真剣そのもので、先刻までの享楽《きょうらく》的な雰囲気はすっかり消え去っている。

——解《わか》っている。私だって、解ってはいるのだ。こうなってしまっては——自分が、首を諦《あきら》めるしか無いという事に。

その思いを一頻《ひとしき》り嚙《か》み締めた後に、セルティはゆっくりと指を動かした。

『認めたく無いんだ。自分のしてきた事が——この20年間がすべて無駄《むだ》だったなんて』

文字列を寂しそうに見つめた後——それまで居間のパソコンの前でやりとりをしていた新羅が、セルティのいる隣の部屋の中に入ってきた。そして、セルティの隣に腰掛けながら、彼女のパソコン画面を直接覗《のぞ》き込んだ。

「無駄なんかじゃないさ。——君が生きて来たこの20年は無駄なんかじゃない。これからの人生に生かせば、どんな事だって無駄じゃないさ」

『何を生かせというのだ』

「例えば——僕と結婚すれば、これまでの20年はその布石《ふせき》だったんだなあって思えるようになるさ」

いけしゃあしゃあと言ってのける新羅に対し、セルティは暫《しば》し動きを止めた。

普段ならば単なる冗談《じょうだん》と受けとって流すのだが——最近の新羅は、妙にそういう事を意識しているような気がする。

『ひとつ聞いていいか？』

「いいよ」

このような事をストレートに尋ねて良いものか迷ったが、やがて決意したように、セルティはキーボードに指を躍らせる。

『新羅は、本当に私の事が好きなのか？』

それを読んで、新羅は大げさに天井《てんじょう》を仰《あお》ぎ嘆いた。

「何を今更!?　ああ、心に哀《あい》を思えば涙双眼《そうがん》に浮かぶとはよく言ったものだ。そして今の僕の悲しみは君に今までの言動を信じてもらえていなかったという事じゃない。君に僕の愛が伝わらない事が悲しいんだ」

『私には首が無いぞ？』

「俺は君の中身に惚《ほ》れたんだって。よく言うだろ？　人間は顔じゃないって」

『私は人間じゃない』

――自分は結局人間ではない。ただ、人間を模しているだけの化物《ばけもの》だ。だが、首と共に記憶を失った今となっては、自分がなんなのか、何の為に生まれ、存在しているのだろうか。

複雑な想い、伝えきれない思い。心の中に渦《うず》巻くものは無数にあったが、パソコンの画面上には単純な言葉の組み合わせだけが浮かび上がる。

『お前は怖くないのか？　人間以外に好意を持つ事が、自分とは物理法則すら異なる化物に対して、どうしてそんな事が言える？』

パソコンの文字列の勢いが早くなる。それに対応するかのように、新羅《しんら》も声の調子を強くしていった。すると、新羅は少しだけ呆《あき》れたような声を上げる。

「20年も一緒に暮らしといて何を今更……。別に気にする事は無いんじゃないかな。俺と君の間で意思の疎通《そつう》ができて――お互いが好きなら問題ないと思う。いや、君が俺を嫌いなら仕方ないんだけど……俺達は単なる唇歯輔車《しんしほしゃ》の――損得だけの間柄じゃないだろ？　だから、もっと信用してくれないかな」

珍しく自分をアピールする新羅だが、四字熟語の使用にまだまだ心の余裕《よゆう》が感じられる。

『お前の事は信用している。信用してないのは寧《むし》ろ私自身の事だ』

せめて相手に余裕《よゆう》があるうちにと思い、セルティは思い切って悩みを口に出してみた。

『私は、自信が無い。私がもしお前や、別の人間に対して恋をしたとして――恋愛の価値観は、私とお前は一緒なのか？　ああ、私はきっとお前の事が好きなのだと思う。ただ、それが人間の言う恋愛感情なのかどうか、それが解《わか》らないんだ』

「そんなのは、人間だれしも思春期に通る道だよ。人間は人間同士の価値観を共有してるわけじゃないんだからさ、俺だって自分の『好き』が太宰治《だざいおさむ》の『好き』と同じとは限らないしさ、っていうか多分違うと思うけど……まあとにかく、俺が君を好きだと言えて、君が俺の事を好きだって言ってくれるんなら、何の問題も無いんじゃないかな」

まるで何かを諭《さと》す教師のような言葉に、デュラハンの指が完全に止まる。

「俺は昨日、君のデュラハンとしての価値観を知りたいと言ったが——その結果がどうであれ、俺が、君を好きだって事は変わらない」

今では完全に真剣な表情になった新羅が、照れも迷いも無い声で言葉を紡《つむ》ぎだす。

その言葉を聞いて指を止めると、セルティは暫《しばら》く考えた後に、言葉を選んで書き込んだ。

『しばらく、考えさせてくれ』

「ああ、俺はいつまでも待つよ」

そう言って再び爽《さわ》やかな笑みを見せる新羅に対し、セルティはどうしても気になる事を聞いてみた。

『それにしても、本当に私でいいのか？　他《ほか》に人間の女も沢山《たくさん》いるのに、なんで首の無い……人間ではない私なんだ？　どうしてだ？』

「はは、蓼食《たで》う虫も好き好き、だろ？」

『自分で言うな。というか、私は蓼か』

そうキーボードに打ち込みながら、セルティは自分の心に何か熱いものが渦《うず》巻くのを感じていた。そして、それこそが自分の新羅《しんら》に対する感情なのだと確信する。

――ああ、きっと私に心臓があれば、きっと自分の鼓動音が耳に聞こえるのかもしれない。

そう思いながらセルティは思い悩む。やはり、自分と新羅達人間の間にはとてつもなく隔《へだ》たりがあるのだという事を――。

デュラハンに心臓は無い。セルティの事を解剖した新羅の父親の話では、限りなく人間を模した構造をしているが――どの臓器も形だけで、何の機能もしていないとの事だった。血管はあるのに血も通っておらず、身体《からだ》の内部に血の色は無く、ただ純粋な肉の色だけが広がっていて――まるで人体模型のようだったという。どういう原理で自分が動いているのかは解《わか》らない。何をエネルギーとしているのかも解らない。それにも関わらず、体の傷自体は異常ともいえるスピードで回復していくという始末だ。

解剖《かいぼう》を終えた後に、新羅の父親が『お前、どうやったら死ぬんだ？』と言っていたのが思い出される。

10年程たったある日、新羅は言った。『君はきっと影なんだよ。君は首か、あるいは異世界にある本体か――そういった物の影なんだ。影が動くのにエネルギーがどうこう言っても仕方が無い』と。

影が意思を持って動くなどとは常識では考えられないが、自分自身の存在がどうやら常識ではないらしく、新羅の言う通り悩むのをやめる事にした。

とにかく、数日の間は自分の首に集中しよう。

そして――その結果によって、私は自分の生き方を決意する事にしよう。

セルティは拳《こぶし》に力を籠《こ》めながら、今日出会った二人の学生の顔を思い浮かべた。

二人とも真面目《まじめ》そうな表情をしており、最初の一人は、セルティや静雄《しずお》に対して何の恐れも疑念も見せず、ただ強く鋭い眼差《まなざ》しで睨《にら》みつけてきた。後者は――セルティに対する明らかな怯《おび》えを見せながら――それでも、口は彼女を見て笑っていたのだ。まるで、自らが畏《おそ》れ敬《うやま》う悪魔か鬼神《きしん》に出会ったような、そんな表情だった。

そこまで考えて、彼女は意識を己に向ける。

――しかし――そんな事は、全《すべ》て私の身勝手な考えに過ぎない。

彼女は相手の目を含む表情から感情を読み取ったが、本当にそうだという確信が持てないでいた。自分には何かを訴える目も、笑顔や怒り、悲しみを伝える顔を持たない。そもそも人間の感情を司《つかさど》る脳味噌を持たないのだ。自分がどこで考え、どこで感じているのかすら解らない。そんな存在である自分が、どうして他人の感情を読み取る事ができるのだろう。

怒りの目、悲しみの目、人間の倫理――そうしたものは、全てこの街で、知識として知りえた事だ。ＴＶや漫画、映画など——新羅《しんら》が揃えるものは色々偏《かたよ》りがあったが、そのあたりは実際の街の様子やニュース等で矯正《きょうせい》してきた。だが、所詮《しょせん》はすべて他《ほか》から得た知識であり、それが真実なのかどうか——それはやはり、人間自身でなければ解《わか》らないのではないかと。

だからこそ、先刻新羅に伝えたような不安が常にある。肝心《かんじん》の自分自身には感情はあるのか。それだけが常に心配だった。

昔はこんな事は気にもしなかった。自分の首を求めて生きるのが精一杯だったからだ。しかし、ここ数年——ネットを通じて『人』との接触の機会が増えたことから、自分の感情や価値観がどれだけ人間と同じなのか、彼女は次第にそんなことを考えるようになっていった。

最初は新羅に教えられておっかなびっくりの状態だったが、今では仕事と首を探《さが》す時以外は、殆《ほとん》どパソコンの前にいる。特にＤＶＤプレイヤーやＴＶチューナーが内臓された機種になってからは、映画やドラマもそれで間に合うようになり、パソコンの前にいる時間が急速に増加する始末だった。

ネットの上で次第にセルティは人に触れていった。パソコンの向こうにいる相手とは、互いに顔も経歴も知らないまま。だが、確かにそこには関係が生じている。そもそも彼女には最初から顔が無いのだ。通常の社会での知り合いは新羅を中心として数人しかおらず、自分の正体を完全に知っているのは——新羅と新羅の父親のみだろう。首無しライダーの噂《うわさ》は広まっているようだが、自分が女で、なおかつデュラハンだという事までは噂では解らない筈《はず》だ。

必要以上に隠すつもりも無いが、自分から公開するつもりも無い。

――新羅はああ言ったが、自分は人としての価値観を手に入れたい。今の私の人格が『人間』であるというのならば、私はそれを失いたくない。

セルティは確かに人間ではない。だが、それに不安も感じている。

もし首を取り戻しても記憶が取り戻せなかったら、自分は一体どうあるべきなのだろうか――

人間はこういう気持ちの時に、どういう顔をするのだろう。

知識としては解っているのに、彼女にはどうしても答える事ができなかった。

第十章 chapter 10
『ダラーズ』開幕

矢霧《やぎり》製薬の研究所。

第六研の会議室の中——隅の席に座って、誠二《せいじ》は何かをブツブツと言いながらうずくまっていた。そんな様子の彼を落ち着かせるかの様《よう》に、姉の波江《なみえ》が弟の身体《からだ》を優しく抱《だ》きしめる。

「大丈夫よ、私達に任せて。絶対に彼女を取り戻してみせるから……だから、安心しなさい」

静雄《しずお》に殴《なぐ》られた後、交番に連れて行かれた誠二だったが——被害者が名乗り出ないという点と、むしろどちらが被害者か解《わか》らないという状況であった為に、特に処分を受ける事無く解放された。

——もしかしたら、異様に早く迎えに来た姉が何か裏で手を回してくれたのかもしれない。

誠二はそう考えたが、それならそれで構わないとも思う。

——姉が、自分に歪《ゆが》んだ愛情を抱《いだ》いている事は知っている。姉の俺《おれ》に対する愛情は、きっと所有欲から来るものだろう。だが、それでも構わない。誰が俺を愛そうとも、俺は自分の愛を貫くのみだ。自分の愛に生きるだけだ。

――そのためならば、自分へ向けられる愛の全《すべ》てを踏み台にしても構わない――愛する者の踏み台となるのは、きっと幸福な事なのだろうから。

そう考える誠二《せいじ》の傍《かたわ》らで、波江《なみえ》もそんな弟の気持ちを見透《す》かしていた。そして――彼女はそれでも構わないと思う。少なくとも、あの『首』が自分の元にある限りは、誠二は自分の事を必要とするのだから。激しい嫉妬《しっと》の対象である筈《はず》の『首』によって成立する関係。そんな皮肉な巡り合わせに対し、波江は自嘲《じちょう》気味な微笑《ほほえ》みを浮かべた。

部下の目も憚《はばか》らずに弟を溺愛《できあい》するその様子は――二人を見る者にある種の恐怖すら抱《いだ》かせる程であった。

そして、その様子に戸惑いながらも、部下の一人が波江の事を呼び出した。

「貴方《あなた》は何も心配する事は無いのよ……全部、姉さん達に任せなさい」

それだけ告げて、姉は静かに会議室を後にした。


「で、解《わか》ったの？」

「はい、誠二さんの言っていた竜ヶ峰《りゅうがみね》という奴《やつ》の住所ですが――池袋《いけぶくろ》駅の側にあるボロアパートです」

会議室から少し離れた廊下で、波江は部下の報告に耳を傾ける。誠二に対しても「さん」という敬称をつけて呼んでいる事が、この会社における矢霧《やぎり》家の強さを物語っている。

会議室の中とはうって変わって、氷の様《よう》な表情で部下に命令を投げかける。

「それなら、とっとと『下』の連中を使って回収しなさい」

「昼間からですと、あの辺りは周囲の目が――」

「関係ないわ」

ピシャリと言い放ち、それ以上の反論を許さない。

――夕方まで待ったら、弟が自分でその竜ヶ峰って奴の後をつけるとか言い出すじゃないの。

状況的な危険よりも、弟の安全を優先させる波江。無論、弟のいない場所ではそんな様子は微塵《みじん》も見せずに、部下に対して速やかに指示を下す。

「いい、『下』の連中全員に、すぐに連絡を回して。誰でも構わないし――生死は問わないわ。場合によっては、そのまま処理してしまいなさい」

その瞳には微塵の情も見当たらず、部下の背中に大量の汗を滲《にじ》ませた。

♂♀

来良《らいら》学園では、今日から通常の授業が開始された。とは言ったものの、内容としては1年間のガイダンスや教師の自己紹介、簡単な導入などが殆《ほとん》どであり、最初から本格的な授業に入ったのは数学と世界史ぐらいのものだった。

特に問題になるような事は起こらず、記念すべき1日が過ぎていく。

帝人《みかど》が気になっている事があるとすれば——今日は張間美香《はりまみか》だけでなく、保健委員の矢霧《やぎり》誠二《せいじ》も欠席していたという点だ。昨日、この二人の関係について杏里《あんり》から聞いたばかりという事もあり、何らかの因果《いんが》があるのではないかと、帝人は心中で奇妙な胸騒ぎを覚えていた。

胸騒ぎと言えば、家にいる記憶喪失《そうしつ》の女性の事も気がかりだった。

今朝になっても彼女の記憶は戻る事なく、病院も警察《けいさつ》もNOだという。特に病院には強い怯《おび》えのような表情を見せる。

「あの……私の事は大丈夫です！　ここで大人《おとな》しく待ちますから！」

そう言った彼女の様子は昨日よりもだいぶ落ち着いており、記憶を失っているとは思えないほどにしっかりとした様子を見せていた。

とりあえずは安心し、こうして学校に来てみたのは良いが、これからどうするべきなのか、それがさっぱり解《わか》らなかった。彼女の正体が不明である以上、何日もしないうちに警察に届けざるを得ないだろう。正臣《まさおみ》の家にとも思ったが、彼は家族と同居の状態で学校に通っている。

これからどうするべきか、そんな事ばかり考えいるうちに、あっという間に放課後になってしまった。

クラス委員同士の顔合わせも何事も無く終わり、その後の張間美香の様子を聞こうと、杏里と共に外に向かう事にした。

「あれから連絡あった？」

これといった話題も無かったが、何も話さないと気まずいので、とりあえず美香について聞いてみる事にした。

「それが——昨日の昼から全然連絡が無いんです……」

「そうなんだ……」

どうやら藪蛇《やぶへび》だったようだ。こうなってくると、今日欠席している誠二との関連がますます気になってくる。もしかしたら無理心中でも図っているのではないか、そんな心配をするが、杏里の前では間違っても口には出せなかった。

こんな時に正臣がいれば助かるのだが——聞いた話によると、風紀委員の顔合わせはまだ終わりそうにないらしい。なんでも、正臣と自分のクラスの風紀委員が激しい論争を行っているらしく、周囲の者も止めるに止められない状態らしい。

取り合えず今日はまっすぐ帰ろうと思い、校門のところで杏里と別れようと思っていたのだが——西洋風の豪華《ごうか》な門を通りぬけたところで、横からいきなり大声を叩《たた》き付けられた。

「あ！　タカシ！　こいつだよ、こいつ！」

女子《じょし》の一人が、自分と杏里の方に向かって指をさしていた。

どうやら昨日臨也《いざや》に携帯を踏み割られた女子のようで、傍《かたわ》らには屈強《くっきょう》な男が一人控えている。

嫌《いや》な予感が全身を駆《か》け巡るよりも早く、帝人はその男に襟首《えりくび》を掴《つか》み上げられていた。

「お前、俺《おれ》の彼女の携帯ぶち壊《こわ》した奴《やつ》と知り合いなんだってな」

「知り合いって程では」

——ああいう事は、彼氏じゃなくて警察《けいさつ》に届けてください。

横にいる虐《いじ》めっ娘《こ》Aにそう言ってやりたかったが、襟首《えりくび》を絞められ思うように声が出ない。

「で、どこよ、手前《てめぇ》と一緒にいたって野郎《やろう》は」


単刀直入。男は帝人《みかど》に何の意思表示も許さず、臨也《いざや》の事だけを聞いてくる。

神出鬼没《しんしゅつきぼつ》。その男の後ろから、漆黒《しっこく》のバイクが音も無く現れた。

疾風迅雷《しっぷうじんらい》。人型《ひとがた》の『影』はバイクに乗ったままで、タカシと呼ばれた男の背中を蹴《け》り倒す。

弱肉強食。何処《どこ》からともなく現れた折原《おりはら》臨也が、倒れた男の背中に両足で飛び乗った。

悪逆無道。そのまま臨也は、男の背中で何度も何度も飛び跳《は》ねる。

電光石火《せっか》。これが——帝人の眼前、僅《わず》か10秒の間に起きた出来事だった。

「ありがとう」

放心する杏里《あんり》や女子《じょし》、その他《ほか》通りすがりの生徒の前で、臨也は恭《うやうや》しく一礼して見せた。彼の下には、気絶したと思しきタカシの姿がある。

「君は——俺が女の子を殴《なぐ》る趣味が無いからって、わざわざ男を用意してくれるとは！　なんて殊勝《しゅしょう》な女の子なんだろう。彼女にしたいけどゴメン、君、全然タイプじゃないから帰れ」

物凄《すご》く酷《ひど》いことを口にするが、女は臨也の言葉が終わる前に逃げ出してしまっていた。臨也の下のタカシは振り返られる事も無く、初対面の帝人にさえ『可哀想《かわいそう》に』と同情される始末。

臨也は早くもその女の顔を忘れながら、呆然《ぼうぜん》としている帝人に声をかけた。

「や、昨日は邪魔《じゃま》が入っちゃって残念。ここならシズちゃんも来ないだろうからね。自宅を調べて押しかけるのも悪いと思ったから、校門前に隠れて待ってたんだよ」

ニコニコと笑いながら帝人を見るが、帝人には微笑《ほほえ》まれる理由も尋ねてこられる理由も解《わか》らない。いや、正確に言うならば、一つだけこの男が自分を尋ねる理由があるのだが——

それを認めるわけにはいかず、帝人は強く拳《こぶし》を握り締めた。

そんな帝人の様子を知ってか知らずか、臨也は実に不思議そうに首を傾げた。

「ところでさ、なんで黒バイがいるの？」

——それはこっちの台詞《せりふ》だ。

臨也《いざや》の問いかけに対し、セルティは心中で呟《つぶや》いた。

眼前にいるのは確かに昨日『首』を連れて逃げた学生だ。彼が殴《なぐ》られそうになっているのを見て咄嗟《とっさ》に助けたのだが、どうしてそこに臨也が出てくるのかが解《わか》らない。

臨也が表の人間、しかも一介《いっかい》の高校生に関わる事は殆《ほとん》どありえないと言ってもいい。この少年は、実は大物政治家の息子《むすこ》か何かなのだろうか？　それとも小中学生の間に麻薬をはびこらせるようなとてつもない外道《げどう》なのだろうか？

しかし、この少年がどんな人物であれ、今のセルティには関係無い。

重要なのは、彼が『首』の居場所を知っているかどうかなのだ。

自分以上に呆然《ぼうぜん》としている杏里《あんり》を見て、帝人《みかど》はハッと我に帰る。

「じゃ、じゃあ園原《そのはら》さん、僕はこれで！」

「え……あ、は、はい」

しどろもどろな別れの挨拶を交わし、帝人はさっさとその場を離れる事にした。だが、彼の後ろには案の定『影』と『悪人』がついてくる。校門からしばらく離れたところで恐る恐る振り返り、取り合えず話が通じそうな臨也に声をかける。

「あ、あの……何がなんだか解りませんが……とりあえず、私の家に行きませ……」

そこまで言って、帝人はハッと息を呑《の》んだ。家に帰ったら、この黒バイクの人にあの女性が見つかってしまうではないか。というよりも、この黒バイクの人は彼女が目当てで自分に接触してきているのだろう。

「いや……その、ええと、黒バイクの人にお尋ねしたいんですけれど……」

それを聞くと、セルティは『影』で作ったライダースーツのポケットから一台のPDAを取り出し、その画面上に『なんだ？』と打ち込んだ。

どうやら意思の疎通《そつう》はできるらしい。帝人はどこか安堵《あんど》しながらも、今の自分がとてつもなくシュールな状況に追い込まれている事に気付く。

――なんだか、泣きたくなってきた。

♂♀

駅から数分の距離にあるその建築物は、築《ちく》何年が経過しているのか検討も付かず、建物全体が小さなひび割れやツタに覆《おお》われているような状態だ。

その古びたアパートが見えてきたところで、帝人が立ち止まって声をあげる。

「ええと、僕の部屋はここの一階にありますけど……いい加減に説明して下さい。貴方《あなた》達は一体何者なんですか？」

セルティは『首』や自分の正体については触れず、ただ、『行方《ゆくえ》不明になっていた知り合いの娘《むすめ》を見つけたが、何故《なぜ》か逃げてしまった』という理由をでっち上げた。

だが——そんな俄《にわ》か作りの言い訳で納得する程帝人《みかど》も愚かではなく——仕方無しに、彼女は自分の正体を帝人に明かす事にした。

臨也《いざや》にしばらく離れるように頼むと、セルティは帝人をつれてアパートの裏へと回り込んだ。

そして、意を決してPDAに文字を打ち込み始める。

『君は、私の事をどれだけ知っている？』

小さな液晶画面を見せられて、帝人は少し考えると、恐る恐る言葉を紡《つむ》ぎだした。

「……あの……貴方《あなた》は都市伝説の一種で——エンジン音のしない、ヘッドライトの無いバイクに跨《またが》っています。それで——」

その後は一瞬躊躇《ためら》って、息を大きく吸い込んでから一気に吐《は》き出した。その声には恐怖と共に、何かを期待するかのような感情が籠《こ》められていた。

「——貴方には、首が無いと」

その答えを聞いて、セルティは続けて文字を打つ。

『君は、それを信じているのか？』

見せてから、馬鹿《ばか》な事を書いたと反省する。そんな事を信じる人間がどこにいるというのか。

そう思う彼女の前で、帝人は小さく頷《うなず》いた。

――え？

呆《ほう》けた感情を晒《さら》すセルティに対し、帝人は静かに言葉を紡ぐ。

「あの……見せてくれませんか、そのヘルメットの中を――」

核心を付いた頼みに、セルティは相手の顔をマジマジと見る。

――ああ、昨日と同じだ。

不安と期待、そして絶望と喜びが入り混じったような微妙な表情。そんな奇妙な目をしながら、目の前の学生は自分に素顔を晒《さら》せという。セルティは僅《わず》かに迷い、次のような文字をPDAにうち込んだ。

『絶対に悲鳴をあげたりしないか？』

自分がマヌケな事を伝えていると思いながらも、セルティは確認せずにはいられなかった。この20年間、セルティは新羅《しんら》の前以外でヘルメットを自分から外した事は無い。喧嘩《けんか》の最中にメットが脱《ぬ》げてしまった事は幾度もあったが、その時に起こる目撃者の反応は、例外無く『恐怖』に基づいたものだった。

だが、目の前にいる帝人という男は、自分からその恐怖に踏み込もうとしている。セルティの言《げん》を嘘《うそ》や冗談《じようだん》ではないと信じた上で、尚《なお》も見せろと言っているのだ。そんな男に『悲鳴をあげないか？』と聞くのは愚問というものだろう。

そう考えるセルティの前で、帝人は予想通りの反応を見せる。

青年の首が力強く頷《うなず》き、それと同時にセルティはゆっくりと——フルフェイスメットのシールドを上に押し開いた。

闇《やみ》。目の前にあるのは、何も無い空間。実際には空気があるのだが、今の帝人《みかど》にとってそんな事は関係無い。あるべきはずのものが存在しない空間、それは他《ほか》の物が入れ替わりに入っていようとも、意義的には無《む》に等しいことだ。

——ああ、無い、確かに無い。何かのトリックの類《たぐい》じゃない。これがトリックだとしたら、それはそれで興味深いけれど。

帝人の目は一瞬だけ恐怖にとらわれ、だが、それを悲鳴に変える事無く心中に呑《の》みこむと、驚きはやがて驚喜へと変貌《へんぼう》を遂げ、彼の目には薄く涙さえ浮かび始めた。

「ありがとう……ございます」

何に対する感謝なのか、よく解《わか》らない感謝の言葉を告げると、帝人は子供の様《よう》な眼をセルティに向けた。

その眼差《まなざ》しを受けて、セルティはいよいよどうしていいのか解らなくなった。

感謝される事が、それ以前に『首無し』である事を受け入れられる事自体が珍しい事である彼女にとっては、この状況は実に不可解なものであり——だが、決して気持ちの悪いものでは無かった。

その後、セルティが一通りの事情を話すと――帝人は快く『首の女』に会う事を承諾した。

帝人が彼女が記憶を失っている事を伝えると、セルティはしばらく押し黙っていたが――どうしても会いたいので、なんとか誤解を解いてくれないかと頼み込む。

その時点で臨也《いざや》を呼び寄せたが、彼は「俺《おれ》の用件は後でいいや」とだけ言って二人の様子を見るのみだ。

「解りました……とにかく、ここで待っていて下さい。事情を説明するより先にセルティさんの姿を見られて、私があの人に裏切り者だと思われるのは嫌《いや》ですから」

『了解《りょうかい》した』

帝人とセルティのやりとりを眺めながら、臨也がからかうように呟《つぶや》いた。

「慎重《しんちょう》だね、そういう姿勢はいいと思うよ」

そのまま、アパートの側の通りで帝人を待つ事にする二人。その最中に、臨也がセルティに声をかける。

「運び屋、俺《おれ》、あんたの名前は始めて聞いたよ。外国人だとは思わなかったな」

ニヤニヤしながら言う臨也。その表情を見る限りでは、恐らく元から知っていたのだろう。今の言葉は、これまで教えてくれなかったセルティに対する嫌味《いやみ》なのだ。

それが解っているので、セルティはあえて無視する事にした。もしかしたら、既《すで》に自分の正体も知っているのではないかとさえ思えるが――恐らくは目撃者の情報をかき集めた程度で、具体的な正体までは気付いていないだろう。

そもそも、まともな人間ならば黒バイクが『人外』であるなどとは想像すまい。だが、臨也《いざや》はまともではない人間だ。決して油断できる相手ではない。

「それにしても、ちょっと遅くないかい？」

確かに、もう5分以上経《た》っている。説得に失敗したにしろ、一旦《いったん》は外に出てきても可笑《おか》しくない時間だ。

「ちょっと見て来ようか」

静か過ぎるアパートを前に、セルティは何か嫌《いや》な予感を感じていた。

アパートの横に停まっている一台の清掃業者のバンが、その不安を余計に掻《か》き立てる。

——このボロアパートに清掃業者？　まさか……


そして、その予感は的中していた。

「だからよ……兄さんが匿《かくま》ったっつー女が何処《どこ》に行ったのか、それが聞きたいわけよ」

「女物の髪の毛が君の布団《ふとん》に落ちてたんだよねー。ショートカットっぽいけど、明らかに君より長いよねえ」

帝人《みかど》が部屋に入ると、中には二人の男が待ち構えていた。二人とも作業服のような格好をしてるが、顔つきはどう見てもカタギには見えない。帝人は声をあげる暇も無く床に押さえつけられ、尋問《じんもん》のような状態で帝人に低い声をかけ続けている。

どうやら『首の女』を探しに来たようだが、それは帝人の方が聞きたい事だった。彼ら以外の人間に攫《さら》われたのか、あるいは自分から逃げ出したのか――

「し、知りません！　か、勘弁《かんべん》してください！」

「おい、顔を見られてるからよ、この場で始末してやってもいいんだぞ」

お決まりの台詞《せりふ》を吐《は》く悪党面《づら》を前に、帝人は恐怖のあまり涙を流しそうになっていた。つい先刻、人ではない異形《いぎょう》の者を目にした時には喜びすら湧《わ》き上がったというのに、同じ人間に対して純粋な恐怖を感じるとは、自分はなんとマヌケなんだろう――

己の迂闊《うかつ》さに泣きたくなっていたところで、男達の一人が声を上げた。

「誰か来ました！」

その声に、男達は我先にと外へ飛び出し、少し後に自動車のエンジン音が掛かり始めた。

「た……たたた、助かった……」

帝人は恐怖の涙は耐え忍べたが、続いて溢《あふ》れる安堵《あんど》の涙からは逃れる事ができなかった。

ドアの前に駆《か》けつけたセルティは、そのまま車を追おうかとも考えたが、臨也がその必要はないだろうと呟《つぶや》いた。

「あの連中は多分、矢霧《やぎり》製薬の奴《やつ》らだね。バンに見覚えがある」

走り去る車を見送りながら、情報屋が無料でネタを口走る。

「矢霧《やぎり》……製薬……？」

「そ。最近落ち目で、外資系に吸収される寸前の木偶《でく》会社」

その名前を確認して、帝人《みかど》は涙を溢《こぼ》しかけた目を丸くする。クラスメイトの名前と同じだったという事もあるが——その名前に、彼はもっと別の意味で聞き覚えがあったからだ。

目の奥に涙が退《ひ》いていく。

いなくなった首の女。デュラハン。矢霧。製薬会社。行方《ゆくえ》不明。張間美香《はりまみか》。園原杏里《そのはらあんり》の話。矢霧誠二《せいじ》。人買い。ダラーズ。

帝人の頭の中に様々な『断片』が思い浮かんでは消えていく。そして、ある推論に到達する。

静かになった状態の部屋で、帝人はすぐにパソコンを立ち上げた。

システムの起動を待つ間、学校内で切っていた携帯の電源を入れて、即座にメールをチェックする。

何をするつもりなのかとセルティが不思議そうに見守っているその横で——臨也《いざや》は、まるで珍獣を見つけたハンターの様《よう》に、鋭い両目を爛々《らんらん》と輝かせた。

「正直、疑い半分だったんだが——」

臨也がそこまで言ったところで、帝人は立ち上がったばかりのパソコンから即座にネットに接続、物凄《すご》い指裁きで、即座に何らかの暗号を入力し——何かのページにログインした。後はただ、マウスだけをリズミカルに動かしている。

そのページをしばらく見て、帝人は二人の方を振り向いた。

セルティは思わず身震いする。それは、先刻まで周囲の環境に振り回されっぱなしだった人間の目つきではなかった。今の帝人はまるで獲物《えもの》を見つけた鷹《たか》のように、何処《どこ》までも深くまっすぐな瞳で二人に向かって頭を下げる。

とてもさっきまでの気弱な学生と同一人物だと思えず、セルティは混乱する。

「お願いです。少しの間だけ——私に協力してください」

有無《うむ》を言わせぬ口調で、帝人は強い気を乗せた言葉を吐《は》き出した。

「駒《こま》は、私の手の内にあります」

新しい玩具《おもちゃ》を自慢《じまん》するような口ぶりで、臨也はセルティの肩をパシリと叩《たた》く。

「——大当たりだ」

臨也が何を言っているのか解《わか》らず、セルティは混乱しながら二人の様子を窺《うかが》った。

何があったのかは知らないが、臨也が今まで見せた事の無いぐらい興奮しているのが解る。

だが——この場で最も興奮していたのは、竜ヶ峰《りゅうがみね》帝人の方であった。

ただでさえ幼さの残るその顔に、玩具を与えられた子供のような目を光らせている。先刻まで恐怖に涙を浮かべていたようには見えず、強い意志で歓喜に湧《わ》き立つ自分自身を支配しているかのような表情だった。

――ここ数日に――自分が池袋《いけぶくろ》にやって来てから起きた数々の不可解な事件。それが今、こうして自らの目の前で一つの事件として繋《つな》がり始めたのだ。

帝人《みかど》は自分の頭の中に組み立てられた事を確認しながら、興奮するように深呼吸をした。

退屈な日常。見慣れた風景。何者にもなれない自分。

その全《すべ》てから解き放たれたい一心で、彼はこの街までやって来たのだ。

そして、その全てから解き放たれる自分を、彼は今確かに感じている。

竜ケ崎《りゅうがみね》帝人は、その瞬間、自分がある種の『主役』にまで伸《の》し上がった事に気が付いた。

それと同時に、彼の生活を、時には命を脅《おびや》かす『敵』が現れたという事に。

今の浮かれきった帝人にとって、その『敵』を排除する事に、何の躊躇《ためら》いも恐怖もあろう筈《はず》が無かった。

そして――彼は言葉を紡《つむ》ぎだす。まずは己の全てをセルティと臨也に向けて語り始め――

♂♀

矢霧《やぎり》製薬の研究所。地下にある第六研究室の前の廊下で、冷たい声が空気を静かに震わせる。

「いなかった……ってどういう事なの？」

「それが……『下』の連中が行った時には、なんかもう鍵をコジ開けられた跡があったみたいで……中に女はいなかったそうです」

「つまり、誰かが先にその部屋に忍び込んだって事？」

「ボロアパートですから、強盗《ごうとう》って事は無いと思うのですが」

部下の報告を聞いて、波江《なみえ》は思わず眉《まゆ》を顰《しか》めた。

学生が連れ出したのだとすれば、いちいち鍵をコジ開ける理由が解《わか》らない。しかし、自分達以外に『彼女』を攫《さら》おうとする人間も思い当たる節《ふし》が無い。

「その部屋の学生は？」

「いや……戻って来た時に話を聞いて、場合によっては同行してもらおうとしたらしいのですが……どうも連れがいたようで」

「その連れごと来てもらえば良かったでしょう。使えないわね……」

波江が忌々《いまいま》しげに舌打ちをしたところで、彼女の携帯に電話が鳴った。表示を見ると非通知だったが、もしかしたら重要な電話かもしれないと思い、通話ボタンを押しこんだ。

「もしもし」

『あの、矢霧波江《なみえ》さんですか？』

若い声だ。中学生の男子ぐらいの声に感じられる。

「そうですが、貴方《あなた》は？」

『私は、竜ケ峰《りゅうがみね》帝人《みかど》と言います』

「――――！」

波江の心臓が静かに鼓動《こどう》を早めた。『彼女』を連れて逃げたという、弟の同級生。今まさにその話をしていたばかりというのもさることながら、一体どうして彼が自分の電話番号を知っているというのか――。

様々な疑念が渦巻《うず》く波江を余所《よそ》に、電話の向こうの声は淡々とした声で語りかけてくる。

『あの――、実は私達、ある女性を匿《かくま》っているんですが――』

一瞬の間を置いて、電話が信じられないような声を弾きだした。

その声には緊張感の欠片《かけら》も無く、まるで波江を夕食にでも誘うかの様《よう》に。

『――取引、しませんか？』

♂♀

同日　午後11時　池袋《いけぶくろ》
夜も深《ふ》けた池袋の60階通り。飲み屋以外の殆《ほとん》どの店にはシャッターが閉まり、車が通りの中にまで進入してきており、歩行者に支配されていた昼間とは全く違う雰囲気を醸《かも》しだす。

街灯の柱に寄りかかりながら、バーテン服の青年が黒人の巨漢に話しかけた。

「人生って何だ？　人は何の為に生きている？　俺《おれ》はそう問いかけられて、そいつをまあ死ぬ寸前までぶん殴《なぐ》ってやったわけだ。ポエマーな女子中高生が言うならまだしも、二十歳《はたち》を過ぎてヤクザになろうとしたけど小間使《こまづか》いが嫌《いや》で逃げ出したような奴《やつ》が言ったら、これはもう犯罪だろ」

「ソウダヨ！」

「いや、自分の人生について考えるのは自由だし否定はしねえ。だけどよ、その答えを他人に求めてどうするってんだよ。んで、俺は瞳孔が開きかけてるそいつに『これが手前《てめえ》の人生だ、死ぬ為に生きろ』って言ったんだが、相手が店長だった事を考えると俺はまた間違ってしまったんだろうか」

「ソウダヨ！」

「……サイモンさんよぉ、俺の言ってる事よくわかってないだろ」

「ソウダヨ！」

平和島静雄《へいわじましずお》が怒鳴《どな》りながら側にあった自転車を投げ、それをサイモンが片手で受け止める。

そんな光景すらも、何事も無かったかのように街の風景に染《し》み込んでいった。

池袋の街は夜を迎え、昼とは全く違った空気を纏《まと》い始めた。雑多な雰囲気はそのままに、ただ、黒い空気に呑《の》み込まれて、世界が反転してしまったかのように。最近ではホテルよりもずっと安上がりな漫画喫茶で一夜を過ごす者も増えており、終電を気にしない人間も徐々に増え始めている。

駅に近い通りではカラオケの客引きが引っ切り無しに動きまわり、学生や社会人の新歓コンパの集団に必死に喰らい付いている。そうした集団も大方二次会の予定が決まったようで、次第にその姿を通りから消していった。

通りには居酒屋などからの帰りの客が行き交い、あるいは夜通し遊び歩く若者の類《たぐい》や外国人の纏り等——昼間とは比べものにならないが、夜にしてはそこそこの雑踏《ざっとう》が行き交っている。


だが——

大通りと交錯する東急ハンズの前で、そうした雑踏から浮いている存在が二つあった。

一人はブレザーを着た学生。もう一人は、女性用のビジネススーツを身に纏《まと》った女。

スーツの女——矢霧波江《やぎりなみえ》が、約束の場所に立っている少年に問いかける。

「貴方《あなた》が帝人《みかど》君？　想像してたより——ずっと大人《おとな》しそうな子ね。それとも、今はこういう子の方が危ないのかしら」

静かな声。それでいて、果てしない冷たさを感じる。

何処《どこ》にも寄りかかる事は無く、ただビルの前に静かに立っているといった感じだ。彼女が纏う冷たく高圧的な空気の為か、カラオケやホストクラブの客引き、あるいはナンパに興じている男達の類に声をかけられる様子は無い。

対する帝人は、来良《らいら》学園のブレザーを纏ったままの、普通の少年としての雰囲気しか纏っていない。流石《さすが》に客引きも一人歩きの学生に声をかける事はしない。むしろこれ以上この服装のままで留まっていたら、警察《けいさつ》に補導される可能性もあるぐらいだ。

対照的に街から浮いている二人の間に、静かな緊張が胎動《たいどう》する。

「それで——取引って何かしら？」

ここまで自分をひっぱりだしてきたのだ。相手も殆《ほとん》どの事は理解しているのだろう。恐らくは、夕べの内に『彼女』が全《すべ》て喋《しゃべ》ってしまったのであろう。

「簡単です。ええとですね、電話でも言いましたけれど……私は貴方の探している人を、ちょっと預かっています」

その言葉を聞いても、波江は余裕《よゆう》だった。全てを知った上で取引を持ちかけるとは、所詮《しょせん》は子供なのだろう。愚かしい事この上ない。

恐らくこの60階通りを取引場所に指定してきたのも、人ごみの中なら自分達が手荒《てあら》な真似《まね》ができないと思っているのだろう。

だが——当然ながら、こちらも自分一人で来たわけではない。人ごみに紛れさせるように、サラリーマン等の格好をした会社の連中——研究室の警備を任せる為に呼んだ、本社のセキユリティ専門の集団だ。会社に立場をしっかりと握られており、忠誠心の強いタイプの人間を十人程、スタンロッドを装備させて配置している。また、念の為にこの通りから横に入っていった路地や――あるいはこの60階通りに直接停車している車の中に、その他《ほか》の『下』の連中や、金次第で用心棒まがいの事を行う集団を二十人程用意させている。

たかが少年一人、などとは考えていない。こんな取引を持ちかけるという事は、当然ながら仲間がいるのだろう。だからこそ、この万全の人数を集めたのだ。

だが波江《なみえ》は、この場にのこのこと出てきた度胸に免じて、ある程度の小金ならば取引に応じてやってもいいとさえ思っていた。『彼女』さえこちらの手に入れれば、後はこのガキがなんと言おうと、いつでも叩《たた》き潰《つぶ》すことができるのだから。

「それで、いくら欲しいのかしら？」

単純にそう切り出した。この手の馬鹿《ばか》馬鹿しい取引に小細工《こざいく》は無用。迂闊《うかつ》に内情を話して、どこかで録音か録画などをされていては余計に泥沼にはまる事になる。

彼女はそう考えたのだが――

「いえ、お金はどうでもいいんです」

「？　じゃあ、何を取引しようっていうのかしら？」

「解《わか》りませんか？　真実ですよ」

――何を言っているのかしら？

本気で理解ができていないような彼女に、帝人《みかど》は静かに結論を述べた。

「貴方《あなた》の弟——矢霧誠二君がやった事を認めてもらい、、、、、、、、、、ましょうか」

「————ッッッ！」

春の暖かい空気が、瞬時にして真冬のそれへと変化する。暫《しば》しの沈黙を挟《はさ》み、波江は見る者全《すべ》てを凍《こお》りつかせるような瞳で、聞く者の身を等しく押し潰《つぶ》すような声をだす。

「今……なんて言ったのかしら……？」

「貴方の弟が、張間《はりま》美香《みか》さんにやった事と——そして、貴方達が美香さんの身体《からだ》にやった事を、ちょっと認めてもらおうかなと。残念な事に状況証拠しかないので、ぶっちゃけた話——自首して欲しいんですよね」

淡々と喋《しゃべ》る帝人だが、その掌《てのひら》には滝《たき》の様《よう》な汗が流れ出している。相手の放つ殺気が爆発的に膨《ふく》れ上がっている。このまま少しでも気を緩《ゆる》めれば泣き出してしまいそうだ。

「あの、そうすれば、会社の方の被害は最低限に抑えられると思います」

「嗚呼……あなた、そうなんだ……金なんてどうでもいいのね。ただ——うちの研究所自体を潰《つぶ》す事が狙《ねら》いなのね……」

「あの『首』さんを解放するには……というか、直接部屋にまで乗り込まれてしまった私が身の安全を確保するには、もうどうやらそれしか無さそうですので。ええと、アナタが勇退すれば、恐らく会社自体は残りますすよ」

淡々と状況を説明するが、その途中から、帝人《みかど》は取引相手の女の様子がおかしい事に気が付いた。

「あぁ……あぁ……残念ねぇ……私にとって、会社なんてどうでもいいの」

笑っているのか泣いているのか、全く判断のつかない眼が帝人の瞳を射抜《いぬ》こうとする。

それを何とか受け止めながら、相手の次の台詞《せりふ》をゆっくりと待つ。まるで死刑宣告を受けるかの様《よう》に、多大なプレッシャーが帝人の髪を逆立たせた。

これがさっきまで冷静だった女かというぐらいに変化した彼女は——逆に冷静になってこう言った。

「貴方《あなた》がうちの会社を潰《つぶ》そうが破壊しようがどうでもいいわ。……ただね、いたらいけないのよ……弟の邪魔をする人は、いたらいけないのよ」

単純な答えだった。それを聞いて、帝人はどこかすっきりしたように目を細める。

——ああ、そうか、この人はそういう人なのか。道理で、会社の利益を越えた事を平気でやってくると思った。

女が手に力を籠《こ》め始めるのと同時に、帝人も己のポケットの中の携帯電話。そのメール送信スイッチに手を触れた。

——そんな理由か——

帝人は相手の弟に対する異常な執着《しゅうちゃく》心に気圧《けお》されかけたが、それでもなお、彼女を睨《にら》み返す。

――人が一人死んで、その死体を使って身勝手に『人格』を一つ作り上げて――その上僕まで殺されそうになってる。ああ、最後のが一番腹立たしい理由だ。ああ、僕は自分が一番可愛《かわい》い。自分の為なら何でもやる。だからこそ――こいつみたいに、『自分の為』の『自分』の部分を人になすりつける奴《やつ》は頭にくる！　それを理由に人の生活を踏み躙《にじ》る奴は特に特に特に！

少年の中に、徐々に怒りが込み上げてくる。彼は全《すべ》ての非日常に憧れるが、理不尽な目に遭《あ》うのは話が別だ。

そして、波江《なみえ》に対して挑むように言葉を紡《つむ》ぐ。

「……酷《ひど》い話だ。そんな理由で、貴方の自己満足で矢霧《やぎり》君を不幸にさせるつもりなんだね」

「……今更何を言ってるの？　その年になって、こんな世界に足を突っ込んで、今更そんなありふれた事しか言えないのなら、その不快な口を閉じなさい！」

帝人に向かって一歩間合いを詰めると、波江は呪《のろ》うような調子で吐《は》き捨てる。

だが、引かない。

「ああ、僕は綺麗《きれい》ごとしか知らない。だけどそれの何が悪いって言うんだ？　人を殺した反省をさせろっていう、今更以前の事も理解できないのは誰ですか？」

相手の視線を跳《は》ね返す様に、帝人の方から更に一歩近づいた。

「ドラマの見すぎよ。それも少し古い、お約束の予定調和ばかりなものばかり！　ここを、この街を何処《どこ》だと思っているの！　ここは現実なのよ？　テレビや雑誌の中じゃない、アナタは英雄なんかじゃない、身の程を知りなさい！」

更に一歩、互いに歩を進めあう。波江《なみえ》の声は冷たい怒りに満ち溢《あふ》れていたが、そんな程度の言葉では退《ひ》くわけにはいかない。彼は毎日、紀田《きだ》正臣《まさおみ》の理不尽な会話につき合わされ続けているのだ。それに比べれば、方向性は違うものの何と反論のしやすい言葉の数々だろう。

「ああ、綺麗《きれい》なものを見たいさ、予定調和でいきたいさ、お約束もバカの一つ覚えの展開も愛してるよ。それの何が悪いってんだ。……現実でそれを目指して何が悪いんだよ！　現実だから目指すんだろ！　人の為とは言わないさ、結局はそれを見て自分が楽しいからやるんだ！ああ、こんなのありふれた考えさ。ありふれた事っていうのは、それだけ皆がその事を考えてるってことなんだよ！」

口八丁《くちはっちょう》だけで問答を重ね、帝人《みかど》は自分が思っていないことまでペラペラと喋《しゃべ》り倒した。

ヤケになって相手を挑発していたわけではなく――相手の注意を、ぎりぎりまで自分ひとりに引き付けておきたかったのだ。

そろそろ潮時《しおどき》かと、帝人は携帯のボタンに触れた指に力を籠《こ》め始める。

――これを押せば、もう戻れない。踏み込んではいけない領域に踏み込んでしまう事になる。

それだけはなんとしても避けたかったが――だが、今の相手の様子を見ては仕方がない。

――理屈が通じない相手に挑む力も知恵も自分には無い。だけど、努力する時間も与えられず、今、この場でどうしてもこの危機を乗り越えなければならない。

帝人は覚悟《かくご》の息を吸い込むと、それを吐《は》くと同時に送信スイッチを押した。

——だから僕は——————数に頼る！

「下らない問答は終わりね」

僅《わず》かな間を置いて、波江はゆっくりと手を挙げた。

「仲間がいても関係無いわ、自白剤なんていくらでも用意できるもの——」

手を挙げきったところで、彼女の顔にはとても健《すこ》やかな微笑《ほほえ》みが浮かんでいた。弟の敵を排除できる、——ああ、それだけでこうも快感を得る事ができるとは。

その様子を見ていた、波江の部下の数人は——

「おい、行くぞ。あのガキを拉致《らち》ればいいだけだ」

「ちょッ……待ってください、もし、あのガキが警察《けいさつ》とグルだったらヤバイんじゃ……」

「今更そんな事言ってる場合か。あの主任も何だかんだ言って周りが見えてねえんだよ。警察結構。とことんまでやりあって、後はあの女に全部ケツモチしてもらおうじゃねえか」

尻《しり》込みする仲間を尻目に、男は酔っ払いのフリから脱却し、周囲の様子を改めて確認したのだが——

「あ……？」

そこである事に気付き、尻込《しり》みした男に確認する。

「今……もう夜の11時過ぎてるよな？」

「ええ」

それを確認して、彼はどこか薄ら寒いものを感じた。

「……なんか、人がよ…………増えてねえか？」


人ごみから最初の男が飛び出し、帝人《みかど》へと自然な動きで向かっていった瞬間――

ピピピ　ピピピ

それは、携帯のメールが着信する音だった。

思わず自分の物を想像するが、飛び出した男は携帯を所持していない事に気が付いた。それは、自分の周囲から聞こえるだけの、単なる他人の呼び出し音だったのだが――

その呼び出し音のした方に目を向けると――そこには、身長2メートルを超える黒人が立っていた。――サイモン。この通りで有名な『巨人』だ。男は思わず目を逸《そ》らし、再び目を合わせないように歩きだす。

その時——電子音に続いて、着メロが流れ始める。

音のした方に振り向くと——そこにはサングラスをかけたバーテンダーの姿がある。——平和島静雄《へいわじましずお》——池袋《いけぶくろ》の喧嘩《けんか》人形と呼ばれた奴《やつ》がどうしてここに。

さらに別の方を振り向くと、更に別の種類の人間が複数おり、皆一様に携帯のメールを眺め始めている。

「……!?」

そこで、『彼ら』は気が付いた。数曲の着メロが流れている間に他《ほか》の曲が始まり、歪《いびつ》なハーモニーを生み出しているという事に。

ピピピピ　ピピピピ

更に着信音。これは四方十箇所ぐらいから同時に聞こえて来た。

「!?」

そこでようやく、男達も波江《なみえ》も、周囲の様子がおかしい事に気付かされる。

雑踏《ざっとう》に過ぎなかった周囲の人影が、何時《いつ》の間にか『群集』とよんでも差し支《つか》えない程に増加していたという事を。また、着信音がしなかった者達も、ポケットの中の振動に気が付いて携帯電話を手にしていた。だが、それよりも圧倒的な数の人間から電子音やメロディが流れ始めている。

そして――

気付いた瞬間には既《すで》に遅く、彼女達は――着信音の荒波に囲まれていた。

音　音　音。　メロディが　音が　電子音から　和音が　音が　ハーモニーを

音音音音音音メロディメロディメロディ電子電子電子音和音和音音音ハーモニーハーモニー

音音音メロ音ディ音メロ音音音メロ音電子音音電音音子和和音和ハーモ和音ニー音和ハーモニ

メロ音メ音ディ音電子メロ和和ハーモ電子ニー音和電子音メロディ音音ニー音電子和ーモ音和

音音音音音音音音音音音音音音音音音音音音音音音音音音音音音音音音音音音音音音

音音音音音音音音音音音音音音音音音音音音音音音音音音音音音音音音音音音音音音

音音音音音音音音音音音音音音音音音音音音音音音音音音音音音音音音音音音音音音

音　音音音音音　音音音音音音音音音音音音音　音音音音音音音　音音音　音音音　音

音音音　音音音音音　音音音音　音音音　音音音音　音音　音音音　音音音音　音音音

音音音　音音音　音音　音音音音音音音音音　音音音音音音音音音音音　音音音　音音音

音　音音　音　音　音音音　音　音音音　音音音　音　音音　音音音　音音　音音

そして、着信音が徐々に収まる中――彼らは、視線の中にいた。

視線。ただそれだけが彼らの周囲に浮き彫りになった。

周囲に群がった数十、下手《へた》をすれば数百の人間が——自分達の方を向いて、ただジロリと睨《にら》み——時折隣の者などと雑談を交わしたりしているが——その目線だけは、自分達のいずれかの人間に向けられており、まるで、自分達だけが周囲の空間から切り取られ、戯曲の舞台の上に伸《お》し上げられてしまったかのような——

「何……これ……？　何なのよ……何なのよこいつらぁああッ！」

自分の予測どころか、常識を覆《くつがえ》すような光景に、波江《なみえ》は恐ろしくなって絶叫を上げた。

だが、視線は留まる事を知らず、世界を敵に回したような錯覚が彼女達を襲った。

そして、波江達は気が付いていなかった。自分と交渉していた筈《はず》の少年が、何時《いつ》の間にか人ごみ——視線の中へと姿を消している事に——

ダラーズの創始者は、誰にも気付かれぬまま、自らもまた群集の一人と化したのだ。

♂♀

「あれ！　メッズラシーわね！　臨也《いざや》と静雄《しずお》が同じ通りにいるのに喧嘩《けんか》してないなんて！」

路上に停められたバンの中で、狩沢《かりさわ》が驚いたような声をあげる。

「いや、静雄さんは気付いてないだけでしょ。いやいやいや、しかし凄《すご》いすねこれ。……なんか中高生も混じってません？　流石《さすが》に制服姿の奴《やつ》は殆《ほとん》どいませんけど」

60階通りに停められた車の内一台は、門田《かどた》や遊馬崎《ゆまさき》が乗るバンだった。その中で、門田の仲間と——もう一人、今朝新たに車に乗せた少女が、不安げな瞳で様子を窺《うかが》っている。

彼女は——門田達が池袋《いけぶくろ》駅の側にある古いアパートから——攫われる前に攫ってきた娘だ。

チンピラ達を拷問《ごうもん》した後、矢崎《やざき》製薬の一研究機関が黒幕だという事が解《わか》った。何とかして落とし前をつけさせようとしていたところ——チンピラ達のリーダーの携帯電話に、暗号のようなメールが届いた。

チンピラに無理矢理解読させたところ——それには、ある住所が書かれており、『首に傷のある娘《むすめ》』とあり、その後に扉の絵文字が打たれていた。更にそのメールには写真が添付されていたのだが——気味の悪い事に、それは女の生首《なまくび》の写真のようだった。まるで生きているかのような顔立ちだったが、ファイル名には再現模型と書いてあった。

門田が『扉』の意味をチンピラ達に問いただすと――それは、ドア――DOA――デッドオアアライブ、生死問わずという単純な意味なのだそうだ。

それを聞いた門田達は、先にそのアパートに回りこんでドアをピッキングし、彼女を先に救い出したのだ。

他《ほか》の人攫《さら》いの連中は豊島《としま》区外に仕事用の車を置いているようで、池袋に車を停めていた門田達が一番最初に辿《たど》り着く事ができたらしい。

後ろでカタカタと震えている少女が何者なのかは知らないが――門田はこの事を、いつものように『ダラーズ』のHPにある『報告書』のフォームに連絡した。『ダラーズ』同士でのイザコザを防ぐ為のものらしいが、実際に『ダラーズ』同士が街で鉢合《はちあ》わせる事など殆《ほとん》ど無い。あったとしても、せいぜい狩沢達が不法入国者のカズターノと仲良くなったぐらいで、サイモンや静雄《しずお》もメンバーだと、今日初めて知ったほどだ。

不法入国者がネットなどと思ったが――彼は実社会で『口コミ』で勧誘を受けたらしい。どうやら『ダラーズ』というのはネットに留まらず、様々な媒体《ばいたい》を『増殖』の手口として使っているようだ。

――そして、それが今日のこの『初集会』の結果に表れているのだ。

「いやいやいや、何人いるんだこれ。あー、これギャングとかの集会っていうより、絶対大手掲示板のオフ会のノリだよな。来てる連中」

「ダラーズ自体カラーギャングってノリじゃないしね。なんせチームカラーが『保護色』だし」

「ところで、リーダーってどの人なの？」

「さあ……」

遊馬崎《ゆまさき》達が楽しそうにはしゃいでいるのを脇目に、運転席にいる門田《かどた》が唸《うな》りを上げた。

「おい……これがダラーズかよ……すげえな、なんだよこれ……」

自分は、これほど不可解なものに所属していたのか？　そう思いながらも、この光景には圧倒させられた。これは——普通のカラーギャング等の集会で集まる人数を遥《はる》かに超えていたのだから。

♂♀

それは——一見して、何かの集会には見えなかった。それぞれの人間がそれぞれの服装で、何かの陣形《じんけい》を組んでいるわけでもなく——ただ、自分達の思い思いの場所に立ち、あるいは雰囲気の似た仲間同士で組んでいるだけだ。

それは、あるいはサラリーマンであり――あるいは制服姿の女子高生であり――あるいはこれと言った特徴の無い大学生であり――あるいは外国人であり――あるいは典型的なカラーギャングといった者達であり――あるいは主婦であり――あるいは――あるいは――あるいは――

そういった集団が集まっているだけだ。流石《さすが》に若い人間の数が多いものの、傍目《はため》にはただ今日は込んでいるなとしか思われない。

警察《けいさつ》が来てもすぐに誤魔化《ごまか》せる――もともとそういう趣旨で声をかけられている集団なので、何の問題も無く街の中に溶け込んでいた。

ただ一通、次のようなメールが届く瞬間までは。

帝人《みかど》はタイミングを見計らって、携帯のアドレスを持つ者――参加者のほぼ全員に向けて、次のようなメールを一括《いっかつ》送信したのだ――

『今、携帯のメールを見ていない奴《やつ》らが敵だ。攻撃をせずに、ただ、静かに見つめろ』

♂♀

すっかりその姿を浮き彫りにされ、総崩れになった波江《なみえ》達。

その様子を、一人のデュラハンは高所より見下ろしていた。

誰が敵で、誰が味方なのかを見極める為に。

『彼ら』の視線に晒《さら》されている側で、尚且《なおか》つ手に武器を持っていたり、波江《なみえ》を守るように陣取《じんど》っているもの。それが彼女の、そして『ダラーズ』の敵だ。

この作戦に協力する代わりに――夕方の内に、『首』と思しき娘《むすめ》に会わせてもらった。

首の周囲を生々《なまなま》しい縫《ぬ》い傷で被《かぶ》った彼女に、セルティはただ一つだけ、『名前は?』と尋ねた。どうせ記憶喪失《そうしつ》なのだからと――そんな後ろ向きな期待を籠《こ》めていたのだが、彼女は最悪な答えを受け取ることとなった。

虚《うつ》ろな目をした娘は、セルティのヘルメットをじっと見つめたまま、ただ一言呟《つぶや》いた。

「――セルティ――」

――ふっきれた。

その言葉を確認したセルティは、深い絶望と共に、何かの呪縛《じゅばく》から開放されたような爽快感《そうかい》も全身に感じていた。

完全に人ごみから分離した波江の兵隊を見て——セルティは己の存在を誇示《こじ》するかのように、黒バイク——コシュタ・バワーの嘶《いなな》きを轟《とどろ》かせる。

それまで完全に波江達を向いていたダラーズの群集が、一斉《いっせい》にセルティのいる——巨大なビルの屋上に目を移す。

それに満足したように両手を広げると——

ビルの屋上から、その壁面を垂直に落下した。

地面から悲鳴が上がるその寸前——彼女を覆《おお》う『影』が最大限に広がり、まるで夜の中に更に暗い闇《やみ》の雲が現れたかのようだった。

その『影』はやがてバイクを覆い——タイヤと壁の間に影が絡《から》みこんで、まるでタイヤと壁が互いに引き合うかのように——垂直の面を派手に走行してみせた。

60階通りに集まったダラーズ達と波江《なみえ》達は——物理から反した世界を確かに垣間《かいま》見た。

そのまま地上に飛び跳《は》ねると、波江達を挟《はさ》んでダラーズの反対側に着地した。

まるで映画のようなその光景に、ある者は息を呑《の》み、ある者は恐怖に戦《おのの》き、ある者は理由も解《わか》らずに涙した。

そして——人の眼前であるにも拘《かか》らず、セルティは何のためらいも無く背中から『影』を引き抜き、漆黒《しっこく》の巨大な鎌《かま》を作り上げた。

恐怖に戦いた波江の部下の一人が後ろから迫り、セルティの首筋に特殊警棒《けいぼう》を叩《たた》き込んだ。

その首からヘルメットが弾け飛び、何も無い空間が露《あらわ》になる。

どよめきと悲鳴が上がり、後ろの方の人間は何が起こったのか見えておらず、にわかに集団がパニックに包まれかけた。

だが——今のセルティには微塵《みじん》の気後《きおく》れも躊躇《ためら》いも感じられなかった。

ああ、私には首が無い。私は化物《ばけもの》だ。多くを語る口も、相手に情熱を訴える瞳も持たない。

だが、どうした。

それがどうしたというのだ。

私はここにいる。確かにここに存在する。目が無いというのならば我が行状《ぎょうじょう》の全《すべ》てを活目《かつもく》して見るがいい。化物の怒りに触れた者の叫びを存分に耳にするといい。

私はここだ。ここにいる、ここにいるのだ。

私は既《すで》に叫んでいる、叫んでいるぞ。

私は今ここに生まれた。私の存在をこの街の中に刻み付ける為に――――


そして、彼らは聞いた。その光景が、彼らの脳内で激しい音に変わるのだ。

聞こえる筈《はず》の無いデュラハンの叫び声が、大通りを戦場の色に染め上げた。

終章　閉幕『ダラーズ』

Last Chapter

『ダラーズ』の話は、最初はネタに過ぎなかった。

帝人《みかど》の発案に対して、ネット上で知り合った何人かが面白《おもしろ》がって協力したのだ。池袋《いけぶくろ》に架空《かくう》のチームを作り、ネット上でのみその名前を広げていく。ガセネタにガセネタを重ねたり、何か事件が起こるとそれが『ダラーズ』の仕業《しわざ》だという事にして噂《うわさ》だけを広めていった。決して自分達が『ダラーズの一員だ』と名乗るのではなく、如何《いか》にも余所《よそ》から聞いたという様《よう》に。情報ソース等を求められた時は無視するか、偽《にせ》のサイトを用意する事さえあった。

情報が一人歩きを始めたところで、帝人達は調子に乗ってダラーズのサイトを作った。完全パスワード制で、『メンバーの書き込み』をサイト内に大量に用意した。その後はサイトのアドレスを晒《さら》し始め――パスワードを欲する者が現れたら、『知り合いのメンバーからこっそり教えて貰《もら》った』と言って、メール等にアドレスを送信する。

そんな調子で偽の組織を作り――ＨＰ上に『チームを名乗るのは自由。ルールも条件も無い』という旨《むね》だけを記していた。

勿論《もちろん》最初は『池袋《いけぶくろ》にそんなものは存在しない』という事を言う者も多かったが――不思議なもので、そういう意見に対して『モグリが何か言ってるぜ、プ』とか『てめぇ池袋来た事ねえだろ。ああン？』と言った書き込みが表れた。仲間内では誰も書き込んだ者はいないという。

つまり、ネタに関わっている者以外が、『ダラーズ』の存在を庇《かば》い始めたのだ。

彼らはそんな状況に喜びながらも、次第にそれが薄ら寒い違和感へと変わっていく。

確かに、最初の頃はネタだったのだ。適当に盛り上がったら後は放置、軽い悪戯《いたずら》のつもりだったのだが――。次第に話がおかしな方向に進み始めた。

虚構から始まった筈《はず》のこのチームが、いつしか実社会での力を持ち始めたのだ。

一体誰の仕業《しわざ》かは知らないが――徐々に現実、ネットだけではなく現実の口コミで、実際に様々な人間を『ダラーズ』に参加させている様《よう》なのだ。

自分達の管理を超えて、話が大きく広がっていく。今更ネタでしたと言うわけにもいかず、帝人《みかど》の仲間は次第に離れていった。放っておいてこのまま消えてしまおうというのだ。

だが、帝人だけはその『ネタ』を必死に演じ続けた。

この組織に確かに力がついてしまった以上――誰かが管理せねば危ないと考えたのだ。心の奥底では、自分が力を手に入れたという錯覚による高揚も確かにあったが、彼はそれをひた隠しながら――気が付けば、彼はダラーズのリーダーという存在になってしまっていた。

誰も姿を見た事が無い、ダラーズのトップ。まさかそれが当時中学生である事など誰も知らぬままに、組織は加速をしながら大きくなっていった。
そして今夜——虚構から生まれた筈の組織が、完全なる実体を具現化させたのだ。

「しかし、凄《すご》いよなあ——」

祭りの後の状況を見て、臨也《いざや》が静かに呟《つぶや》いた。

僅《わず》か3分足らずで十人を倒したセルティは、そのまま逃げ出した波江《なみえ》を追って何処《いずこ》へと去ってしまった。

群集はまるで幻でもみたような感覚に陥って、それぞれの集団ごとに、それぞれの帰るべき道へと帰っていった。まるで今の集まりが夢であったかのように、恐ろしい程の引き際《ぎわ》で群集が消え去ってしまった。

後に残されたのは、路上に停まる数台の車と——いつもと変わらない夜と雑踏《ざっとう》だけだった。

「今まで……本当にあれだけの人がいたのか？」

その内の一台であるバンから降りて来た門田《かどた》が、久しぶりに見かけた折原《おりはら》臨也に声をかけた。

「お、ドタチン久しぶり。あー、この東京23区はね、人の数の割に驚くほど狭い。人口密度世界一は伊達《だて》じゃないさ。どこにでも現れて、どこにでも消える」

二人がそんな会話をしていると、通りの入口にセルティが戻ってきた。

「それと臨也《いざや》……アレは一体、なんなんだ？　前にも見たが……人間、じゃあないよな？」

「見ただろう？　化物《ばけもの》さ。敬意を持ってそう呼んでやれ」

門田《かどた》に冗談《じょうだん》のような口調でそう告げると、臨也はセルティの方へと歩を進めていった。

「見失ったみたいだな」

セルティの戦う姿を見た直後にも関わらず、臨也はいつもの調子で彼女に声をかける。

波江《なみえ》を取り逃がしたのが悔しいようで、セルティは疲れたようにバイクへと寄りかかった。

「まあ、ふっきれたみたいだな」

首の断面をさらしたままのセルティに、臨也が楽しそうに声をかけた。

――くそ、やはりこいつ、知ってたな。私に顔が無いという事を。

セルティの首を見ても、臨也は尚《なお》も冷静なままだった。それに対して、遊馬崎《ゆまさき》達は興奮から冷めていないようで、「いやいやいや、え、あれ？　これマジなの？　っていうかやっぱ俺《おれ》の目の錯覚じゃなかったんだ、じゃあ、あいつひょっとしてCGなのか⁉」と、一歩下がったところで興味深そうに眺めている。

その視線がウザったかったので、セルティは近くに転がっていた自分のヘルメットを拾い上げた。

「いやー、幽霊《ゆうれい》ってのはコソコソとして突然ドドンと出るから怖いのであって、あれだけ派手に登場したんだ――多分、今日来た奴《やつ》でお前を怖がる奴はいないさ」

臨也がからかうように言いながら、一つ気になったように付け加えた。

「そういや、結局誰も殺さなかったな。あの鎌《かま》って何、切れないの？」

その言葉を黙殺し、セルティは黙々とヘルメットの埃《ほこり》を払い続ける。

今日使った鎌は、普段とは逆で諸刃《もろば》共に歯止めがしてあった。歯止めというよりも寧《むし》ろ、両側とも只《ただ》の峰《みね》という感じで具現化させたのだ。

——これからずっとこの街で生きるつもりなのに、いきなり街の評判は落としたくない。

そんな貧乏臭《くさ》い理由は、誰にも話すわけにはいかない。彼女は恥ずかしそうに肩を竦《すく》めると、ヘルメットを再び頭に被《かぶ》りなおした。

♂♀

別れ際に、臨也が帝人《みかど》の元に近づいて来た。

「正直、驚いているよ」

臨也は楽しそうに言うが、その顔には汗の一滴も垂れてはいなかった。そもそも、彼がこの集会の間に何処《どこ》にいたのか——帝人にはてんで見当もつかなかった。

そんな帝人の疑念を余所《よそ》に、臨也は少年に対して素直な賞賛を漏《も》らす。

「ネット上で、相当の人数が『ダラーズ』を名乗っているという事は解《わか》っていた。だが、まさか今日突然オフ会……いや、集会をやるなどと言って、わざわざ集まる者がこんなにいるとはね。ああ、人間とは本当に想像以上だねえ」

そこまで言った後で、臨也《いざや》は静かに首を振った。

「ただ——帝人《みかど》君は日常からの脱却を夢見ているようだけれど、東京の生活なんて1年もすれば日常に変わるよ。更に非日常に行きたければ、余所《よそ》の土地に行くか——あるいはドラッグや風俗、もっとアンダーグラウンドなものに手を出すしかないねえ」

そう言われて気が付いた。今味わっているこの興奮が——同じ事を繰り返したとして——あるいは自分が完全に『ダラーズ』のトップに立ったとしたら、自分は一体どうなってしまうんだろうかと。今の生活に満足できない自分が、果たして新しい生活に永遠を求める事はできるのだろうか？

帝人の心を見透《す》かすように、臨也は静かに微笑《ほほえ》みかける。

「そっち側にいる人間にとっては、それが日常なんだ。一度踏み込めば、多分3日でそれが『日常』になる。君みたいなタイプの人間は、それに耐えられないだろう？」

臨也の言葉は痛い程に理解できた。だが、どうしてこの男は——こんな事を言い出すのだろう。何かたくらんでいるような気がしてならないのだが、それが解《わか》らぬ内は何を言い返すこともできない。

「本当に日常から脱却したければ——常に進化を続けるしかないんだよ。目指すものが上だろうが下だろうがね」

そして最後に、帝人の肩をポンと叩《たた》きながら、

「日常を楽しみたまえ。ただ、君に敬意を表して——矢霧波江《やぎりなみえ》の電話番号のネタは、特別にただにしておいてやるし、この『ダラーズ』の創始者が君だという情報は売らないでおいてやろう。君の組織だ。利用したい時は勝手に利用するといい」

それだけ言うと、あとは何も言わずにセルティの方に歩み去って行ってしまった。

帝人は何か釈然《しゃくぜん》としないものを感じながら、臨也の背に向けてペコリと頭を下げた。

ところが——臨也は突然立ち止まってこちらを振り返ると、思い出したように付け加えた。

「俺《おれ》は、君をネット上でもずっと監視《かんし》してたんだ。……いやー、『ダラーズ』なんてアホな組織を立てる奴《やつ》、どんなのか一度見ておきたかったんだよ。じゃ、頑張《がんば》れよ、田中太郎君！」

「!?」

どうしてその名前を——自分が一部のチャットでこっそりと使っているハンドルネームを
——そういえば、先刻彼は門田《かどた》の事を『ドタチン』と呼んでいた。
そして、彼がたった今言った事を思い出す。『ダラーズ』の創始者である自分を常に監視下に置き——ネット上でその姿を追い続けたのだと。

そして帝人《みかど》は思い出す。自分の事をあるチャットに誘い込み、池袋《いけぶくろ》や『ダラーズ』に関する様々な情報を知っていたチャット仲間の事を。

——まさか——まさか——まさか⁉

♂♀

その後、60階通りにも警官《けいかん》が見回り来たが——ブレザー姿の帝人《みかど》は、セルティと共に路地の影に隠れてやり過ごした。この時間に制服姿なのを警察《けいさつ》に見つかったら、補導は確実だ。

『ダラーズ』とは関係のない通行人や、カラオケや水商売の客引き達も先刻の騒ぎを見ていた筈《はず》なのだが、誰も警察に伝えようとはしなかった。あまりにも異様な光景に、『触らぬ神に祟《たた》り無し』と思ったのか、あるいは幻覚か何かだと思ったのかもしれない。

だが——警官が通り過ぎた後になっても、何故《なぜ》か少年の心から不安が消えない。

まだ何か忘れている気がする——帝人がそう考えていると、ヘルメットをかぶり直したセルティが、自らの『首』が座っているバンの方に向かっていった。

セルティはもう自分の首に対する未練は殆《ほとん》ど残っていなかったが、最後に別れの挨拶をしておこうと思い、そのバンに近づいて行ったのだ。ところが——

ドスリ。

バンの扉を開けたところで、背中に鈍い感覚が走る。続いて、少し上の部分にもその感触が。

——あれ？　確か昨日、静雄《しずお》が似たような事をされたような……。

衝撃《しょうげき》は即座に痛みへと変わり、セルティは思わずその場に膝《ひざ》をつく。

背中の方に視線を向けると、そこにはブレザー姿の長身な青年が立っていた。

その手には大型のメスが握られており、恐らくは研究所から拝借してきたものだろう。

僅《わず》かな沈黙の後――傷の再生と共に痛みが引き始めたセルティの後ろで、青年は呟《つぶや》く。

「やっぱり死なないか。この程度じゃ」

刃の先に血が付かない事を確かめながら、矢霧誠二《やぎりせいじ》はそのまま静かにバンの中に乗り込んだ。

――おいおい。

セルティは背中を刺された事も瞬時に忘れ、突然の来訪者にどう対応すれば良いのか戸惑った。話を思い出す限り、今のが自分の首を追いかける矢霧とかいう奴《やつ》――さっきの女の弟なのだろう。静雄《しずお》を刺した時もそうだったが――あまりに普通。そしてそれ故に対応に困る。

そんな男だった。

そして矢霧誠二はバンの中に足を踏み入れ――――あまりにも堂々と、その場からヒロインを連れ去った。


「え……?」

遠目からその様子に気付いた帝人《みかど》は、何事かと思い目を見張る。

バンの中にブレザー姿の青年が入っていったかと思うと、僅《わず》かな間を置いて、首に傷をつけた女を引きつれて外に下りてきたではないか。

女の手を引いて、誠二はとても嬉《うれ》しそうな微笑を見せる。そして、力強い眼差《まなざ》しでバンから離れるように歩き始めた。

バンの中にいた狩沢《かりさわ》も、すぐ脇からその様子を窺《うかが》っていたセルティも、誰もその行動を阻《はば》もうとはしなかった。というよりも、できなかった。

誠二がバンの中で取った行動は実にシンプルであり――あまりにも、堂々としていた。

彼の姿を見て、狩沢は帝人の仲間かと思った。同じ高校の制服を着ていたし、その目には何の後ろめたさも気後れも無かったからだ。

そして――その純粋な瞳で首の女に手を差し伸べたのだった。

「迎えに来たよ。さあ、行こう」

これだけならば、狩沢やセルティも彼を止めただろうが――その次の瞬間、彼女達にとって全く予想外の展開が起きた。

「……はい」

なんと首の女が即座に言葉を返し、何の躊躇《ためら》いも無く誠二の手を握ったではないか。

首の女の行動がさも当然であるかのように、誠二は力強く頷《うなず》きながら彼女を連れ出したのだ。

まるでそうなる事が生まれる前からの運命だとでも言わんばかりに、まるでこの夜の通りが二人のバージンロードだとでも言わんばかりに――


「え？　あれ？」

その不自然な光景に、帝人《みかど》は混乱しながらも目が離せなかった。

門田《かどた》や遊馬崎《ゆまさき》は、制服などから誠二《せいじ》が帝人の身内だと思ったらしく、特に注目するわけでもなくぼんやりと見送っている。臨也《いざや》は事の次第に気付いているようであったが――特に止める様子も無く、楽しそうな笑みを浮かべて事態の成り行きを見守っている。

やがて、首の女をつれて道を歩く誠二が、帝人の姿を見つけて自ら近づいて行った。

「やあ」

余りにも普通な、そしてそれ故に不気味な挨拶に対し、帝人は無言のままだった。

その様子を歯牙《しが》にかける事も無く、誠二は帝人に続けて言葉を吐《は》き出した。

「姉さんにも君にも感謝しなきゃ。姉さんがいなければ彼女の居場所は解《わか》らなかったし、君がいなければ姉さんはまた彼女を狭い研究室に閉じ込めてしまっていただろう」

淡々とした口調でそう告げると、堂々と帝人の横をすり抜けようとする。それを慌《あわ》てて遮《さえぎ》りながら、帝人は誠二に手を引かれる女の顔を見た。すると、彼女は困ったように目を逸《そ》らす。

帝人にはそれが、彼女の怯《おび》えの表情に見えた。

そして帝人は、誠二を睨《にら》みながら肝心《かんじん》な事について尋ねかけた。

「答えて欲しいんだけどさ……さっき君のお姉さんにカマかけてみたんだけど……」

「僕が誰かを殺したって事かい？ ああ、そんな事もあったかもしれないな」

その言葉に、帝人は目の前の男にうすら寒い何かを感じた。

誠二は普通の表情をしたままで、目の前に立ちふさがる帝人に対してメスを構える。

「とにかく、どいてよ。僕があの女ストーカーを殺した事がばれたなら、警察《けいさつ》が来る前に彼女と何処《どこ》かに逃げないといけないんだ」

誠二の目は狂気に満ちているわけでも、暴虐《ぼうぎやく》に捉《とら》われているわけでもない。

「だからって……」

「君に何が解る？ 俺《おれ》はガキの頃から彼女をずっと見続けて来た。彼女が狭いガラスケースの中に閉じ込められていた頃から、俺は彼女を開放してやりたかった。広い世界に自由にさせて、そして俺もその場所で一緒に暮らす。そんな事ばかりいつもいつもいつもいつもいつもいつもいつもいつもいつもいつも考えてきた」

彼の目はどこまでも普通で、信念に満ちた目ですらある。これが、彼の選んだ日常という奴《やつ》なのだろう。だが、それは他人から見れば不可解で恐ろしいものだ。

「なにをやってるんだ？」

その状況に気付いたのだろう。臨也《いざや》や門田《かどた》、遊馬崎《ゆまさき》らが次々と二人の周囲に集まって来た。

けわしい顔をした男達の前で、誠二は静かに首を振る。

「やだなぁ――――愛の力は誰にも止められないんだよ？」

その状況でも、彼は常に普通の顔を装っていた。高く掲げたメスをクルリと回し、帝人《みかど》の方に向かって語気を強めていった。

「それに引き換えさ、お前はなんだよ？　さっきも今も数にだけ頼って……自分じゃなんの努力もしない、まるで三下《さんした》の悪役だな。人を好きになった事なんか無いんだろ」

「数を集める努力を知らない奴《やつ》は、三下にすらなれないよ」

帝人の言葉に苦笑すると、誠二《せいじ》は相手の体に向けてメスを振り下ろした。

それと同時に、後方から飛んできた黒い影が誠二の体を打ち据える。

「――ッ！」

それは背後から隙《すき》を窺《うかが》っていたセルティで、メスを叩《たた》き落そうとして鎌《かま》の柄《え》で誠二の左手を打ち据えたのだが――手首を強く傷めたにも関わらず、彼はメスを取り落とす様子がない。

それどころか、そのままの体勢で、なおも帝人に切りかかろうとする。

「俺《おれ》の愛は、この程度じゃ砕《くだ》けない」

場の雰囲気に全くそぐわない言葉を吐《は》きながら、彼は尚《なお》も『首の女』を連れて前に進もうとしているようだ。

誠二はナイフを強く握り締めたまま、そのまま横に大きくなぎ払う。前方にいる者を全て退《すべ》散させるかのように。それを見て、セルティは慌《あわ》てて第二撃を打ち込むが――

「おい、こいつ何か薬キメてんのか？」

門田が微妙な表情になって誠二の方を見るが、彼の表情は強い眼差《まなざ》しのままで、苦痛には微《み》塵《じん》も動揺していない。

「きかないッ！ 痛みはあるが――忘れる！ 俺と、セルティの、彼女の生活に痛みは必要ない！ だから、今この場で受ける痛みに痛みを感じない！」

「無茶苦茶だ！」

帝人の叫びを聞きながら、セルティは鎌を振り上げ、相手の腕の腱《けん》を『斬《き》る』事に決めた。

――なんなのだこいつは、はやく止めないと危ない。……これが、こいつの言う愛の形なのか？ こいつの価値観は一体なんだ？ やはり――人間と私は価値観が違うのか？ 私には、私には私には私には――

その思いを振り払うように、セルティは小さく鎌《かま》を振りかぶる。何時《いつ》の間にか両峰《みね》の鎌の先《せん》端《たん》が研《と》ぎ澄まされたように鋭くなった。その様子を見て、帝人をはじめとする周囲の人間達は、一回り大きな円を描くように後ずさる。

そして、腕を軽く斬《き》りつけようとしたセルティの鎌が振り下ろされると――

『やめてぇぇぇぇぇぇッ！』

その絶叫に、周囲の人間の動きが止まる。

ただ二人、誠二《せいじ》と『彼女』を除いて。

彼女が振り下ろそうとした鎌《かま》の前に、首に傷を負った女が立ちふさがり——さらに、その動きに気付いた誠二が、それよりも更に前に身体《からだ》を割り込ませていた。鎌の刃は誠二の身体に達する直前で止められて、結果として誰も傷つく事は無かった。

そして、誰もが不思議そうな顔でその女を見る。

セルティが斬《き》りかけた誠二を、必死で庇《かば》ったのは——『首』の娘《むすめ》、自称セルティだった。その声は今までの大人《おとな》しい様子とは180度変わり、けたたましい声で誠二の事を庇いたてる。

「止《や》めて下さい！　誠二さんは、誠二さんは少し厳しくて、乱暴で、人と違うところがあるけど、私を助けてくれたんです！　私の、私と杏里《あんり》を助けてくれて、でも、それで、この人はもう好きな人がいるんですッ、だから、だから殺しちゃ……だめ……で……」

彼女の声は徐々に震え出し、涙を流しながら誠二の身体に向かって崩れ落ちた。

——まさか——まさかまさかまさか——

そして、デュラハンは気付く——

——違う——これは、私の首ではない、い、い、い——

それと全く同時に、帝人《みかど》も彼女の正体に気が付いた。

——この娘はデュラハンの首なんかじゃない——！　この子の名前は——


「張間《はりま》……美香《みか》、さん？」

呟《つぶや》くような帝人の問いに、女はガクガクと震えながら目を逸《そ》らした。

「そうなんでしょう？　あなたは、矢霧《やぎり》君に殺された筈《はず》の——張間美香さんなんでしょう？」

「嘘《うそ》だ」

その言葉を口にしたのは、矢霧誠二だった。彼女の声と名前を聞いた瞬間、彼の脳裏にまざまざと記憶が蘇《よみがえ》る。彼女に顔が良く似た、女ストーカー。そして——自分が壁にたたきつけて殺したはずの人間——

「なあ、嘘だろ？」

「……ごめんなさいッ！　ごめんなさい、私ッ……ごめんなさい……」

「私……まだ死んでなかったんです！　一命は取り留めたんですけどッ……誠二さんのお姉さんが……誠二さんに好きになって欲しいかって……ッ！　私、誠二さんに殺されかけたけど、それでも誠二さんが好きで……！　そしたら、そしたら、お医者さんが来てッ……少しだけ整形と化粧をすれば……あの首と……誠二さんの愛してる首とそっくりになるって！」

そこまで聞いて、セルティの身体がピクリと震えた。

「でも……そしたら、お医者さんは『君の名前はセルティだ。それが首の名前だからね』って……だから私は誠二《せいじ》さんの為にセルティになろうとして……でも、波江《なみえ》さんはそれじゃ手ぬるいって……私じゃすぐにばれるから……手術か薬で私の情動か記憶を消し去るって……！　でも、私……誠二さんが好きだって事は忘れたくなかったから……今の思いをどうしても伝えたかったから！　だから私……研究所を逃げ出してッ！」

恐らく誠二の姉は、生きている人間を『首』と混同させて、弟を『首』からすこしでも引き離したかったのだろう。だが、それが弟を真人間に戻すためなのか、それとも『首』に対する嫉妬《しっと》だったのか——。それは恐らく、波江本人にも解《わか》らないだろう。

それを聞いて、セルティの中で様々なピースが組み合わされ——やがて一つの絵図を形作る。

セルティの名を知っている人間は限られる。その中で、セルティがデュラハンである事を知る人間と言えば——。

——岸谷新羅《きしたにしんら》。セルティの同居人にして、彼女の秘密を知る『闇《やみ》医者』。

それを元に考えれば——かつてセルティは、医療メーカーや大学などの研究施設に首の手がかりを求めていた時——新羅は自ら、

『矢霧《やぎり》製薬には知り合いがいるから、俺《おれ》が直接調べてみるよ。こんな事で折原《おりはら》なんかに借りを作るのはバカらしいからな』

と言って調査を買って出た。結局疑わしい事は無かったと伝えられたのだが——恐らく彼は知っていたのだろう。『首』が最初から矢霧製薬にあるのだという事を。そして、それを隠す為に自ら調査を買って出たのだろう——

セルティは拳《こぶし》を強く握ると、後は美香《みか》にも誠二にも興味が無くなったようで、帝人《みかど》に一礼だけしてバイクに飛び乗った。そして——夜の闇の中で、バイクのエンジン音が大きく嘶《いなな》いた。

それはこの夜の中で最も激しい叫びであり————まるで、今宵《こよい》の宴《うたげ》の終焉《しゅうえん》を告げているかのようであった。

「嘘《うそ》……だ。そんな……じゃあ、俺は……俺は……」

放心している誠二にトドメを刺すべく、悪人の影が忍び寄る。

「ま、君は本物と偽者《にせもの》の区別すらつけられなかったわけで——ぶっちゃけた話をしてしまえば、あんたの『首』に対する愛はその程度って事だね。ご苦労さん」

臨也《いざや》の放ったその言葉に、誠二の心は完全に砕《くだ》かれ——彼はその場に膝《ひざ》から崩れ落ちた。

「誠二さん！」

それを見て駆《か》け寄る、首の回りに傷を縫《ぬ》い付けられたクラスメイト——張間《はりま》美香。

帝人《みかど》から見て、それはとても滑稽《こっけい》な喜劇に見え——どうしても笑う事ができなかった。

少し考えてから二人の方に近づくと、帝人《みかど》は少し照れた様《よう》に口を開いた。

「ええと……君は偽者《にせもの》を見破れなかったけれど、彼女を命をかけて庇《かば》った事は、凄《すご》いと思う」

フォローするように告げると、帝人は美香《みか》に向けても言葉を紡《つむ》ぎだした。

「僕は、張間《はりま》さんの話を聞いて誤解してました——確かに彼女は性格に問題があるけれど、決してストーカーじゃないです」

それに続く言葉は、まるで独り言のように。

「うん……結局は同じぐらい迷惑なんだろうけれど。ストーカーの行動原理は、結局は所有欲だと思うよ。でも——彼女は、矢霧《やぎり》君の為に命を張った。それは自分の身勝手な欲だけじゃできない事なんじゃないかな？　まあ、殺されかけた相手をまだ好きってのは凄いなあと思うよ。……色々な意味で」

そして最後に余計な事を言って、帝人は夜の街を後にした。

「張間さんは——矢霧君と、凄く似てるんだと思う」

♂♀

川越《かわごえ》街道沿い　某《ぼう》マンション最上階　深夜

鍵を回すと同時に、セルティは新羅《しんら》のマンションのドアを蹴《け》り開けた。

「あ、お帰り」

居間でパソコンに向かう新羅が、いつも通りの笑顔を向けてくる。

セルティは『影』の集合体であるブーツを解除しようともせず、そのままズカズカと白衣の青年へと向かって歩み寄る。そして、有無《うむ》を言わさずに新羅の襟首《えりくび》を掴《つか》み上げた。

パソコンに文字を打つ気分ではないが、ただ殴《なぐ》るのでは飽《あ》き足らない。この男にどのように文句を言ってやろうかと考えていたのだが——

「どういうつもりだ、って言いたいんだろう？」

全く冷静な表情のままで、新羅がセルティの言葉を代弁する。

「君は次にこう言いたいんだ。『お前は知っていたんだな！　私の首があの研究所にある事を、20年前から！　お前の親父《おやじ》も、そしてお前も最初から矢霧《やぎり》製薬に協力してたんだな！　いや、今考えてみればお前らは私を初めて見た時、あまりにも冷静すぎた！　もしかしたら私から最初に首を奪ったのはお前の親父じゃないのか!?　それなのにお前は私にそれを隠し、あまつさえは闇医者としての仕事を受けて、死にかけた女の顔を勝手に切り刻んで！　私も化物《ばけもの》だが、本当の意味で人を喰らうお前こそが化物だ！』……ってところかな？」

「……!!」

「ああ、誤解が無いように予《あらかじ》め言っておくけど……親父《おやじ》が君の首を盗《ぬす》んだ犯人かどうかは解《わか》らないし興味も無い。それと、あのプチ整形は彼女が望んでやったって事で。矢霧《やぎり》製薬の連中が誘導させたのかもしれないけれど、そこまでは僕の知った事じゃない」

その言葉を最後まで聞いて、セルティは襟首《えりくび》を掴《つか》む手を僅《わず》かに緩《ゆる》める。

震えていた拳《こぶし》さえも、まるで時が止まったかのような沈黙に陥った。

——自分がもしも言葉を話せたならば——恐らくは、一字一句違《たが》わずに今の言葉を叫んでいたことだろう。

完全に固まったセルティに、新羅《しんら》はどこか自虐《じぎゃく》的な笑みを浮かべてみせた。

「——『お前は私の考えている事が解《わか》るのか？』かな。これは別に言うまでもないか」

セルティの返事を聞くことも無く、それが答えだという真実の元に、新羅は言葉を紡《つむ》ぎだす。

「うん、解るよ。君の事が20年も好きだったんだ。これぐらいの事は解る」

「……」

「僕に言わせれば、人間は相手の感情を読み取る事に関して、表情にあまりにも頼りすぎてる。足音や筋肉の緊張の僅《わず》かな差異、それ以前に相手がおかれている状況から即座に判断できるようにだってなるさ。特に俺《おれ》は、君の事を常に見続けてきたからね」

——何を今更。ならば、何故《なぜ》今まで首のありかを黙っていたのだ——

彼女がそう考えたのを見透《す》かすかのように、新羅は力の籠《こ》もった言葉を吐《は》き続けた。

「君が好きだから——だからこそ首のありかを黙ってた」

「……？」

「首を手に入れたら、君がどこかに行ってしまう。俺にはそれが耐えられなかったんだ」

つまりは自分の我侭《わがまま》だと告白しながらも、彼の言葉には前向きな光が宿っている。

「君の幸せの為なら諦《あきら》めるとは言わないよ。これは君と俺との愛をかけた戦いだ。言っただろう？　最大限の努力をして、君との運命のゲームで勝利を掴《つか》むって。だから——あの可哀想《かわいそう》な女の子、美香《みか》ちゃんだっけ？　彼女の事を利用して、君に首の事を諦めさせようとしたんだ。俺は決して君を離しはしない、その為なら、他人の愛も死も俺自身も——矛盾しているようだが、君の想いすらも利用してみせる」

一見物凄《すご》く歪《ゆが》んだセリフだが、その目には一点の曇りも負《お》い目も感じられなかった。

セルティはそこで幾分気を削《そ》がれてしまった。もしもとぼけたり下手《へた》な言い訳をしたならば、足腰が立たぬようにしてから家を飛び出し、もう二度と会わないつもりでいたのだが——ここまではっきりと言われると、セルティとしても言葉につまってしまう。

セルティは一旦《いったん》新羅を床に下ろし、怒りの矛先《ほこさき》を探すようにキーボードに文字を走らせた。

『私は、たとえ首が戻ってもお前の元から離れたりは——』

「たとえそれが君の意思だとしても——首の意思だとは限らない」

真剣な面《おも》持ちで答える。普段のようにふざけた空気は見せていない。

「俺は考えたんだ。なぜこの広い世の中で、君だけが人間の前に姿を現しているのか？　君と他《ほか》のデュラハンを区別する境は何か？　それは——首だと俺《おれ》は考える。首を失ったからこそ、君は今の君としてこの世に具現化《ぐげん》する事ができたのではないか、とね」

まるで自分で創作した悲劇を語るように、本当に悲しそうな顔をして言葉を閉める。

「ならば、首を手に入れて全《すべ》ての記憶を取り戻した君は——まるで今までの事が全て幻だとでも言うように、煙のように朝日の中に消えて行くんじゃないか。それが俺は怖いんだ」

セルティは、脇にあった椅子《いす》に静かに腰を下ろし——暫《しばら》くの間、静寂の中に動きを止めた。

そして——何も動くことの無かった部屋の中に、キーボードを打つ音が響き始めた。

『お前は、私の言う事を信じるか？』

「俺は君を信じている。逆に言うと、君しか信じていない」

その答えを確認すると、セルティは少しずつ文字による告白を始めた。

『私も、怖いんだ』

『私は、死ぬのがいいいい、いいいい、怖いいい、いいいいんだ』

『私は、自分が無敵《むてき》だという事を理解している。今の私を殺せる奴《やつ》など存在しない事も理解している。これは奢《おご》りじゃない。単純な事実として受け止めているだけだ。そこに何の喜びも感動も存在しない。だけど——いや、だからこそ、怖い。私の中に【死】を司《つかさど》る核が存在していないんだ。考えられる事は一つ——私の首こそがその核なんだ。誰かが私の首を、私の知らないところで破壊する。すると今の私は自分の意思や状況とはなんの関係も無く——』

　それ以上は文字にしようとせず、僅《わず》かな間を置いて、彼女の指は新たな文章を紡《つむ》ぎ始めた。

『お前は信じるか？　眼球も脳味噌も無いこの私が夢を見るんだ。その悪夢を見て恐怖に震える私を信じるか？　それが怖いから、自分で自分の死を管理したいと思うから、そんな我侭《わがまま》な理由で首を求め続けていたんだ。そう言ったら——お前は信じるか？』

　モニター上に表れたデュラハンの独白を、新羅《しんら》は一文字も漏《も》らさずに読み進める。

　彼女の指が止まるのを待って、彼は即座に答えを出した。

「言っただろ——俺は、君しか信じない」

　それだけ告げると、新羅は楽しそうに笑う。泣きそうな顔で、笑う。

「まさしく五里《ごり》霧中《むちゅう》だ。俺達は——互いに推測の域を出ない考えで意地になってたんだねえ」

『馬鹿《ばか》みたいだな』

　デュラハンはゆっくりと立ち上がると、片手だけを使って、パソコンに短い文章を打ち込んでいく。

『なあ、新羅』

「何？」

『一発殴《なぐ》らせろ』

「いいよ」

新羅《しんら》は何の迷いも無くそう答え——セルティもまた躊躇《ためら》わずに、新羅の顔面を殴り抜く。

派手《はで》な音と共に、白衣を纏《まと》った青年が勢いよく床に転がった。

口から血を流し、新羅は暫《しばら》く大の字になっていたが——やがてムクリと起き上がると、セルティに向かってこう問いかけた。

「じゃあ、こっちも一回殴らせてよ」

本来ならセルティに殴られるような言われは無いのだが——セルティは、あえてその言葉に頷《うなず》いた。

空のヘルメットが前に傾くのを確認し——

新羅は、力の無い拳《こぶし》でヘルメットを殴り飛ばした。

カコンという音と共に、セルティのヘルメットが床に転がった。

——？

新羅の取った意味の無い行動に、セルティは不思議そうに沈黙していたが——ヒリヒリする拳をさすりながら、闇《やみ》医者はニコリと笑ってこう言った。

「ほらな、セルティは素顔が一番綺麗《きれい》だ」

何も無い空間を見つめながら、新羅は続けて言葉を紡《つむ》ぐ。

「今のパンチは、誓《ちか》いの口付けの代わり、な」

その言葉を聞くと、セルティは新羅の胸の中に肩をうずめ——腹に鋭いパンチを入れた。

「ぐぼぇあ」

そして、そのまま静かに新羅へと身体《からだ》を寄りかからせる。

左手でキーボードに『お前は、本当にバカだ』と打ち込みながら。

言葉が要らなくなった時の中で、新羅は静かにセルティの身体を抱《だ》きしめる。

小刻みに震える彼女の身体を感じて——新羅は、彼女が泣いている事に気が付いた。

♂♀

新宿区《しんじゅく》　早朝

全《すべ》ては、弟の為だった。

正確に言えばそれは誠二《せいじ》にとってなんのメリットも無く、全ては弟の笑顔を求める彼女自身の為だったのだが——本人はその事に全く気が付いていなかった。

矢霧波江《やぎりなみえ》は騒ぎの直後、『首』を持って研究所を後にした。彼女の予測通り、入れ違いで黒バイク——デュラハンの『身体』が研究所に襲来したという連絡が入った。だが、首は既《すで》にこちらにある。デュラハンの手に首が渡れば、弟は失意のどん底に落ちるか、あるいは、その『身体』も含めて運命の相手だと言いだしかねない。

そのどちらの姿も、彼女にとっては決して見たくないものだった。『首』の主導権は常に自分の手に握っていなければならない。弟の目を自分に向けさせる、それが唯一の希望だったから。

だが——伯父を頼ろうとして携帯から電話を入れたところ——そこで彼女は信じられない事を耳にした。

緊急に開かれた重役会議によって、『ネブラ』への吸収合併がたった今決定したというのだ。今晩の騒ぎだけではなく、ここ数日の研究所関連のゴタゴタを、本社は、あるいは『ネブラ』はつぶさに観察していたのであろう。どちらから話を持ちかけたのかは知らないが、これ以上ボロの出る前に合併を進めるという形で合意したのだ。

当然ながら——『ネブラ』の要求は、デュラハンの首だった。

波江《なみえ》は叩《たた》きつけるように電話を切ると——そのまま車をUターンさせる。

二度と会社に戻らぬ事を決意し、尚且《なおか》つ——『首』を隠す事のできる組織を求めて。

暴力団関係は、この首を利用する理由が無いので期待できない。他《ほか》の研究機関などに持ち込めば——最初はデータを求めて優遇されるだろうが、最終的には『首』の責任者からは外されてしまうだろう。

絶望の間際《まぎわ》に追い詰められた彼女が、最後に頼った人物は——

「直接会うのは初めてだよね？　不法入国者とかのリストは役に立った？」

そして今——首を持ち逃げした彼女は、折原臨也《おりはらいざや》の住むマンションの中にいた。

「しかしアンタも馬鹿《ばか》な事をしたねえ。弟の歪《ゆが》んだ恋心の為に全《すべ》てをフイにしてっと。いや、寧《むし》ろ弟への歪んだ恋心かな？」

臨也はそう呟きながら、オセロのコマを盤上にうつ。意識と言葉は正面に座る波江に向けられているものの、目は盤上から一瞬たりとも動かしていない。

「上は黙ってないんじゃないの？　ネブラと言ったら外資系の大企業、いや、超企業じゃない。アメリカで凄《すご》いブイブイ言わせてるさあ」

オセロのコマをもう一枚置いて、二枚の黒に将棋《しょうぎ》の歩兵駒《ごま》が挟《はさ》まれる。

「はい、ナリっと」

そのまま歩をひっくり返し、何事も無かったかのように王将《おうしょう》の駒をつまむ。傍《そば》からでは何をしているのかサッパリ解《わか》らない光景だが、臨也にとっては何らかの意味があることなのだろう。

「で、さあ。やばいんじゃないの？　マフィアとか来ちゃうんじゃないの？　もしくは凄腕《すごうで》のスナイパーなんかをスイス銀行経由で雇って、あんたの眉間《みけん》をパーンっと。はい王手」

王将を一つ前に進め、対面の王将に王手をかける。

「王将同士の一騎打ちってルール、できないもんかね」

そこで初めて、臨也は波江の方に目を向ける。波江は焦燥《しょうそう》しきった顔をしており、臨也の戯《ざれ》言《ごと》に言葉を返す気力も無いようだった。

臨也は将棋版の横に置かれた特殊なケースを開き、その中にある首をまじまじと見つめる。

そして、波江に向かって奇妙な論を語り始める。

「きっと君の伯父《おじ》さんも、俺《おれ》と同じだったと思うんだ。あの世を誰よりも信じてなくて、誰よりも死を恐れ、誰よりも天国を渇望《かつぼう》する」

臨也《いざや》の言葉に自分の伯父《おじ》の顔を思い浮かべ、波江《なみえ》は伯父の心中を探ろうとするが——弟以外の家族には驚く程興味が無かったようで、伯父がどんな性格なのか、はっきりと思い出す事ができなかった。

「だけどね、確信したよ。俺も確信した。あの世はある。そういう事にしておこう」

「……？」

美しい女性の顔をした、セルティの首。その髪に指を絡《から》めながら、臨也は静かに語り続ける。

「デュラハンっていうのは——基本的に女性しかいないと言われてるんだ。なんでだか解《わか》る？」

「……いいえ。部下には神話を研究してたのもいたけど、私は無駄《むだ》だと思ったから」

「合理主義者なんだねえ。まあ、それは置いておいて……世界中の神話には共通点や繋《つな》がりが数多くあってね。ヴァルハラっていう天国……まあ正確には違うんだが、そういうものが北欧《ほくおう》神話にはあるんだよ。これは、ケルト神話にも他界の宿という似たような存在がある。そして、北欧神話では、ヴァルキリーっていう鎧《よろい》を纏《まと》った女の天使が、そのヴァルハラまで勇敢《ゆうかん》な戦士の魂《たましい》を導くんだ——鎧を纏った女性が死者を迎えに行く。どこかで聞いた話だと思わないかい？」

——だからどうだというのだ。

波江には、臨也が何を言いたいのかさっぱり解らなかった。ただ、臨也の表情に張り付いた笑顔が、だんだん仮面の様《よう》な鋭利さを増していくのが気になっていた。

「一説によると――そのヴァルキリー達が地上を彷徨《さまよ》う姿こそ、デュラハンの姿だっていう話。だからデュラハンには女性しかいないし、鎧姿で描かれる事が多い。だとするならば――この首はきっと、待っているんだよ。目覚めを。戦《いくさ》の時を、ヴァルハラに迎え入れる、聖なる戦士を探すための――――」

そこからは完全に彼の推論だったが、語り口はまるでそれが真実であるかの如く。

「この首が生きているのに目を覚まさないのは、ここが戦場じゃあないからさ。できる事ならば、俺もその戦士に選ばれたいな。だけど、これを中東《ちゅうとう》とかに持っていっても――俺《おれ》はあいう戦場で戦い抜くスキルを持ち合わせては居ないんだよね」

そして、何かに期待する少年のような声を上げて――彼の笑顔は、完全に他者と断絶された。

「死の後にヴァルハラというものが本当にあるのならば――――俺はどうすればいい？　戦か、戦を起こすしか無いんだよなあ。だが、俺が中東とかにいって活躍できるとも思えん。ならば――――俺にしかできない、俺にしか活躍できない戦を起こすまでだ。そうだろ？」

そして、臨也はオセロと将棋《しょうぎ》とチェスの駒《こま》に溢《あふ》れた碁盤《ごばん》の角に指をかけ、喜びを全身で表すかのように勢いよく回転させた。盤上《ばんじょう》の駒が飛び散り、後には盤の中央にあった卜金《きん》だけが残される。

「だが――この東京《とうきょう》なら――――ここで軍も政治も関わらない『戦争』を起こしたとしたならば――俺は、生き残る自信はある。ああ、俺はなんて幸運なんだろう！　天国を信じず、天国から遠い生き方をしてきた俺《おれ》が——それ故に地上に堕《お》ちた死の天使に出会えるとはね！」

表情の無い笑顔で、誰よりも無邪気《むじゃき》に喜ぶ臨也《いざや》。その笑いと喜びの中には、他者が入りこむ余裕《よゆう》など欠片《かけら》もなかった。それでも何かを言おうとして口を開くが、今の波江《なみえ》には次のような陳腐《ちんぷ》な台詞《せりふ》しか思い浮かばなかった。

「そんな……全部貴方《あなた》の推測じゃない」

「信じる者は救われるよ。それに、これは保険だって言ってるじゃないか。だから——俺はできるだけ『あの世』の保険をかけておく。そこが地獄だとしても——苦しみしかないとしても——そこに『俺』が存在するなら構わない。だがまあ、できる事なら天国の方がいいよなあ」

まるで食事にでも誘うような雰囲気で、臨也は波江に声をかける。

「ねえ、波江さん。みんなで天国に行こうよ」

臨也の仮面のような笑顔を見て、波江は気が付いた。自分は——最も渡してはならない人間に、この『天の使い』を手渡してしまったのだと。

そんな波江に、臨也は静かに笑いかける。

「この首は『ダラーズ』の一員として俺が預かる。灯台下暗し——まさかセルティも、自分の首が自分の所属する組織にあるなんて思わないだろうね」

ダラーズ？　セルティが所属？

自分の知らない情報が、波江の意思を畳《たた》み掛けるように襲い掛かる。混乱する彼女に、臨也はとても楽しそうに悪魔の誘いを持ちかけた。

「アンタもダラーズに入るといい。俺達のボスは『来るものは引きずり込む』って方針でね。もっとも——途中から人を集め始めたのは俺だけど」

その声は彼女を嘲《あざけ》るように、愛《め》でるように、あるいは祝福するかのように——

「地上に堕《お》ちた天使を——俺達の手で羽ばたかせてやろうじゃないか？　ねえ？」

♂♀

南池袋《いけぶくろ》公園　早朝

これは、歪《ゆが》んだ物語。


「俺《おれ》は、お前を愛していない」

白み始めた空の下、一組の男女が公園のベンチで身体《からだ》を寄せ合っている。

「だけど、お前を見ている限り俺は『彼女』への愛を、決意を忘れる事は無い。だから、俺はお前の愛を受け入れる。何時《いつ》か——俺が彼女を取り戻すまでは——」

虚《うつ》ろな声で呟《つぶや》いて、誠二《せいじ》は美香《みか》の身体を軽く抱《だ》きしめる。

そして——美香は静かに笑う。彼女のその笑顔には、静かな決意が込められていた。

——自分が本当に誠二に愛される為には——自分があの『首』となるしかない。だから——自分は他《ほか》の全《すべ》てを犠牲にしてでも、彼を愛そう。彼が首を見つけるためならばどんな協力も厭《いと》わない。——いつか首を見つけた時に、彼の目の前で首を粉々に砕《くだ》き、磨《す》り潰《つぶ》し、自らの口内へと注ぎ込み——己の血肉と一体とさせる為に。全ては彼の為に彼の為に彼の為に——

互いの恋が叶《かな》う瞬間まで成立する二人の愛。
どこまでもまっすぐなのに、とてつもなく歪《ゆが》んだ愛。
二人の姿は儚《はかな》げで美しく——そして、どうしようもなく歪《いびつ》だった。

エピローグ　日常　表

Epilogue

まるで流行のアニメを見た翌日の小学生のように、正臣《まさおみ》の顔は純粋な笑顔に満ちていた。

「あのな帝人《みかど》、ネットで見たんだが……昨日ダラーズの集会があったんだってよ！　それがさ、何とサイモンと静雄《しずお》もダラーズの一味だったらしい！　しかも、あの黒バイクが何か首が無くて壁を走って大鎌《がま》を出してなんつーかブワァーって感じで凄《すご》かったらしいぞ！」

「ちっとも解《わか》らないよ」

あんな事があった直後ではあるが、学校が消えてなくなるわけもない。校舎の時計は何事も無かったかのように時を刻み、何の変哲《へんてつ》も無い通常授業の一日が過ぎていく。

その日――昼休みに入ったところで、帝人は第一校舎の屋上に向かった。殆《ほとん》どの人間は私立大学のそれと見まごう程の学食設備に移動するか、あるいは繁華街まで出て昼食を取る時間だが――物好きな何人かの生徒は、手製の弁当などを持ってこの屋上に向かう。
街で見るのと何も変わらない空を見上げながら、帝人はそれが故郷とも同じ空だという、当たり前の事に気付く。不思議なもので、あれだけの非日常を体験した後だというのに――彼の心の中には不思議な安堵《あんど》感《かん》が訪れていた。まるで、長い間楽しみにしていた遠足の翌日の様《よう》に。

事件の翌日、帝人《みかど》が眠《ねむ》い目を擦《こす》りながら学校に来てみると――何事も無かったかのように、矢霧誠二《やぎりせいじ》が席についていた。授業中は帝人の方を見ようともしていなかったが、最初の休み時間にこちらに向かってきて、「悪かったな――色々と」とだけ告げて、とっとと席に戻ってしまった。

更に驚くべきことに、張間美香《はりまみか》も普通に出席していた。杏里《あんり》は僅《わず》かに印象の変わった顔を見て驚いていたようだが、生徒の殆《ほと》どは彼女を見るのは今日が始めてであり、首の包帯を除けば特に気にするところも無かったようだ。

隣の席に座った美香は、帝人に一言だけ「ありがとね」と告げ――休み時間は誠二のもとにべったりとくっついている。

「くそう、あの子が誠二の彼女だったのか！　何てこった！　あれなら確かに愛に生きても不思議じゃねえッ！」

二人の様子を見かけた正臣《まさおみ》が叫んだが、二人の事情を知っている帝人は、苦笑いを浮かべながら「そうだね」と言って頷《うなず》いた。

ただ――それを契機に、美香は杏里とは一緒に行動しなくなったようだ。休み時間になるたびに、教室の隅に一人でぽつんと座っている。帝人はそんな彼女の様子を複雑な思いで見守っていた。

彼女にとってこれが良かったのかどうか――それは彼女自身にしか解《わか》らないのだろう。

――だが――本当にそうか？　自分にはどうやっても解らないのか？　結局、人は人の心など解らないのだろうか。

『進化し続けるしかない』

臨也《いざや》の言葉が頭に響く。

――面白《おもしろ》い、進化してやろうじゃないか。この日常の中で、自分に与えられた世界の中でどれだけ進化できるのか――いつかあの男に見せ付けてやる。

自分が見ていたのは上だったのか下だったのか――今となってはどちらか解らない。いや、今でもそれを見続けている事は確かだ。ただ、少しだけ自分の前と、後ろを振り向く余裕《よゆう》ができただけだ。

帝人は教室の窓から見える60階建てのビルを仰《あお》ぎながら、今の自分の気持ちを省みる。

完全な非日常を体験した後に残っているのは、充実感と虚無感を合わせた奇妙な感覚だけだ。

――今なら、きっと素直に現実を見られる。受け入れられる。

自分に素直になろうと考えた時に、彼はまず自分が何をすべきかを思いついた。

そして、彼は屋上に居た。聞いた話では、彼女は毎日ここで昼食を取っているらしい。

あれだけ大胆《だいたん》な事をやった後、自分には何でもできると思っていた。どんな事でも怖くないと思っていた。

それがまさか、こんなことで躓《つまづ》く事になろうとは。

ネット上では、誰にでも簡単に声をかけられるのに――

彼は微塵《みじん》も予測していなかった。日常の中で望みを叶《かな》えるのが、こんなに難しい事だとは。

――同じクラスの女子《じょし》を遊びに誘う事が、これほど勇気のいる事だとは――

少年が杏里《あんり》を見つけるまで、あと30秒
少年が杏里を先に口説《くど》いている正臣《まさおみ》を見つけるまで、あと35秒
少年が正臣を蹴《け》り飛ばすまで、あと45秒
少年が正臣にローリングソバットを喰らうまで、あと50秒
少年が杏里を喫茶店に誘うまで、あと73秒
少年が杏里にお茶を断られるまで、あと74秒
少年が杏里に屋上での昼食を誘われるまで、あと78秒

少年が杏里に恋をするまで、あと――

少年が杏里に告白するまで、あと――

チャットルーム

一日が終わり、帝人《みかど》は静かにパソコンの電源を入れた。夕べの騒ぎがネット上でどう扱われているか気になったが、特に大きな広がりは見られない。デュラハンの事に関しては、何人かが書き込んでいるがあまり相手にされていないようだ。

――まあ、当然かな。

帝人は苦笑しながら、ほぼ毎日参加しているチャットルームを覗《のぞ》いてみる。臨也《いざや》が甘楽《かんら》の名で参加し、帝人達を誘い込んだチャットだ。現在参加しているのはセットンというHNの友人が一人だけだ。

――この人も甘楽さん――折原臨也《おりはらいざや》に誘われて来たって言ってたけど、やっぱり何か裏のある人なのかな……。

――――田中太郎《たなかたろう》さんが入室されました――――

【こんばんわ】

［ばんわー。ちょっと待機《たいき》してました］

【どうもです、今日は眠《ねむ》いんで早めに退散させてもらいます】

［あー、寝不足？　徹夜《てつや》でもしました？］

【ええ、ちょっと】
［甘楽《かんら》さんはまだみたいですね］
【甘楽さんは……来るんですかね】
［あ、すんません、何か急用が入ってしまったみたいです］
【あれ、そうでしたか】
［すいません、お先に失礼します］
【はいはい、お疲れ様です】
――セットンさんが退室されました――

「悪いね、お楽しみのところ」

セルティの背後で、白衣の男が申し訳なさそうに笑う。

軽い調子でキーボードに文字を打ち込むと、セルティは勢いよく椅子《いす》から立ち上がった。

『問題ないよ』

「そいつは結構、今日の仕事は結構ヤバめらしいから気を付けてよ。内容は……」

仕事の依頼を受けると、セルティは音も無く部屋を後にする。

そして今日も――セルティの一日が始まった。

エピローグ
Epilogue
日常 裏

国道254号線を、黒い影が走る。

ヘッドライトの無い漆黒《しっこく》のバイク。その遥《はる》か前方では、数台のパトカーが夜の闇《やみ》を赤く照らしだしていた。

更にそのパトカーの前方から、時折乾いた破裂《はれつ》音のような音が聞こえて来る。

その音を聞いて——それまで無音だったエンジンが、夜の街に向かって啼《な》いた。

♂♀

「あ、デュラハンじゃん」

「いやいや、凄《すご》いっすよね、ぜったいあいつ、CGですよ」

セルティが追い越していったバンの中で、狩沢《かりさわ》と遊馬崎《ゆまさき》が楽しそうに告げる。

彼らはセルティの正体を眼前に見たが、今ひとつ事態の重さを理解していないような雰囲気だった。彼らだけではない。あの時、彼女の戦いぶりを見た者達は、驚くほど彼女の存在を自然に受け止めていた。全《すべ》てに有無《うむ》を言わさぬ堂々とした存在感が、かえって現実味をなくして夢と思わせたのか——あるいは、彼女を『街』の一部として受け入れたのか。

中にはあの出来事をネットに書き込んだりする者もいたが、当然ながら一笑に付される結果となった。

そしてそれが原因となり、あの夜の集会自体が眉唾《まゆつば》であるとの噂《うわさ》が流れ出し、結局『ダラーズ』の名がそれ程飛躍的に広まる結果とはならなかった。だが、警察《けいさつ》や暴力団に目をつけられるよりははるかにましな結果だったと言えよう。

だが——あの集会に参加した者達には、確かにあの夜の出来事が刻み込まれている。

「でも——どうしてあそこに現れたのかしらね」

助手席にいた門田《かどた》が、後ろを振り返らないまま口を開く。

「あの黒バイだけどよ……あいつも『ダラーズ』の一員だって知ってるか？」

「え？　マジすか!?」

「初耳！　だからこの前、私達の前で派手《はで》に暴れたんだ！」

「すげぇ！　あんなのがいるならもう『ダラーズ』無敵《むてき》じゃないすか！」

バンの後ろで騒ぐ遊馬崎《ゆまさき》達の声を聞きながら、門田は静かに目を閉じる。

思い出すのは、別れ際に臨也《いざや》から伝えられた言葉。

『ドタチン、「ダラーズ」のボスに会えたんだけどさ、このチームの名前の由来《ゆらい》は知ってるか?』
『ドルを寄越せとかそういうんじゃねぇのか?』
『それが違うんだよ、この組織ってのは基本的には何もしない。なのに名前だけ売っていく――そう、何もしないんだよ。だらだらしてるから「ダラーズ」。その程度のもんなんだよ』

実質的に、この組織に内部など存在しなかった。『ダラーズ』という組織は単なる城壁に過ぎず――中に入った奴《やつ》らが勝手に国を造っていく。あとは、城壁にどれだけ派手なハッタリの絵を掲げられるかだ。

中身なんざなくても、外面だけで名を残すか。まるで人間そのものだな。

門田は前方の『祭り』を見物しながら、自嘲《じちょう》気味に微笑《ほほえ》んだ。

――あの黒バイ野郎《やろう》みたいにな。

♂♀

トラックの側面を地面に見立てて走り、黒いバイクがパトカーを追い抜いた。目を白黒させる警官《けいかん》達の横で、テレビカメラを構えた男が興奮しているのが見える。恐らく、テレビでよく放映する実録犯罪特集の類《たぐい》だろう。

その姿に気付いても、セルティは何の躊躇《ためら》いも見せる事なく『影』より刃を生み出した。

これまで生み出した中で最大の、長さ3メートルを超える大鎌《がま》を振り上げながら――

セルティは闇《やみ》に向かって大きく吼《ほ》えた。

――映すのならば映せ、晒《さら》すのならば晒せ。この化物《ばけもの》の姿をこの世界に焼き付けろ。だが、それが一体如何程《いかほど》の事だというのか。

――これが私の人生だ。私が長い年月をかけて歩んで来た道だ。恥じることなど何も無い。

闇に息を顰《ひそ》めるのではなく、己の身を闇に輝かせ、善悪に捉《とら》われずに我を通す。

いつも通りの日々、過度の希望も絶望も無い日常。何も変わらない。だが、なんと充実感に満ち溢《あふ》れていることだろうか。

巨大な刃を黒塗りの防弾車に向かって振り下ろしながら、セルティは気が付いた。

己の全《すべ》てを街に晒《さら》したあの夜以来、自分が、この街を以前よりも遙《はる》かに恋しく思っているという事に。

もしかしたら、無くしてしまった自分の首よりも――

窓が開き、中にいた男がセルティに向けて銃弾を放つ。
鉛玉《なまり》がめり込み、割れたヘルメットのその内部。
何も無いはずのその空間の中で――影は、確かに微笑《ほほえ》んだ。

CAST
竜ヶ峰帝人
園原杏里
紀田正臣
矢霧波江
矢霧誠二
張間美香
折原臨也
平和島静雄
サイモン
門田
狩沢
遊馬崎
岸谷新羅
セルティ・ストゥルルソン

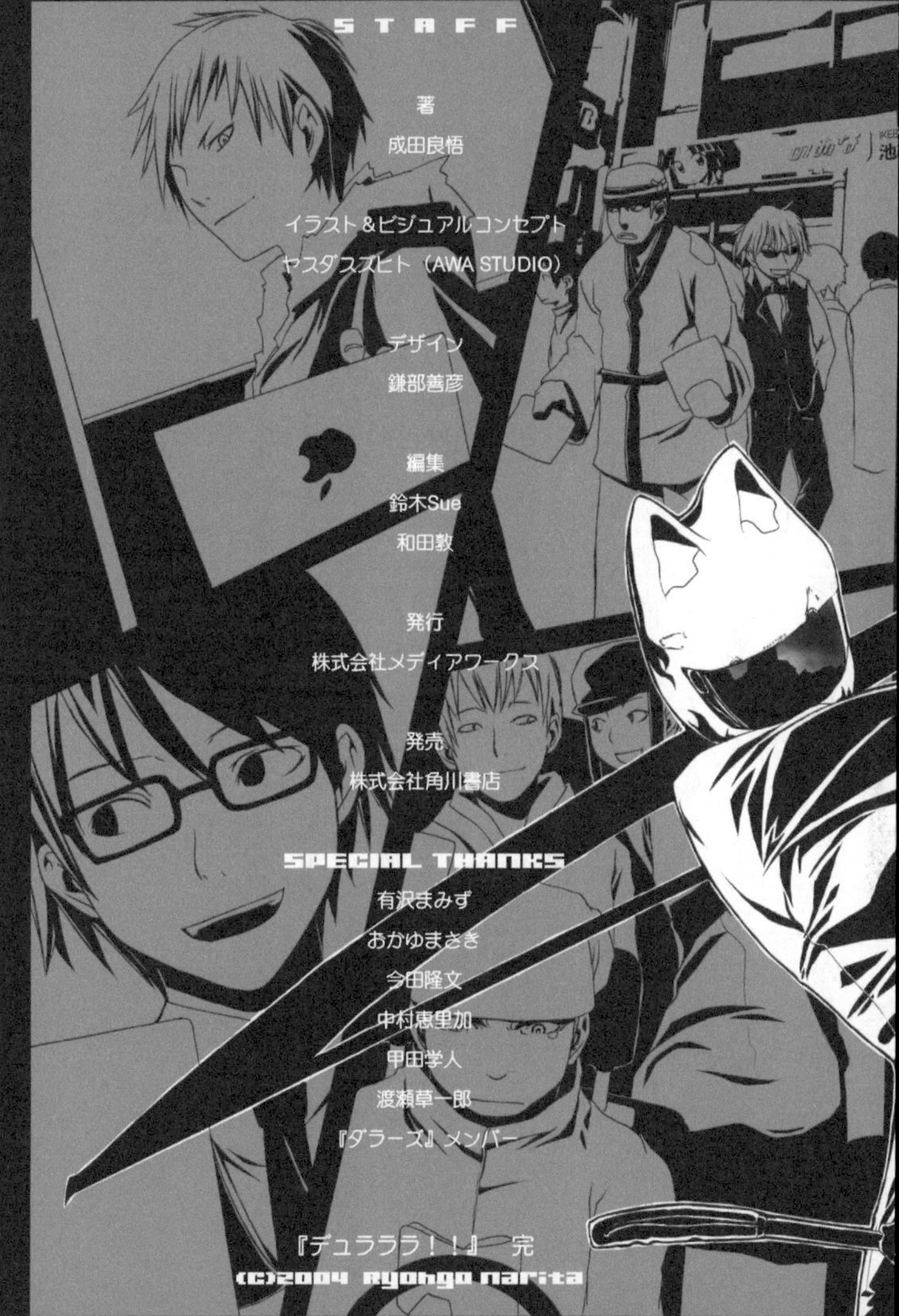

STAFF

著

成田良悟

イラスト&ビジュアルコンセプト

ヤスダスズヒト（AWA STUDIO）

デザイン

鎌部善彦

編集

鈴木Sue

和田敦

発行

株式会社メディアワークス

発売

株式会社角川書店

SPECIAL THANKS

有沢まみず

おかゆまさき

今田隆文

中村恵里加

甲田学人

渡瀬草一郎

『ダラーズ』メンバー

『デュラララ！！』　完

あとがき

どうも、はじめまして、もしくはお久しぶりの成田《なりた》です。

今回はこの『デュラララ!!』を手にとって頂きましてありがとうございました！

なにやら物凄《すご》く珍妙なタイトルですが、意味は本文を読んで戴《いただ》ければ……多分解《わか》らないと思います。本文が書きあがって直しを進めている時、編集長から「そろそろ宣伝部とかに正式タイトルを提出せねばならんのだが」と言われ、思わず出た言葉が、

「デュ……デュラララ？」

であり、それを聞いた編集長が一言。

「いや、そういう意味不明さは好きだ。それでいこう……でもこれ、英語表記どうすんだ？」

まさか通るとは思ってなかった私が呆然《ぼうぜん》とする中、編集長が尋ねて来ます。

「……『バッカーノ！』とか『バウワウ！』と同じく『！』をつけるかね？」

まさか通るとは思わなかった私は混乱していたようで、何も考えずに言いました。

「せっかくだから、二個つけましょう。びっくりまーく」

しばらくの沈黙の後、何かをサラサラと紙に書く音が聞こえたかと思うと、電話の向こうから編集長の爆笑が聞こえて来ました。

「ワハハハハハ！　これ字面で見ると物凄く間抜けだ！　**せっかくだからこれで行こう！**」

そしてこの『デュラララ!!』が誕生したわけですが——どういう意味なのか未だによく解りません。

さて、今回池袋《いけぶくろ》を舞台にしているのは、小説やドラマ等で流行《はや》ったから便乗しようというものでもなく、単に一番行き馴れている都会だからです。

本作の池袋や新宿《しんじゅく》の描写は、客観的ではない上に色々とフィクションも入り混じっておりますので、行った事の無い人は信じないで下さい。そして行った事のある方は「この嘘《うそ》つきめ！」といわずにフィクションとして楽しんで頂ければ幸いです。カラーギャングや暴力団などの描写についても然《しか》りです。ふう、これで『この作者知ったかだよ』『ギャングなめんな』『ちょっと深夜の池袋に面貸《つら》せ』と言われても誤魔化《ごまか》せる。

※これ以降、ネタバレ含みます。

今回の本は電撃文庫として少しだけ異色の部類に入るかもしれません。主人公に首から上が無いという時点でどうなのかと思うのですが、私の無茶な企画を通して下さった編集部とイラストのヤスダさんに感謝するばかりです。

さらに今回、色々とネタ的な試みをやっておりまして、中にはいきすぎたネタもあるかもしれないので叩《たた》かれる事も覚悟《かくご》の上ですが——私が自分の判断で面白《おもしろ》い筈《はず》……と思った事ばかりですので何卒《なにとぞ》広い心でお受け取り戴《いただ》ければ幸いです。

古今《ここん》東西、首の無い何かが自分の首を捜《さが》すというのは良くある話です。近年映画化もしたスリーピーホロウの民話なども含め、やはり首がないというのはホラーとしてかなりインパクトのある題材なのではないかと思います。ただ、あの民話の騎士《きし》がデュラハンと思っている人もいるかと思いますが、実は全くの別物だったりするわけでして。

そもそもデュラハンという題材自体がマイナーです。本文に書いた事よりも詳しく掘り下げていくと、二輪の馬車の部品には死者の何処其処《どこそこ》の骨が使われているとか、デュラハンの祖としてのケルト神話の女神バイブ・カハの話などがあるのですが——そういう事はすっぱり切り捨てておりますので、あくまでこの『デュラララ!!』の中のセルティはセルティ、余所《よそ》のデュラハンさんはデュラハンさんと受け取って戴ければ幸いです。

今後もこの『デュラララ!!』シリーズが書けるとしたら、さらにトンデモな方向に話を持っていければなと思っております。『デュラハンVSカラーギャング黄巾《こうきん》党の乱』とか『デュラハンVS首狩り魔』とか……企画を話したあたりで怒られましたが。

※以下はいつもどおり、御礼関係になります。
いつもいつも御迷惑をおかけしております鈴木《すずき》編集長、そして今回からダブル担当としてついて頂きました編集部の和田《わだ》様。

毎度毎度仕事が遅くて御迷惑をおかけしている校閲の皆様。並びに本の装飾を整えて下さるデザイナーの皆様。宣伝部や出版部、営業部などメディアワークスの皆様。

いつも様々な面でお世話になっております家族並びに友人知人、特に『S市』の皆様。

色々な場所でお世話になっております電撃作家並びにイラストレーターの皆様。特に——今回のとある『ネタ』に許可を下さった、有沢《ありさわ》まみず様、今田隆文《いまだたかふみ》様、おかゆまさき様、中村恵《なかむらえ》里加《りか》様——そして、一番ギリギリなネタに対して『好きにすればよろしい』とおっしゃって下さった甲田学人《こうだがくと》様。

ヘッドドレスヒロインという無茶《むちゃ》な設定を受けて下さって、取材で東京《とうきょう》まで来た上に何やら編集長と色々面白《おもしろ》企画を進めているヤスダスズヒト様。

そして、三シリーズ目となる私の妙ちきりんな本に目を通して下さった皆様。

——以上の方々に、最大級の感謝を——ありがとうございました。

2004年2月　自宅にて

『ゼブラーマン（三池崇史《みいけたかし》監督作品・祝、哀川翔《あいかわしょう》主演100本達成作品）』の予告編を繰り返し繰り返し流しながら。

成田良悟《なりたりょうご》

◉成田良悟著作リスト

「バッカーノ！ The Rolling Bootlegs」（電撃文庫）
「バッカーノ！ 1931鈍行編 The Grand Punk Railroad」（同）
「バッカーノ！ 1931特急編 The Grand Punk Railroad」（同）
「バッカーノ！ 1932 Drug & The Dominos」（同）
「バッカーノ！ 2001 The Children Of Bottle」（同）
「バウワウ！ Two Dog Night」（同）

本書に対するご意見、ご感想をお寄せください。

■

あて先

〒102-8177 東京都千代田区富士見2-13-3
電撃文庫編集部
「成田良悟先生」係
「ヤスダスズヒト先生」係

■

電撃文庫

デュラララ!!

成田良悟《なりたりょうご》

2004年4月25日　初版発行
2024年11月15日　54版発行

発行者　山下直久
発行　株式会社KADOKAWA
〒102-8177　東京都千代田区富士見2-13-3
0570-002-301（ナビダイヤル）
装丁者　荻窪裕司（META＋MANIERA）
印刷　株式会社KADOKAWA
製本　株式会社KADOKAWA

●お問い合わせ
https://www.kadokawa.co.jp/（「お問い合わせ」へお進みください）
※内容によっては、お答えできない場合があります。
※サポートは日本国内のみとさせていただきます。
※ Japanese text only

※定価はカバーに表示してあります。

ISBN978-4-04-866848-4　C0193　Printed in Japan

電撃文庫　https://dengekibunko.jp/

電撃文庫創刊に際して

文庫は、我が国にとどまらず、世界の書籍の流れのなかで〝小さな巨人〟としての地位を築いてきた。古今東西の名著を、廉価で手に入りやすい形で提供してきたからこそ、人は文庫を自分の師として、また青春の想い出として、語りついできたのである。

その源を、文化的にはドイツのレクラム文庫に求めるにせよ、規模の上でイギリスのペンギンブックスに求めるにせよ、いま文庫は知識人の層の多様化に従って、ますますその意義を大きくしていると言ってよい。

文庫出版の意味するものは、激動の現代のみならず将来にわたって、大きくなることはあっても、小さくなることはないだろう。

「電撃文庫」は、そのように多様化した対象に応え、歴史に耐えうる作品を収録するのはもちろん、新しい世紀を迎えるにあたって、既成の枠をこえる新鮮で強烈なアイ・オープナーたりたい。

その特異さ故に、この存在は、かつて文庫がはじめて出版世界に登場したときと、同じ戸惑いを読書人に与えるかもしれない。

しかし、〈Changing Times,Changing Publishing〉時代は変わって、出版も変わる。時を重ねるなかで、精神の糧として、心の一隅を占めるものとして、次なる文化の担い手の若者たちに確かな評価を得られると信じて、ここに「電撃文庫」を出版する。

1993年6月10日
角川歴彦

電撃文庫

デュラララ!!
成田良悟
イラスト／ヤスダスズヒト

池袋にはキレた奴らが集う。非日常に憧れる高校生、チンピラ、電波娘、情報屋、闇医者、そして〝首なしライダー《デュラハン》〟。彼らは歪んでいるけれど――恋だってするのだ。

な-9-7　0917

バウワウ！ Two Dog Night
成田良悟
イラスト／ヤスダスズヒト

九龍城さながらの無法都市と化した人工島を訪れた二人の少年。彼らはその街で全く違う道を歩む。だがその姿は、鏡に映る己を吠える犬のようでもあった――。

な-9-5　0878

バッカーノ！ The Rolling Bootlegs
成田良悟
イラスト／エナミカツミ

第9回電撃ゲーム小説大賞〈金賞〉受賞作。不死の酒を巡ってマフィアや泥棒カップルなど様々な人間達が繰り広げる〝バカ騒ぎ《バッカーノ》〟。そして物語は意外な結末へ――。

な-9-1　0761

バッカーノ！ 1931 鈍行編 The Grand Punk Railroad
成田良悟
イラスト／エナミカツミ

大陸横断鉄道に3つの異なる極悪集団が乗り合わせてしまった。そこに、あの馬鹿ップルを始め一筋縄ではいかない乗客達が加わり……これで何も起こらぬ筈がない！

な-9-2　0828

バッカーノ！ 1931 特急編 The Grand Punk Railroad
成田良悟
イラスト／エナミカツミ

「鈍行編」と同時間軸で視点を変えて語られる「特急編」。前作では書かれなかった様々な謎が明らかになる。事件の裏に蠢いていた〝怪物〟の正体とは――。

な-9-3　0842

電撃文庫

バッカーノ！1932 Drug & The Dominos
成田良悟
イラスト／エナミカツミ

新種のドラッグを強奪した男。男を追うマフィア。マフィアに兄を殺され復讐を誓う少女。少女を狙う男。運命はドミノ倒しの様に連鎖し、そして——。

な-9-4 0856

バッカーノ！2001 The Children Of Bottle
成田良悟
イラスト／エナミカツミ

三百年前に別れた仲間を探して北欧の村を訪れた四人の不死者たち。そこで不思議な少女と出会い——。謎に満ちた村で繰り広げられる、『バッカーノ！』異色作。

な-9-6 0902

結界師のフーガ
水瀬葉月
イラスト／鳴瀬ひろふみ

異界の者達に名を轟かす結界師にして逃がし屋・逆貫絵馬。ちょっと荒っぽいけど腕は確かですっ！　第10回電撃ゲーム小説大賞〈選考委員奨励賞〉受賞作、登場！

み-7-1 0925

シュプルのおはなし Grandpa's Treasure Box
雨宮 諒
イラスト／丸山 薫

本を読む事が大好きなシュプルは、おじいちゃんの宝箱を見つける。そして、その中の宝物に纏わる話を紡ぎだす。第10回電撃小説大賞〈選考委員奨励賞〉受賞作。

あ-17-1 0926

機械仕掛けの蛇奇使い
上遠野浩平
イラスト／緒方剛志

鉄球に封じ込められた古代の魔獣バイパー。この〝戦闘と破壊の化身〟が覚醒する時、若き皇帝ローティフェルドの安穏とした日々は打ち砕かれ、そして——。

か-7-16 0916

電撃文庫

AHEADシリーズ
終わりのクロニクル①〈上〉
川上 稔
イラスト／さとやす（TENKY）

10の異世界との概念戦争が終結して60年……。そして今、最後の存亡を賭けた〝全竜交渉〟が始まる！　川上稔が放つ待望の新シリーズ、いよいよスタート！

か-5-16　0799

AHEADシリーズ
終わりのクロニクル①〈下〉
川上 稔
イラスト／さとやす（TENKY）

初めての戦闘を経て、佐山御言は1st-Gとの全竜交渉を成功させることができるのか？　そして彼が知る新たな真実とは？「AHEADシリーズ」第1話完結。

か-5-17　0811

AHEADシリーズ
終わりのクロニクル②〈上〉
川上 稔
イラスト／さとやす（TENKY）

1st-Gとの全竜交渉を終え、日本神話の概念を持つ世界2nd-Gと交渉を始める佐山。しかし、その裏では〝軍〟と名乗る不気味の者達も動き始めていた！

か-5-18　0855

AHEADシリーズ
終わりのクロニクル②〈下〉
川上 稔
イラスト／さとやす（TENKY）

60年前に滅び、Low-Gに帰属した2nd-Gの人々。だが、過去の遺恨を残した彼らとの交渉は新たな戦闘を生む。その中で、2nd-Gの人々と新庄姉弟が出す結論とは!?

か-5-19　0864

AHEADシリーズ
終わりのクロニクル③〈上〉
川上 稔
イラスト／さとやす（TENKY）

神々の力を持つ人々が創り上げた自動人形と武神の世界―3rd-G。二つの穢れを持つというこの世界に、佐山達の全竜交渉の行方は……!?　第3話スタート！

か-5-20　0920

電撃文庫

しにがみのバラッド。
ハセガワケイスケ
イラスト／七草

その真っ白な少女は、鈍色に輝く巨大な鎌を持っていた。少女は、人の命を奪う『死神』であり『変わり者《ディス》』だった——。切なくて、哀しくて、やさしいお話。

は-4-1　0803

しにがみのバラッド。②
ハセガワケイスケ
イラスト／七草

その真っ白な少女は、とても笑顔が素敵で、すこしだけ泣き虫な、哀しい『死神』でした。——これは、白い死神モモと、仕え魔ダニエルの、せつなくやさしい物語。

は-4-2　0853

しにがみのバラッド。③
ハセガワケイスケ
イラスト／七草

光が咲いて、またひとしずく。闇に堕ちたのは、白い花。白い髪に白い服。やけに目に付く、赫い靴。春風のようにやさしい死神は、そんな姿をしていた——。

は-4-3　0887

しにがみのバラッド。④
ハセガワケイスケ
イラスト／七草

白い死神モモと仕え魔ダニエル。彼らと交わった人々は、すこしだけ変わっていきます。闇の中に一筋の光が射し込むように。これは、哀しくてやさしい物語。

は-4-4　0922

輪廻ノムコウ
あかつきゆきや
イラスト／逢川藍生

女子高生・辻葵が近道しようとふと入った公園で見たのは、少女の腕から流れる血を舐める少年と青年の姿……そして、その二人組みとふたたび再会した時——。

あ-15-2　0918

電撃文庫

書名	著者/イラスト	あらすじ	記号	番号
とある魔術の禁書目録	鎌池和馬 イラスト/灰村キヨタカ	"超能力"をカリキュラムとする学園都市に"魔術"を司る一人の少女が空から降ってきた。「インデックス（禁書目録）」と名乗る彼女の正体とは…!? 期待の新人デビュー!!	か-12-1	0924
学校を出よう！ Escape from The School	谷川流 イラスト/蒼魚真青	超能力者ばかりが押し込まれた山奥の学校。ここに超能力など持ってないはずの僕がいるのは、すぐ隣に浮かんでいる妹の"幽霊"のせいであるわけで──！	た-17-1	0784
学校を出よう！② I-My-Me	谷川流 イラスト/蒼魚真青	突然、往来に血まみれの果物ナイフを持って立っていた神田健一郎。慌てて逃げ込んだ自分の部屋にはもう一人自分がいてそいつもやっぱり驚いて……！	た-17-2	0825
学校を出よう！③ The Laughing Bootleg	谷川流 イラスト/蒼魚真青	第三EMP学園女子寮で一人の少女が消えた。ただ消えたのではなく、密室で煙の如く消えうせたのだ!! その事件の謎に関ることになった光明寺茉衣子は……。	た-17-3	0848
学校を出よう！④ Final Destination	谷川流 イラスト/蒼魚真青	記憶に奇妙な混乱がある少女──仲嶋数花。そんな彼女を第一～第三EMPがそれぞれ追うことになり、第三EMPの追っ手として選ばれたのは……！	た-17-4	0909